인형은
거짓말을
하지 않아!

옮긴이 남궁가운

이화여자대학교와 한국방송통신대학교에서 전산학과 일본학을 공부했다. 옮긴 책으로
『독서광의 모험은 끝나지 않아!』, 『검은 수첩』, 『문학상을 읽는다』, 『지상』, 『간병 살인』
등이 있다.

Makoto no Hanahime
© Megumi Hatakenaka 2016
First published in Japan in 2016 by KADOKAWA CORPORATION, Tokyo.
Korean translation rights arranged with KADOKAWA CORPORATION, Tokyo
through JM Contents Agency Co.
Korean translation copyrights © 2016 by Booksphere Publishing House

이 책의 한국어판 저작권은 JM 콘텐츠 에이전시를 통해
Megumi Hatakenaka와의 독점계약으로 도서출판 북스피어에 있습니다.
저작권법에 의해 한국 내에서 보호를 받는 저작물이므로 무단전재와 무단복제를 금합니다.

* 이 도서의 국립중앙도서관 출판예정도서목록(CIP)은 서지정보유통지원시스템 홈페이지
(http://seoji.nl.go.kr)와 국가자료공동목록시스템(http://www.nl.go.kr/kolisnet)에서 이
용하실 수 있습니다. (CIP제어번호 : CIP2018009834)

인형은 거짓말을 하지 않아!

まことの華姫

하타케나카 메구미 지음
남궁가윤 옮김

북스피어

차례

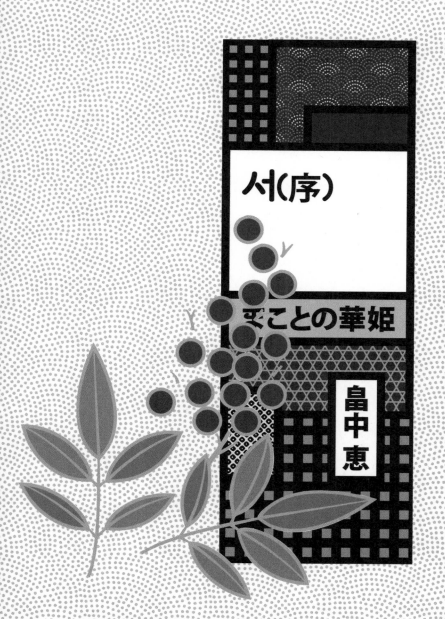

서(序)

꾓고의 華姬

畠中 恵

아버지, 있잖아요.

나, 아버지한테 물어보고 싶은 이야기가 있어요.

계속 물어보고 싶었지만 오랫동안 묻지 못한 이야기예요.

하지만 앞으로도 분명히 못 물어볼 것 같아요.

그런 게 아주 많아요.

어머니 얼굴, 기억나요?

죽은 오소노 언니가 울었던 거 알고 있었어요?

언니한테 좋아하는 사람이 있었다는 사실도 알았나요?

아시면서 혼사를 추진한 거예요?

나 말이죠, 열흘쯤 전에 아버지 지갑에서 은화를 슬쩍했어요.

그 돈으로 경단이랑 한에리[1]를 샀죠.

그다음에는 료고쿠바시 다릿목에 있는 공연장을 돌아다니며 공연을 실컷 봤어요. 아낌없이 돈을 내며 몽땅 써 버렸어요.

에코인²에 언니 성묘하러 가지도 않고 그날은 하루 종일 그런 짓을 했어요.

하지만 아버지는 내 한에리가 바뀐 거 눈치채지 못했죠?

은화가 몇 개 줄어 봤자 아버지한테는 별일 아닐 테니까요.

아버지는 료고쿠에서도 이름이 알려진 지마와리地回り³, 이 일대의 행수지요.

돈도 많고요.

아버지를 따르는 수하들도 주위에 여럿 있어요. 그러니 그 바깥에 있는 내 일 같은 건 눈에 들어올 턱이 없잖아요.

---

1 여자 옷 위에 덧대는 장식용 깃.
2 료고쿠에 있는 정토종 사원.
3 에도 시대에 소작료를 내지 못하고 도망친 자나 범죄를 저지른 자는 호적(인별장)에서 삭제되었다. 이들을 '무숙자'라고 하는데, 무숙자들은 도박단이나 축제에서 장사를 하는 무리 등으로 흘러들어갔고 이러한 집단을 '야쿠자'라고 총칭했다. 관청에서는 야쿠자들에게 어느 정도 범죄를 눈감아 주는 대신 치안 유지에 협력하게끔 이용하기도 했다.
그중 도회지 번화가를 자기 구역으로 삼고 거기에 정착한 이들을 가리켜 '지마와리(지마와리 야쿠자)'라고 했다. 원래 '지마와리'라는 용어는 어느 지역을 담당한다는 정도의 의미이므로 야쿠자에게만 쓰이는 것은 아니다. 에도의 관리 중에 특정 지역을 담당하여 경찰 업무를 수행하는 직책을 '지마와리 도신'이라고 부르기도 하며 '지마와리 술', '지마와리 쌀'처럼 그 근방에서 나는 물품을 가리킬 때도 사용한다.

난 분명히 또 돈을 훔칠 거예요.

당장 필요하지도 않은 물건을 이것저것 사겠죠.

그것 말고 내가 뭘 하겠어요?

남자가 아니니 행수 후계자는 못 될 테고요.

아직 열세 살 난 여자아이라 아무런 도움도 되지 않겠지요.

그래요, 언니처럼 예쁘지도 않고요.

그러니 아버지의 뜻을 거스르고 집에서 데리고 나가 줄 남자
도 나타날 것 같지 않아요.

게다가 내 한 입 정도는 내가 벌어먹겠어요, 하고 딱 잘라 말
할 능력조차 없으니.

그런 주제에 마음속으로는 이런 식으로 아버지한테 불평을 늘
어놓고 있어요.

어른이 된 얼굴을 하고 불평만 하죠.

그래요.

한심하다는 거 나도 알아요.

난 꼴불견이에요.

알고 있지만.

이것 말고 뭘 할 수 있다는 거예요.

어째서 무엇 하나 바뀌는 느낌이 들지 않는지.

난 내가 싫어요.

그렇게 생각해 버리는 내 자신이 싫어요.

아버지도 싫고요.

하지만 그런 말을 입 밖에 낼 순 없잖아요.

아버지, 난 그런 딸이에요.

아시겠어요, 아버지?

화내지 않아요?

때리지도 않는 거예요?

네?

그래요, 아버지?

그러냐고요.

진실의 하나히메

まことの華姫

畠中恵

1

더운 하루가 저물었다.

에도의 유명한 번화가, 료고쿠바시 다리의 화재 방지용 공터 일대에는 오늘 밤도 수많은 사람들이 모여들었다.

유시酉時¹가 지나면 에도는 금세 밤의 어둠에 감싸인다. 그러나 료고쿠바시 다리 동서에 펼쳐진 번화가로 모이는 사람들은 그 수가 늘어 간다.

오나쓰는 료고쿠바시 서쪽 다릿목을 걸으며 다리 기슭 부근의 북적거리는 모습을 바라보고 살짝 고개를 끄덕였다. 바로 앞에는 아버지의 등이 있고, 오나쓰는 그 뒤를 깡충거리며 따라가고

---

1 오후 다섯시에서 일곱시.

있었다.

"정말 덥네. 완전히 한여름이야."

해가 졌는데도 오나쓰는 손수건을 놓지 못했다. 이런 더운 날 에도에서는 해가 지면 일을 마치고 얼른 저녁을 먹은 다음에 잠자리에 드는 것이 보통이다. 가게는 일찌감치 문을 닫고 마을은 휴식에 들어간다. 빛을 밝히는 기름값도 비싸고 계속 불을 사용하다가 화재가 날까 두렵기 때문이다.

그러나 바람 한 줄기 불지 않는 한여름에는 좁은 공동주택에 누우면 무더위가 심해지기만 하니 잠도 오지 않는다. 그렇다면 시원한 바람이라도 쐬러 갈까 싶어 료고쿠바시 다리 번화가로 향하는 사람이 많다.

왜냐하면 료고쿠바시 다리 양 기슭의 번화가는 여타 지역과 다르기 때문이다. 관청의 허락하에 어두워져도 불이 꺼지지 않는다. 등롱불을 켠 강가 찻집에서는 밤에도 손님을 불러들인다. 게다가 여름철에는 해가 진 뒤, 에도에서 장사하는 도붓장수들이 이 번화가로 모였다. 밤에도 사람으로 붐비는 료고쿠에서 장사를 하는 것이다.

"시원한 물, 시원한 물 있어요."

물장수가, 아주 시원해요, 하고 오가는 사람들에게 말을 건넨다. 아리따운 찻집 여종업원은 등롱불 밑에서 부드럽게 웃음 짓는다. 아버지와 오나쓰가 북적거리는 골목을 지나가자 여기저기에서 말을 걸었다.

"야마코시 행수님, 오나쓰 아가씨. 잠깐 들렀다 가세요. 경단도 있어요."

"행수님, 아가씨, 초밥 좀 드시죠. 전어에 새우, 참치 절임은 어떠세요."

"행수님, 한잔하시겠습니까. 저희 집 술은 구다리모노[2]인뎁쇼."

"지금 막 튀겨 낸 튀김이요. 붕장어, 조개관자, 말린 오징어 있어요."

부르는 소리가 뒤섞이는 가운데, 모든 이의 얼굴이 일제히 하늘로 향한 순간, 펑 하는 소리가 몸을 울리고 하늘에 주황색 불꽃이 퍼진다. 오오 하고 강기슭에서 환성이 일었을 때, 강에 뜬 집배[3]에서는 흥겨운 샤미센 소리가 들려왔다.

다시 골목을 걸어가자 등롱 너머에 나란히 늘어선 가설 공연장들이 보이기 시작한다. 호객꾼이 신나게 줄거리를 설명하고 그에 낚인 손님들이 곡예나 물곡예[4] 공연장 등으로 빨려 들어갔다. 여름밤 번화가에서는 하늘도 땅도 물 위도 에도 속에서 떠오

---

2 에도 시대에 교토·오사카 지역에서 에도로 들여오는 고급품의 총칭.
3 지붕 모양 덮개가 있는 배.
4 곡예사의 몸과 소도구에서 물을 뿜는 등 물을 가지고 하는 곡예.

르는 것처럼 화려하게 피어올랐다.

"우린 가까운 곳에 살잖아요. 밤에도 공연장에 더 마음 편히 올 수 있으면 좋은데."

오나쓰는 약간 불만스러운 듯이 아버지의 등을 보았다. 그러나 열세 살 먹은 딸이 맘대로 하도록 허용하지 않는 아버지는 그 말에 대답하지 않고 길 끝을 가리켰다.

"쓰키쿠사의 공연장은 저기다."

아버지가 료고쿠바시 다리 서쪽에 있는, 거적을 덮은 가설 공연장을 가리켰다. 손님들로 북적거리는 입구에는 등롱이 나란히 걸려 있고 그 위에는 아름다운 인형 그림이 있다. 젊은 무리들이 얼마나 재미있는 공연일지 유쾌한 목소리로 떠들고 많은 손님이 입장료를 지불한다. 인형 놀이꾼인 예인芸人 쓰키쿠사는 오늘 밤도 이야기 예능話芸[5]으로 손님을 모으고 있다.

"저것도 아버지가 가지고 있는 공연장 중 하나죠?"

오나쓰의 물음에 야마코시는 살짝 고개를 끄덕이고 문지기에게 말을 건네더니 지체 없이 안으로 들어갔다.

쓰키쿠사는 최근에 이름이 알려지고 있는 예인으로 입을 움직이지 않은 채 말을 하고 성대모사도 하여 손님을 열광시킨다고

---

5 만담, 야담 등 능란한 화술로 사람들을 즐겁게 해 주는 종류의 예능.

한다. 공연장 안으로 들어가자 간단한 무대가 있고 그 앞에 역시 간소한 긴 의자가 여러 개 놓여 있었다. 오나쓰가 아버지 옆에 앉자, 야마코시는 예인 쓰키쿠사에 대해 말해 주었다.

"그 녀석은 이전에 료고쿠 근처 대로변에서 목소리를 이용하여 예능을 하던 남자다. 하지만 그때는 예능이 전혀 먹히지 않았다더군."

이야기 예능에는 달인이지만 손님을 모으지 못했던 듯하다. 애당초 얌전하게 생긴 남자가 길가에서 입술을 움직이지 않고 이야기를 해 봤자 별 재미가 없다.

얼마 지나지 않아 쓰키쿠사는 공동주택의 집세를 내기도 힘들어졌다. 원래 인형 제작자였던 그는 하는 수 없이 소중히 여기던 목각 히메 인형을 이야기 예능 상대로 삼았다.

그러자 일인이역으로 '진실의 하나히메'라 불리는 인형과 나누는 대화가 큰 인기를 끌었다. 그 후 야마코시의 부름을 받고 이렇게 료고쿠바시 다리 번화가의 공연장에 나오고 있다고 한다.

'진실의 하나히메…… 어떤 인형일까?'

한 회에 사반각6만 진행되는 쓰키쿠사의 이야기는 요세7의 공

---

6 삼십 분.
7 사람을 모아 돈을 받고 재담, 만담 등을 들려주는 대중 연예장.

연처럼 날마다 내용이 달라져서 몇 번이고 보러 오는 손님이 많다고 오나쓰는 들었다. 이야기 예능이 목적이라기보다 오하나를 만나러 오는 손님이 많다고 한다.

왜냐면.

'진실의 하나히메'는 진실을 말하기 때문이다.

료고쿠바시 다리 일대에서는 사람들이 이 소문을 사실인 양 숙덕거렸다. 화려한 목각 인형이 실은 사람이 모르는 일까지 잘 알고 있다며 다들 말을 퍼뜨렸다. 그리고 알고 싶은 '무언가'를 가슴속에 품은 사람은 이 세상에 많다.

실은 오나쓰도 그중 한 사람으로 지금 어떻게 해서든 알고 싶은 것이 있었다. 그 때문에 오늘 밤 하나히메를 만나려고 일부러 아버지에게 부탁하여 쓰키쿠사의 공연장에 온 것이다.

료고쿠바시 다리 서쪽 기슭 화재 방지용 공터에 있는 가설 공연장에 예인 쓰키쿠사가 커다란 목각 인형과 함께 무대에 나났다.

오늘 밤은 손님 중에 이 일대의 행수가 와 있다는 것을 알았는지 쓰키쿠사는 일순 눈을 휘둥그레 떴다. 그러나 곧 아무 일 없었다는 듯이 부드러운 목소리로 이야기 예능을 시작했다.

오늘 밤에는 손님이 삼사십 명은 들어왔을 거라고 오나쓰는 생각했다. 촛대에 꽂힌 초의 불빛이 있을 뿐 공연장 안에 그럴싸

한 대도구라고는 아무것도 없다. 그러나 단골손님들은 다 알고 있는지 쓰키쿠사가 나타나자마자 객석에서 무대로 말을 걸었고, 쓰키쿠사는 화사한 인형과 함께 객석을 향해 고개를 숙였다. 예인은 온순하고 조심스러워 보이는 생김새 때문인지 인형을 안고 있으니 이상하리만큼 인상이 희미했다.

"여러분, 잘 오셨습니다. 예, 인형 놀이꾼 쓰키쿠사와 짝꿍인 히메 인형 오하나입니다."

그러자 손님 한 명이 자신은 몇 번이나 보러 왔으니 설명은 신물 나게 들었다며 멋대로 지껄였다. 쓰키쿠사는 살며시 웃었다.

"죄송합니다, 멋쟁이 형님. 예, 얼굴은 기억합니다. 하지만 처음 오신 분들도 계십니다. 늘 하는 인사를 해야 해서요."

쓰키쿠사는 웃음을 띠고 오나쓰를 슬쩍 보더니 손님들에게 깊이 머리를 숙였다.

"무더운 와중에 오늘 밤도 이 공연장에 이십 문을 뺏기러 와주셨군요."

웃음소리가 작게 일어나자, 인형 놀이꾼은 진지한 얼굴로 다시 실없는 소리를 했다.

"하지만 제 예능에 그렇게 돈을 쓰셔도 괜찮을지요, 다들 참 별나십니다."

"이봐, 이봐, 이십 문어치가 될 정도는 얘기해 달라고."

이번에도 단골인 듯한 밝은 목소리가 소리쳤을 때, 쓰키쿠사는 목각 인형 오하나를 고쳐 안았다. 소문의 목각 인형은 금은 자수가 놓인 기모노를 입고 화려한 비녀를 꽂은 더없이 아름다운 히메 인형이었기 때문에 순식간에 옆에 있는 쓰키쿠사가 눈에 띄지 않게 되었다.

'저게 〈진실의 하나히메〉구나.'

인형은 오나쓰가 생각했던 것보다 훨씬 더 컸다. 키는 사 척 육칠 촌[8]쯤 될까. 세 사람이 다루는 분라쿠[9] 인형이라 해도 큰 편에 속할 듯하다.

'쓰키쿠사 혼자 다루기에는 무거워서 힘들겠어.'

오나쓰는 최근 들은 쓰키쿠사의 소문을 머리에 떠올렸다.

'분명 원래는 인형 제작자…… 목각 인형을 만들었던 사람이랬지.'

다쳐서 그 일을 그만두고 이후로 진지해 보이는 겉모습에 어울리지 않게 예인이 된 것이다. 쓰키쿠사는 오늘 밤도 무대에서 고지식하게 이야기하고 있다.

"손님께 별나다고 말씀드리는 건 좀 그렇다고 저도 생각합니다. 그야 그렇지요."

하지만, 이라 말하고 웃음을 띠었다.

---

8 약 백사십오 센티미터.
9 일본의 전통 인형극.

"무더운 밤이라도 강가를 걸으면 불꽃을 볼 수 있습니다. 찻집의 아리따운 아가씨도 볼 수 있고요. 그런데 일부러 이런 시시한 이야기를 들으러 오다니 역시 여러분은 괴짜십니다. 그렇지, 오하나?"

이름을 불린 히메 인형이 이 대목에서 요염하게 고개를 끄덕였다. 촛불 빛을 받은 그 모습은 지나치게 부드럽게 움직여서 무게가 느껴지지 않는다. 오나쓰는 놀라서 눈을 떼지 못했다.

그러나 쓰키쿠사의 공연은 이제부터가 시작이었다. 오하나는 손님에게로 시선을 돌리더니 마치 자신이 나무로 만들어졌다는 사실을 잊어버린 듯 높은 목소리로 거침없이 말했다.

"미인 언니에 미남 오라버니 들, 어서 오세요. 그리고 십 년 전…… 이십 년 전에는 잘나갔던 마님과 나리 들도 환영해요."

오하나는 붙임성은 좋지만 입이 험하다.

"어머, 자주 보는 오라버니들도 와 있군요. 날마다 공연장에 오면서 잘도 안 질리시네요."

다시 작은 웃음소리가 나자, 오나쓰 옆자리의 손님이 저 남자들은 료고쿠에서도 소문난 '오하나 추종자'라 불리는 사람들이라고 했다. 인형인 오하나에게 푹 빠져서 어디든 쫓아다니는 패거리다. 목수나 미장이처럼 자기 시간을 조정할 수 있는 직인職人들이 많은데, 최근에는 한가한지 자주 오는 모양이다.

그 남자들이 소리 맞춰 노래하듯 인형을 칭찬하기 시작했다.

"하나히메를 만날 수 있으면 그걸로 됐어. 진언眞言의 하나히메, 진실의 하나히메, 오늘도 아름답군."

그러자 오하나는 단골 관객인 남자들에게 오른손을 살랑살랑 흔든다. 정말 살아 있는 것 같았다.

"그래요, 물론 나는 아름답죠, 오라버니들."

오하나의 목소리는 쓰키쿠사가 옆에서 음색을 바꿔서 내는 것이다. 그러니 오하나가 이야기하며 모든 이의 눈길을 끄는 동안 물론 쓰키쿠사는 말을 하지 않는다. 기예를 선보이는 당사자는 손님들의 눈앞에 서 있으면서도 마치 그곳에 없는 것처럼 조용했다.

"맞아, 지금 말이죠, 단골 오라버니들이 나를 '진실의 하나히메'라고 불렀지요? 하지만 처음 오신 손님은 그게 무슨 뜻인지 이해하지 못했을 거예요."

그러니까 오늘 밤은 오하나라는 이름의 유래를 설명하겠다고 히메 인형이 정한다. 촛불 빛이 일렁여서, 이야기하는 오하나와 쓰키쿠사의 그림자를 벽에 몇 겹이나 비췄다.

'〈진실의 하나히메〉. 그 이름의 유래를 듣는 거야.'

전부 빠짐없이 들으려고 오나쓰는 진지한 눈빛을 화려한 인형에게 보냈다.

"상당히 오래전 같지만 그래도 에도가 커진 다음의 일이랍니다. 료고쿠바시 다리 동쪽, 에코인 근처에 수도를 끌어오지 않고 땅을 깊이 파서 우물을 만든 분이 있었어요."

후리소데 화재[10]가 일어난 뒤의 일이라고 오하나는 설명했다. 어느 자비심 깊고 진실한 스님이 임종 때 물도 마시지 못하고[11] 죽은 수많은 사람을 위로하고자 한 일이었다.

"그래서 새 우물을 '진실의 우물'이라 부르며 소중히 여겼다고 해요."

문득 오나쓰가 옆을 슬쩍 보니, 아버지 야마코시는 그 대목을 여러 번 들었는지 무대를 보고 있지 않았다. 오나쓰는 다시 인형에게로 눈길을 돌렸다.

"그 후 에코인에 참배하러 가는 사람들 가운데 많은 이가 진실의 우물에서 물을 마셨어요."

어느 날 낮달이 떠 있을 때의 일이었다. 한 남자가 물을 마시려고 진실의 우물을 내려다본 순간, 심장이 튀어나올 만큼 놀랐다.

"우물물에 누군가 떠 있었어요."

---

10 1657년(메이레키 3년)에 에도 시가지 대부분이 불탄 메이레키 대화재의 다른 이름. 후리소데는 주로 미혼 여성이 입는 소매가 긴 기모노인데, 상사병으로 죽은 소녀의 후리소데가 저주에 걸려 화재를 불렀다는 속설에서 후리소데 화재라는 이름이 비롯됐다.

11 일본에서는 사람이 임종한 직후에 입에 물을 넣어 주는 풍습이 있다. 석가의 임종에서 유래한 것으로 이를 '말기(末期)의 물'이라고 한다.

남자는 사람이 빠진 줄 알고 허겁지겁 구하려 했다. 그러나 수면을 다시 한 번 보고 움직임을 멈췄다.

"물에 떠 있는 남자가 왠지 자기처럼 느껴졌기 때문이지요. 자기를 꼭 빼닮았다던가요."

놀랍게도 물속의 자신은 남자에게 손을 흔들더니 이렇게 말했다.

"같이 가게를 하자고 너를 꾄 남자. 그놈은 살인자다. 뜰의 마른 우물에 시체를 숨겨 뒀다. 너도 죽이려 하고 있어."

그 말을 들은 남자는 우물가에서 엉덩방아를 찧었다. 잠시 후 정신을 가다듬고 우물 속을 다시 한 번 봤지만 아무도 없었다. 그때 남자는 깨달았다.

"우물 밑바닥에서 말을 건 사람은 내가 아니다, 이미 돌아가신 아버지다, 라고 말이죠."

그렇게 되자 그 말이 진실이라는 생각이 들어 견딜 수가 없었다. 남자는 오캇피키[12]에게 의논했고, 곧 마치순시관[13] 나리에게 전해졌다. 이윽고 에코인의 우물에서 들은 대로 동료의 마른 우

---

12 사법, 행정, 경찰 등을 담당하는 하급 관리인 요리키나 도신 밑에서 사건 수사와 범인 체포 등을 맡아 하는 사람.
13 마치부교쇼 소속의 도신으로 에도 시중을 순시하는 관리. '마치(町)'는 에도의 평민 구역.

물에서 시신이 발견되었고 살인자는 체포되었다고 하나히메는 말했다.

"허, 그럼 진실의 우물은 모든 것을 꿰뚫어 본 건가."

이번에는 앞쪽에서 중얼거리는 소리가 나서 오나쓰가 그쪽을 보니, 낯익은 오캇피키와 목수가 진지한 얼굴로 하나히메를 쳐다보고 있었다. 인형은 이야기를 계속했다.

"그 일이 있고 난 뒤, 달이 우물물에 비치는 시각에 진실의 우물을 들여다보면 누군가와 만난다는 소문이 나돌았어요. 우물 속 사람은 진실을 말했다고 하죠."

다만 물어본 사람이 반드시 원하는 답을 얻은 것은 아니었다. 덕이 높은 스님이 판 우물은 진실을……, 잔혹하든 듣고 싶지 않은 말이든 간에 그저 사실만을 우물 밑바닥에서 알려 주었다.

"그건 때때로 듣는 이를 화나게 했어요. 그야 그렇잖아요. 세상에는 어떡하든 눈을 피하고 싶은 일이 있는 법이니까."

그러던 어느 날, 화재로 소중한 사람을 잃은 남자가 괴로운 나머지, 유품인 불에 탄 비녀를 우물에 던져 버렸다. 그러나 곧바로 후회하고 두레박을 내려 우물에서 비녀를 건지려고 했다.

"몇 번을 시도해도 허사였죠. 그런데 자신이 어리석었다며 포기하려고 했을 때, 끌어올린 두레박에서 소리가 났대요."

두레박의 물을 땅바닥에 쏟아 보고 남자는 깜짝 놀랐다.

"두레박에서는 물을 굳힌 듯한 구슬이 두 개 굴러 나왔답니다. 유리 같은 조그만 구슬이었어요."

남자는 인형 제작 직인이었고 마침 커다란 히메 인형을 만들고 있었다. 그래서 유품인 비녀 대신인 셈치고 구슬에 옻으로 검은자위를 그려서 인형 눈으로 삼았다.

"예, 그게 쓰키쿠사의 짝, 이 오하나의 눈이 되었지요."

그 후 얼마 지나지 않아 진실의 우물은 없어졌다. 우물에서 들은 내용이 어지간히 심기에 거슬렸는지, 진노한 한 남자가 우물에 흙을 산더미처럼 퍼 넣었기 때문에 우물은 말라 버렸다.

오하나의 눈에 우물 물에서 나온 구슬을 남기고.

"진실의 물을 눈으로 가진 인형. 그렇기에 이 오하나는 진실을 이야기한다고 소문이 났어요. '진실의 하나히메'라 불리고요."

이 소문을 아는 손님이, 쓰키쿠사가 목소리 예능처럼 꾸미고 있긴 하지만 실은 인형 오하나가 스스로 이야기하는 것이라고 말을 퍼뜨리고 있는 듯하다.

"후후, 그 소문 때문인지 내게 진실을 말해 달라며 부탁하러 오는 사람이 지금도 꽤 있답니다."

하지만 그건 어디까지나 소문에 지나지 않는다고 오하나는 딱 잘라 말했다. 손님들이 보는 앞에서 오하나의 목소리가 점점 낮아졌다. 이내 그 목소리는 젊은 남자 목소리로 변했다.

"그러니 여러분, 이십 문어치의 즐거움이 끝난 뒤, 찻집 처녀

가 자기를 좋아하는지 아닌지 물어보러 오지 말아 주세요. 오하
나도 모르니까요."

"어머나, 오하나의 목소리, 정말로 예인이 내는 거였어."

어느 가게 안주인이 놀란 목소리를 내서, 공연장 안이 다시 웃
음바다가 되었다. 오하나는 단박에 귀여운 목소리로 돌아가 화
제를 돌렸다.

'어…… 오하나에 관한 이야기는 끝난 거야?'

오나쓰는 잠시 어리둥절해하다가 이야기가 '진실의 하나히메'
로 돌아가지 않는 것을 알고 참을 수 없어졌다. 저도 모르게 공
연장 안에서 벌떡 일어섰다.

손님들의 잡담이 끊기고 모든 이의 눈길이 쏠렸지만 그래도
오나쓰는 큰 소리로 물었다.

"하지만 오하나는 '진실의 하나히메'죠? 정말 진실의 눈을 가
지고 있고 진실을 이야기할 수 있죠? 그건 확실하잖아요?"

여러 사람이 이것저것 물어보면 곤란하니까 진실 따위 모르는
척하고 있을 뿐이 아닌가. 오나쓰의 갑작스러운 질문에 쓰키쿠
사는 깜짝 놀란 표정으로 오하나와 함께 무대에 가만히 서 있었
다. 이내 조금 곤란해 보이는 고지식한 얼굴이 오나쓰의 옆자리
를 향했다.

옆에서 깊은 한숨이 들려왔다. 커다란 형체가 느릿하게 일어
섰다.

"오나쓰, 쓰키쿠사의 공연장에 예능을 보러 가고 싶다길래 이상하다 싶었다. 대체 누가 너한테 이상한 바람을 넣은 거지?"

아직 열세 살밖에 안 된 딸을 혼자서 가설 공연장에 보낼 수는 없다. 그래서 아버지 야마코시 행수가 일부러 시간을 내서 딸과 함께 이야기 예능을 들으러 온 것이다.

"공연장에서 예능을 방해하면 안 돼. 예인들은 손님이 내는 입장료를 나눠 받아서 생활하는 거다."

아니 예인만이 아니라 공연장 일꾼이나 공연장에 드나드는 거래처 등 다수가 이 공연장이 만들어 내는 벌이에 기대고 있다. 이 번화가에서 많은 일을 도맡고 있는 야마코시의 자식이라면 그 정도는 알아 두라고 낮은 목소리가 이어졌다.

오나쓰는 울음이 터질 것 같았지만 꾹 참고 아버지에게 강한 눈빛을 보냈다.

"그렇지만…… 난 언니 일을 알고 싶단 말이에요. 무슨 일이 있어서 죽었는지 사실을 알고 싶어요."

"오나쓰, 그건 우리 가족 일이다. 그런 걸로 공연을 방해하면 못써. 그 정도도 모르느냐."

덩치 큰 야마코시가 목소리를 높이자 관객들이 술렁였다. 료고쿠에서 널리 얼굴이 알려진 지마와리 행수 야마코시가 가족과 다투다니, 까딱 잘못해서 말려드는 것은 다들 사양이다. 한 사람이 움직이자 손님들이 일제히 일어섰다.

곧 무대 뒤에서 공연장을 관리하는 야마코시의 수하인 '영감'
이 나타나서 서로 노려보고 있는 부녀에게 차를 권했다.

"행수님, 아가씨, 뭔가 할 얘기가 있으면 우리 쓰키쿠사가 지
금부터 들어 드릴 겁니다. 우선 자리에 앉으시지요."

"어, 영감, 여기에서 오나쓰의 이야기를 듣는 거야? 이제부
터?"

오하나가 그 귀여운 목소리로 무대에서 놀란 듯이 묻는다. 영
감은 쓰키쿠사에게 턱으로 공연장 안 객석을 가리켰다.

"손님은 다들 돌아가 버렸어. 쓰키쿠사, 마침 한가해졌네."

"이런…… 이거 미안하게 됐군."

야마코시가 미안한 표정으로 말했지만, 일대를 주름잡는 행수
에게 불평하는 사람 따위는 없다. 야마코시는 계속 서 있는 오나
쓰에게 어떡하겠냐고 물었다.

"오나쓰, 진실의 하나히메라고 할까…… 쓰키쿠사에게 물어
보고 싶은 게 있으면 지금 다 물어봐라. 그리고 이제 이런 소동
은 일으키지 말아다오."

야마코시는 이 일대에서 세력을 떨치고 있는 반면 먹여 살려
야 할 식솔도 많이 거느리고 있다. 또 많은 사람을 지원하고 있
으니 지마와리 행수인 것이다. 그러니 잘 벌어들이는 예인은 귀
히 대접해야 한다.

"오나쓰, 어쩔 거냐?"

오나쓰는 고개를 끄덕이고 털썩 그 자리에 앉았다. 야마코시는 한쪽 눈썹을 치켜세우더니, 수고스럽겠지만 부탁한다고 쓰키쿠사한테 말했다. 일부러 쓰키쿠사가 상대해 주는 까닭은 야마코시의 딸이라서 하는 특별 대우임을 오나쓰도 알고 있었다.

이때 야마코시가 쓰키쿠사에게 먼저 한마디 일렀다.

"오나쓰는 죽은 언니 오소노의 일을 계속 신경 쓰고 있지."

진실의 하나히메에게 확인하고 싶은 '진실'이라는 것은 아마도.

"이 야마코시가 딸 오소노를 죽였는지 아닌지 그걸 알고 싶은 것일 게야. 갑자기 그런 말을 들으면 놀랄 테니 미리 말해 두지."

"⋯⋯아."

젊은 쓰키쿠사는 무대에 선 채, 한순간 품 안의 인형과 얼굴을 마주 보았다. 그러고 나서 어떡하지, 라며 차분한 얼굴로 오나쓰를 바라본다. 오하나도 함께 오나쓰를 보고 있다.

곧⋯⋯ 오나쓰가 다시 오소노의 일을 물어보자, 오하나는 어떤 답을 입에 담았다.

2

이틀 뒤.

료고쿠 서쪽 번화가 근처에 있는 요네자와초 주변에서 불길이 치솟았다. 곧 해가 지는 시간대여서 료고쿠 번화가에는 다리 동서쪽 어디든 많은 사람이 오가고 있었다.

아무튼 아직 밝을 때 벌어진 일이었다. 그 때문에 도망치기 어렵지 않아서 다행히 사망자는 없었다. 더위를 피해 저녁 바람을 쐬러 와 있던 손님들과 밤을 앞두고 일단 모여 있던 도붓장수들은 거미 새끼가 흩어지듯이 달아나서 무사할 수 있었다.

다만 화재는 요네자와초의 상가를 태운 것만으로는 수습되지 않았다. 가까이 있던 번화가의 찻집이나 공연장 지붕에도 불티가 내려앉았기 때문이다.

그렇게 되면 거적을 이어 벽으로 삼은 공연장이나 간단하게 지은 가게 들은 잠시도 버티지 못한다. 불은 순식간에 번화가도 태웠다. 야마코시의 수하들이 공연장이 불타기 전에 부수며 중간쯤에 있는 길에서 불길이 더 번지는 것을 막았을 때는 벌써 서쪽 번화가가 절반쯤 잿더미로 변했다.

번화가의 간이 건물은 서둘러 다시 지을 수 있겠지만 이번에는 상가 쪽도 꽤 많이 탔다. 그러면 목수나 비계공, 목재는 그쪽 건물을 다시 짓는 데 먼저 투입되기 때문에 곧바로 구하기가 어렵다. 사람이 살지 않는 화재 방지용 공터 쪽은 당연히 뒤로 미뤄졌다. 새까맣게 탄 화재터가 무서워서, 료고쿠바시 서쪽 다릿목으로 오는 손님의 수는 크게 줄고 말았다.

화재 현장은 얼른 건물을 다시 지을 수 있도록 야마코시의 수하들이 힘을 보태서 공터로 만들고 있다고 한다.

"나 불난 곳에 위문하러 갈게요."

오나쓰가 곧 그렇게 결정하자 영감은 고개를 끄덕였다. 야마코시의 저택은 간다 북쪽에 있어서 무사했다. 그러나 지인들 중에는 화재로 집을 잃고 에코인으로 피신한 사람도 있었다.

"아가씨, 야마코시가＊의 가솔들은 괜찮아요. 행수님이 돌봐 주고 계십니다. 공동주택이 불타서 있을 데가 없어진 수하들은 화재를 입지 않은 동네의 공동주택에 이미 들어갔고요."

가재도구도, 얼마 안 남은 옷도, 모든 가솔이 서로 내놓고 모아서 속속 원래 생활로 돌아갈 것이라 한다.

"지원해 주는 사람이 없으면 그리 잘되진 않지요. 아가씨, 형편이 어려워진 지인이 있으면 마음 써 주십시오."

다만 지금은 화재 뒤처리로 야마코시의 수하들도 사방팔방 뛰어다니느라 저택에 사람이 적었다. 영감은 저택 안쪽으로 사라졌다가, 화재 현장을 위문하러 가는 오나쓰의 시종으로 뜻밖의 얼굴을 데려왔다.

"어머나, 쓰키쿠사."

눈을 휘둥그레 떴지만 오나쓰는 곧 사정을 이해했다. 분명 쓰키쿠사의 공연장도 불타서 한동안 료고쿠에서는 일할 수 없게 되었을 것이다. 그러나 벌이가 쏠쏠한 예인을 그냥 두면 다른 번화가에서 빼내 간다. 그러므로 야마코시는 공연장을 지을 때까지 쓰키쿠사에게 뭔가 일을 주고 있는 것이다.

오늘부터 그 일은 오나쓰를 모시고 다니는 것으로 바뀌었다.

"아가씨랑 외출하는 거다. 아가씨, 이야기 상대로 오하나도 데려오게 했습니다."

오나쓰가 승낙하기도 전에 자못 내키지 않는다는 말투로 인형 오하나가 말했다.

"할 수 없지뭐. 오낫짱, 내가 당분간 같이 다녀 줄게."

"주, 주다니. 뭐야, 인형 주제에."

저도 모르게 오하나를 노려본 순간, 쓰키쿠사가 오하나를 콩하고 쥐어박더니 차분한 얼굴로 이봐, 이봐, 하고 꾸짖었다. 영감이 웃는 걸 보고 오나쓰는 예인 쓰키쿠사가 인사 대신으로 예능을 선보였음을 깨달았다.

'그러니까 지금 오하나가 한 말은 쓰키쿠사가 이야기한 거지? 아직도 익숙해지지 않았어.'

하지만 이제 와서 물어보는 것도 이상할 듯해서, 어쨌든 이제 화재 위문을 하러 갈 수 있겠다고 말해 보았다. 영감은 끄덕이며 쓰키쿠사에게 돈으로 묵직해진 염낭을 건넸다.

"이건 아가씨한테 듣게 하면 안 돼. 누가 돈을 노리더라도 위험에 처하는 건 쓰키쿠사 자네 임무야."

"영감님, 너무 대놓고 얘기하시네요."

"오낫짱, 빨리 위문 가자고."

인형이 또 건방진 소리를 했지만 이번에는 못 들은 척할 수 있었다. 오나쓰는 묵묵히 위문품을 싼 보자기를 쓰키쿠사에게 건네고 야마코시 저택을 나왔다. 쓰키쿠사가 부드러운 목소리로 말했다.

"이번 불은 스미다가와 강 동쪽으로는 번지지 않아서 살았습니다. 사람들이 에코인으로 도망칠 수 있었으니까요."

오나쓰는 고개를 끄덕였다. 언니 오소노가 죽은 이래로 오랜만에 간다가와 강변을 지나 다리를 건너서 소꿉친구와 예능 스승을 찾았다. 금세 절 안에서 모습을 발견하고 옷과 돈을 건넸지만 다들 앞일이 걱정이었다. 그러나 공동주택만 원래대로 복구하면 다시 살아갈 수 있다는 말에 오나쓰는 조금 마음을 놓고 귀갓길에 올랐다.

그런데 아직 절 안에 있을 때, 누군가 오나쓰 일행에게 말을 걸었다. 마찬가지로 사람을 찾으러 왔다는 오캇피키 가와키타 대장과 마주친 것이다.

"어, 오나쓰 아가씨구먼. 저번에는 쓰키쿠사의 공연장에서 봤어요. 부녀가 싸우고 있을 때."

오나쓰의 눈이 살짝 커졌다. 그러고 보니 공연장에 오캇피키가 와 있던 사실이 떠올랐다.

'창피한 꼴을 보였네.'

가벼운 인사만으로 끝내려 했지만, 오캇피키는 오나쓰를 따라 걸으며 흥미진진한 표정을 숨김없이 내보인다.

"그날 공연장에서 거기 있는 하나히메에게 오소노 씨 일을 물어본 거죠. 오하나가 뭔가 가르쳐 주던가요?"

쓰키쿠사의 품 안에서 오나쓰보다 먼저 오하나가 대답했다. 아리따운 얼굴에 어울리지 않는 독설이 오캇피키에게 날아갔다.

"가와키타 대장님, 쓸데없는 일을 물으시네요. 남의 집 사정 같은 거 묻지 마세요. 배려심이 없으면 공을 못 세우죠. 도신[14] 나리한테 칭찬받지 못한다고요. 수하한테는 바보 취급당하고요."

오캇피키가 걸어가며 핏대를 올린다.

"이봐, 쓰키쿠사. 진실의 하나히메가 하는 말은 자네의 이야기 예능이잖나. 하나히메의 말은 쓰키쿠사의 말이지. 자네, 언뜻 보기에는 얌전한 것 같은데 실은 터무니없이 입이 거칠군!"

오캇피키가 노려보자 쓰키쿠사는 평소처럼 침착한 동작으로

---

14 에도 시대 하급 관리로 서무나 마치의 순찰 등 경비 업무를 했다.

고개를 숙인다. 옆에서 오하나가, 아이, 화내면 싫어, 라며 요염한 표정으로 우스갯소리를 던져서 오나쓰는 눈을 크게 떴다. 오캇피키도 같은 사람이 하는 말이라고는 생각하지 못하겠다며 입가를 일그러뜨렸다.

그러나 오캇피키는 화를 내면서도 방금 한 질문을 잊지는 않았다. 오소노가 간다가와 강에 빠졌다는 소식을 듣고 도신 나리와 달려간 사람이 바로 가와키타 대장이었다.

"그래서요? 오소노 씨 일을 오하나는 뭐라고 하던가요?"

거듭 질문을 받고 오나쓰는 료고쿠바시 다리로 향하는 길을 걸으며 마지못해 답했다.

"그날 하나히메는 고개를 돌린 채 딱 한마디, 모른다고 하고 입을 다물어 버렸어요."

그 말을 마지막으로 공연장 안에서 몇 번을 물어도 오하나는 입을 열지 않았다. 쓰키쿠사는 고지식하게 계속 사과했고, 야마코시 행수는 곧 쓴웃음을 띠며, 더 이상 물어도 소용없겠지, 라고 했다. 이야기는 그것으로 끝나고 말았다.

"이런, 이런."

오캇피키가 쓴웃음을 띠고 쓰키쿠사를 본다. 쓰키쿠사는 오하나를 안은 채 잠시 아무 말도 하지 않고 근처에 흐르는 간다가와 강을 보고 있었다.

공사가 많아서인지 배 여러 척이 목재를 싣고 물 위를 오갔다.

"쓰키쿠사?"

대장이 이름을 부르자 쓰키쿠사는 조용한 어조로 말했다.

"지금은 목수도 미장이도 무척 바쁘지요. 그런 일에 몸담은 사람들이 상당한 이익을 얻고 있다는 뜻입니다."

한편 의지할 데도 없고 화재로 일을 잃은 사람들이 품은 불안 감은 점점 커지고 있을 것이다.

"오나쓰 아가씨는 행수님을 닮았어요. 어려워진 사람의 마음 을 알고 계세요."

아직 열세 살 밖에 안 된 여자아이지만 빈틈없이 화재 위문을 하러 절에 갔다. 오나쓰가 나타나면, 화재로 집을 잃고 불안해하 는 사람들이 안심한다. 오나쓰는 역시 야마코시 행수님의 따님 이라고 쓰키쿠사는 상냥하게 칭찬했다.

그런데.

"야마코시 행수님이 공연장에서 말씀하셨습니다. 오나쓰 아 가씨는 야마코시 행수님이 언니 오소노 씨를 죽였다고 생각한다 고. 왜 그런 말씀을 하셨지요?"

"아가씨, 이 일대를 주름잡는 행수님이 그런 일을……."

처음 듣는 얘기였는지, 해자를 따라 난 길가에서 오캇피키의 얼굴이 굳어졌다. 번화가에 가까워지며 사람들의 왕래가 늘어난 가운데, 오나쓰는 한동안 말없이 빠른 걸음으로 걸었지만……점 점 자신을 바라보는 눈빛이 신경 쓰였다.

오나쓰를 바라보는 듯 느껴진 것은 쓰키쿠사나 오캇피키의 눈이 아니다. 진실의 물에서 생겨났다는 하나히메의 눈이었다.

금세 마음이 어수선해진 오나쓰가 할 수 없이 털어놓았다.

"나 그렇게 생각했거든. 오소노 언니는 발이 미끄러져서 강으로 떨어진 게 아니다, 스스로 간다가와 강에 뛰어들어서 죽은 게 아닐까 하고."

"예?"

오캇피키가 쓰키쿠사와 얼굴을 마주 보았다.

"그럼 오나쓰 아가씨는 오소노 씨가 자살했다고 생각하는 겁니까?"

"즉 야마코시 행수님이 오소노 씨를 죽였다고는 생각하지 않는다, 그거군요."

이야기가 달라져서 쓰키쿠사는 고개를 갸우뚱했고 오캇피키도 난처한 표정으로 오나쓰를 바라보았다. 오나쓰는 다시 잠깐 침묵했지만…… 이윽고 해자를 떠가는 배로 시선을 향한 채 야마코시의 저택을 어떻게 생각하느냐고 쓰키쿠사와 오캇피키에게 물었다.

곤혹스러워하는 두 사람의 대답은 비슷했다.

"그야…… 큰 저택이지요."

료고쿠에서 세력을 떨치는 행수의 저택이다. 오나쓰가 고개를 끄덕인다.

"아버지는 료고쿠 일대의 토지 소유자야. 공연장이랑 가게도 가지고 있고."

지마와리로서 도박 등 남에게는 말할 수 없는 돈벌이도 하고 있다고 단언한다.

"전부는 모르지만 아버지에게는 많은 수입이 있을 거야."

그러니까. 오나쓰는 오가는 배를 보며 말했다.

"이 근방에서는 야마코시 행수의 수하가 되면 우선 살아가는 데 곤란하지 않다고들 하지."

동료도 생긴다. 일자리와 혼처도 주선해 준다. 모두 알기 때문에 야마코시를 늘 대우해 주는 것이다.

즉 행수라 불리는 야마코시는 그 이름을 걸고 가족이나 다름없는 많은 사람을 계속 먹여 살려야 한다.

그래서 야마코시는 오소노의 혼처를 무척 신경 써서 골랐다고 오나쓰는 말을 이었다.

"죽기 전에 언니한테 혼담이 들어와 있었어. 아버지는 마음 든든한 인척을 원했지."

물론 유복한 남자다. 그뿐 아니라 아버지처럼 기댈 수 있는 상대였을 것이다. 야마코시가는 돈도 힘도 있는 집안이지만 지마와리라서 신분은 높지 않다. 거기에 신경 쓰지 않고 오소노를 아껴 줄 남자이기도 하다고 아버지는 말했다.

"어머나, 썩 괜찮은 혼담이네."

오하나가 흥미로워하는 목소리를 내서, 오나쓰가 상대는 얼굴도 잘생겼다고 일러 줬다. 여간해서는 찾기 힘들 만큼 좋은 남자였다. 다만.

"언니에겐 이전부터 따로 좋아하는 사람이 있었어."

동생의 눈으로 봤을 때 아무리 생각해도 야마코시의 마음에 들 상대가 아니었다. 변변치 못하다고 오소노 자신이 확실히 말했으니 어지간했나 보다. 게다가 미장이라는 그 남자는 야마코시의 딸의 덕을 보고 싶었던 듯하다. 오소노는 상대에 대해 오나쓰에게 이런저런 푸념을 했다.

한편 언니의 혼담은 빠르게 진행되었다. 오나쓰는 혼담 상대의 얼굴을 저택에서 몇 번이나 보았다.

"언니는 미장이 청년을 아버지한테 소개하지 못하고 고민했어. 몹시 난처해했지."

끝까지 아무 말도 꺼내지 못한 채, 오소노는 어느 날 별안간 죽어 버렸다.

오나쓰가 나막신으로 길가의 돌멩이 하나를 툭 걷어찼다.

"언니가 죽은 건 아버지 때문이라고 했지만. 내 탓이기도 해."

오소노가 고민하는 것을 오나쓰는 알고 있었다. 그러나 오나쓰는 아직 열세 살이라는 사실 뒤에 숨어서 언니를 돕지 않았다.

오나쓰는 도망친 것이다. 뭔가 잘 맞지 않는 아버지, 조금…… 아니 꽤나 무서운 아버지와 더 이상 부딪치기 싫었다.

그리고.

"언니를 잃었지."

오나쓰는 언니가 혼담 때문에 곤란해진 끝에 자살하지 않았나 짐작했다.

"언니가 살아 있는 동안 내가 아버지랑 싸워야 했어. 언니를 위해."

너무 늦었다는 것을 알지만 오나쓰는 더 이상 가만있지 않았다.

속마음을 아버지에게 말했다.

언니의 일에 대해 자기 생각을 털어놓았다.

아버지가 자신보다 훨씬 더 바쁘고 힘든 사람이고 자신은 그저 투정을 부릴 뿐이라는 것을 알면서도 말했다.

상대해 주지 않더라도, 아버지가 귀찮게 여기더라도, 오나쓰는 지금 말하고 싶은 것을 말하고 있다.

그럴수록 점점 더 자신이 싫어졌다.

"난 진저리 나게 싫은 애야."

오나쓰는 쓰키쿠사와 오캇피키에게 눈길을 주며 자기도 안다고 말을 이었다. 쓰키쿠사와 대장이 서둘러 위로했다. 하지만 그 속에 오하나의 목소리는 없었다.

3

그 후 오나쓰는 한동안 발을 멈추지 않고 묵묵히 걸었다.

료고쿠바시 다리 동쪽에 펼쳐진 번화가에 접어들자 주위에는 공연장과 가게가 끊임없이 늘어서 있었다. 불타지 않은 료고쿠바시 동쪽 다릿목은 북적거렸고, 오늘도 이쪽저쪽 가게에서 오나쓰를 발견하자 들렀다 가시라며 말을 걸었다. 그러나 오나쓰는 일행과 그 흥겨운 분위기 속을 쉬지 않고 걸었다. 그러는 사이에 다리 옆 초소 너머로 스미다가와 강에 놓인 료고쿠바시 다리가 보이기 시작했다.

낮이라서 강 반대편에 있는 서쪽 번화가도 잘 보였다. 다리 건너편은 키 큰 공연장이 반쯤 줄어서 뭔가 기묘한 풍경으로 변해 있었다.

오나쓰는 다리를 건너면서 많은 부분이 공터가 된 번화가와 그 옆에서 스미다가와 강과 교차하는 간다가와 강을 바라보았다. 언니 오소노는 료고쿠바시 다리 서쪽 번화가에서 그리 멀지 않은 장소인 간다가와 강에서 목숨을 잃었다.

"그날 언니는 해 저문 강기슭에서 무슨 생각을 했을까."

다리 위를 걸으니 오나쓰의 발밑에서 딸깍딸깍 나막신이 울린다. 옆을 걷는 쓰키쿠사의 품 안에서 히메 인형 오하나가 입을 열었다.

"오소노 씨는 강기슭에서 아버지가 권한 혼담 상대를 생각하고 있었던 게 아닐까?"

"뭐? 오하나, 어째서?"

"혼담 상대는 멋진 남자였다며? 야마코시 행수님이 딸의 신랑감으로 삼아도 좋다고 여겼을 만큼."

다른 한쪽인 미장이는 한심하게도 무능한 사람이다. 야마코시의 이름과 관계없이 오소노를 좋아하는지도 의심쩍다.

"오소노 씨는 오낫짱한테 전부터 미장이에 대해 푸념했잖아. 오소노 씨의 마음이 미장이한테서 멀어졌다는 느낌이 들어."

거기에 근사한 남자가 나타난 것이다.

"무엇보다도 그 남자는 기댈 수 있다는 점이 야마코시 행수님을 닮아 보이고."

아버지를 닮은 멋지고 호방한 남자라면 많은 처녀가 마음이 끌리리라. 게다가 그 남자는 혼담 상대다. 오소노만 좋다고 하면 다들 축하해 줄 상대였다.

오하나가 오나쓰의 얼굴을 들여다본다.

"뭐, 믿음직스럽지 못한 미장이로서는 이길 수 없는 상대지. 차이가 너무 나니까 오소노 씨는 혼담 상대를 마음에 들어 하는 게 미장이 쪽에게 미안한 일이라고 생각했을지도 몰라."

다정한 아가씨라면 더더욱 그렇다. 오하나는 손으로 사랑스럽게 자기 뺨을 감싸며, 그래그래, 하고 끄덕인다.

"아마 오소노 씨는 때가 되면 아버지의 강한 권유에 따라 혼담을 받아들였을 거야. 응, 내 생각은 그래."

한편 야마코시는 그 미장이에게 열심히 일하겠다고 거듭 다짐을 받았을 테고, 그는 머지않아 다른 좋은 상대를 만나 잘 살았을 거라고 오하나는 말한다. 야마코시는 빈틈없는 사람이다.

그런데.

"오소노 씨는 왜 간다가와 강에 빠졌을까?"

오하나는 호화스러운 후리소데를 흔들며, 이상하단 말이지, 하고 고개를 갸웃거렸다. 오나쓰가 뭐라 대답하면 좋을지 몰라서 잠자코 있으니, 오캇피키가 오하나에게 시선을 보냈다.

"인형이라는 걸 알아도 남자에 대해 이러쿵저러쿵하는 여자는 어쩐지 무섭군."

오캇피키가 진지한 말투로 투덜거리자 쓰키쿠사는 살짝 웃었다. 완만하게 곡선을 그리는 형태의 다리를 다 건넜을 때, 불탄 서쪽 화재 방지용 공터로 눈길을 돌렸다.

"한참 앞까지 내다보이는군요."

오소노 씨가 빠진 부근을 보고 싶지 않다면 조금 길을 돌아서 갈까요, 하고 쓰키쿠사가 오나쓰에게 묻는다. 오나쓰는 고개를 저었다.

"아냐. 근처에 왔는걸. 언니가 세상을 떠난 곳에서 제대로 두 손 모아 빌어 주고 싶어."

간다가와 강 주변도 평소보다 사람의 왕래가 줄었다. 스미다 가와 강으로 흘러 들어가는 조금 앞쪽 부근은 낭떠러지처럼 수면을 향해 기슭이 움푹 팼고, 오소노는 그 부근에서 강에 떨어졌을 거라고 했다. 오하나 일행은 낭떠러지 위에 웅크리고 앉아 강을 보며 합장했다. 오캇피키가 옆에서 미간을 찌푸린 채 아래쪽 강을 보고 있다.

"오소노 씨가 죽은 건 저녁 무렵이었지만, 스미다가와 강 불꽃놀이가 끝난 뒤라 사람으로 북적거렸어. 강에 사람이 빠진 건 다들 금방 알아차렸을 것 같은데."

야마코시의 딸인 오소노는 여름용이긴 했지만 후리소데를 입고 화려한 띠를 매고 있었다. 기모노가 물을 먹어서 단숨에 강물 속으로 끌려들어 가고 말았다.

"뱃사공이나 어부가 아니면 헤엄칠 줄 아는 사람은 적으니까. 허겁지겁 배를 띄웠다고 하지만."

도중에 달려온 오캇피키도 낭떠러지를 내려와 눈앞에 보이는 강에서 오소노를 찾았다. 그러나 끌어올렸을 때 오소노는 숨을 쉬지 않았다.

"⋯⋯미안합니다."

자신에게 잘못이 있는 것도 아닌데, 가와키타 대장이 오나쓰에게 머리를 숙인다. 오나쓰는 고개를 젓고 자신이었다면 더 도움이 되지 않았을 거라며 입술을 깨물었다.

그러고 나서 이제 돌아갈까, 하고 일어선다. 그때 오나쓰는 화재 방지용 공터의 서쪽, 상가가 이어지는 니혼바시 쪽을 보고 고개를 갸웃거렸다.

"어, 저쪽 집만 이상하게 새 집이네."

화재가 나기 전에는 번화가에 공연장이 빽빽이 들어서서 보이지 않았기에 알아채지 못했다. 그러나 지금은 번화가 근처에 있는 공동주택 중 가장자리 한 집만 새로 지은 것이라고 확실히 알아볼 수 있었다.

공동주택의 일부만이 새것이다. 기묘한 느낌이 들었다.

"신경 쓰이시나요? 알아보고 오겠습니다."

쓰키쿠사가 선뜻 상가 쪽으로 달려간다. 공동주택 우물가에 사람이 있었는지 곧 돌아와서 사정을 알려 주었다.

"저 공동주택에서 작은 화재가 났나 봅니다. 번화가가 불타기 이전의 일이라는군요."

불은 금세 껐고, 불탄 공동주택의 가장자리 집만 수리했다.

"작은 화재…… 몰랐어."

"소문도 나지 않았겠죠."

최근에 이 근방에서 야마코시의 딸 오소노가 목숨을 잃었다. 큰 소란이 벌어졌을 테고 작은 화재쯤은 일찌감치 잊혔다.

"작은 불……."

오나쓰는 간다가와 강기슭에서 다시 한 번 작은 화재가 난 공동주택 가장자리 집으로 시선을 보냈다. 그러고 나서 낭떠러지 아래 오소노가 빠진 강을 보고 고개를 갸우뚱한다. 곧 손을 꽉 쥐었다.

"혹시."

자신의 얼굴이 점점 빨개지는 것이 느껴졌다. 줄거리가 머릿속에서 다 짜 맞춰지자 심장이 빠르게 뛰었다.

오나쓰는 쓰키쿠사와 오캇피키 쪽으로 고개를 돌리고 급히 이야기를 시작했다.

"진실의 하나히메는 언니가 새 혼담을 받아들였을 거라고 했어."

그렇다면 아버지 야마코시와 오소노는 진심으로 다툴 일은 하지 않았을 것이다. 오소노가 강에 몸을 던질 이유도 없었다는 말이 된다.

오나쓰는 언니가 미장이에게 헤어지자고 했다는 얘기도 듣지 못했다. 그러니 두 사람이 다퉜다고도 생각하기 어렵다.

"언니는 자살한 게 아닐지도 몰라."

"그렇군요. 이곳 낭떠러지는 위험하니 잘못해서 떨어졌을지도요……."

오나쓰는 오캇피키의 말을 끝까지 듣기도 전에 고개를 저었다. 야마코시의 저택과 가까워서 오소노에게 익숙한 곳이다. 실수로 강에 빠졌다니 도저히 납득할 수 없다.

그렇다면.

"언니는 누군가에게 살해당했을지도 몰라."

"예에?"

오소노는 세력 있는 행수 야마코시의 딸이다. 손을 댈 사람 따위는 없다고 오캇피키는 서둘러 말했다. 그러나 오나쓰는 작은 불이 난 공동주택에 눈길을 주고 자기 생각을 입에 담았다.

"만일 언니가 여기에서 저 공동주택에 누가 불을 지르는 광경을 봤다면 어떨까. 불을 지른 사람은 상대가 야마코시의 딸이니 입을 다물게 하려 했을 거야. 안 그래?"

방화를 한 사람은 시중에 조리를 돌린 후 화형에 처하도록 정해져 있다. 큰 화재를 불러서 많은 사람을 타 죽게 할지도 모르는 죄에는 무시무시한 벌이 기다렸다.

그런 가혹한 형벌에 처해진다는 사실이 널리 알려졌는데도 에도에서는 방화가 꽤나 많이 일어난다.

"최근에 화재가 이상하게 많이 일어났어."

여름인데도 겨울을 웃돌 만큼 화재가 이어지고 있다. 바로 얼마 전에도 이 번화가가 불타지 않았는가.

쓰키쿠사의 공연장이 불타서 무너진 직후가 아닌가.

그보다 조금 전, 서쪽 다릿목 번화가에서 이렇게 가까운 곳에 불이 났다. 화재 흔적을 내다볼 수 있는 장소에서 오소노가 목숨을 잃었다. 오나쓰에게는 그것이 도저히 우연한 일로 여겨지지 않았다.

"언니는 이 장소에서 불을 지르고 도망치는 누군가를 본 게 아닐까?"

"오나쓰 아가씨, 증거가 없잖아요. 더구나 화재가 나서 앞쪽 공연장이 불타기 전에는 저 안쪽 공동주택이 보이지 않았어요. 간다가와 강기슭에서는."

오캇피키가 서둘러 충고했지만 오나쓰는 말을 멈추지 않았다.

"언니는 이 강기슭에서, 불이야, 하고 소란을 떨지는 않았어. 자기가 본 것의 의미를 당장은 알아차리지 못했을 거야."

불은 붙인 직후에 금방 타오르지는 않는다. 조금 사이를 두고 하늘로 불꽃을 내뿜는다. 오소노가 본 것은 골목길에서 도망쳐 나오는 어떤 이의 모습이 아니었을까.

"하지만 방화범은 자기가 도망치는 모습을 언니가 봤다는 것을 알았겠지."

오소노를 내버려 뒀다가 쓸데없는 말이라도 하면 자신이 화형에 처해질지도 모른다.

"그래서 언니를 강으로 밀어서 빠뜨린 거야. 그렇지? 분명 그런 것 같지 않아?"

오나쓰가 목소리를 점점 높이며 온몸을 부르르 떨었다. 그때였다.

"진정해요, 오나쓰 아가씨."

쓰키쿠사가 오나쓰의 팔을 꽉 잡고 얼굴을 들여다보았다.

"그건 오나쓰 아가씨의 추측일 뿐이에요. 증거가 있는 게 아니야. 아시죠?"

"하지만."

"오소노 씨가 그날 방화범을 봤는지 아닌지는 아무도 모릅니다."

오소노는 이미 죽었다. 앞으로 확인할 방법 같은 것은 없다.

"방화범이다 뭐다 하며 필요 이상으로 파고드는 건 그만두세요."

쓰키쿠사는 무서운 얼굴로 말을 계속했다.

"정말로 불을 지른 자가 있다면 그놈에게는 화형이 기다리고 있어요. 그런 사람들을 쫓으면 아무리 야마코시의 딸이라 해도 오나쓰 아가씨의 신변이 위험해집니다."

"거봐, 역시 방화범을 보았다면 위험하잖아. 오소노 언니도 분명 방화범한테 살해당한 거야."

쓰키쿠사는 오나쓰의 팔을 놓고 작게 한숨을 쉬었다.

"오나쓰 아가씨, 아무리 후회해도 이제 오소노 씨가 돌아올 일은 없어요. 오하나에게 '진실'을 들어도 그건 변하지 않아요."

쓰키쿠사는 실은 자신도 이전에 화재로 소중한 사람을 잃은 일이 있다고 말을 꺼냈다.

"그래서 말씀드리는 겁니다. 그만하시라고 말이에요."

"뭐……."

오나쓰는 험한 표정을 지으며 너무 때맞춰 나온 쓰키쿠사의 사연에 의심의 눈초리를 보냈다. 쓰키쿠사는 거짓이 아니라며 입가를 일그러뜨렸다. 북적이는 인파 속에서 가게 쪽으로 다가가더니 한 팔을 앞으로 내밀고 천천히 소매를 걷어 올린다.

"으앗."

오캇피키가 소리를 질렀다. 오나쓰와 오캇피키의 눈앞에 어깻죽지까지 이어진 큰 화상 자국이 나타난 것이다.

'쓰키쿠사는 화재에 말려들어 소중한 사람을 잃은 남자 이야기를 공연장에서 했어. 그거, 쓰키쿠사가 겪은 일이었구나. 그 화재 때 자기도 큰 화상을 입었고.'

누군가를 잃고 유품인 옥비녀를 진실의 우물에 던져 버렸다. 나중에 비녀를 되찾으려다가 대신 하나히메의 눈을 얻었다.

'세상에…… 진짜 있던 일이었어.'

말을 잃은 오나쓰에게 쓰키쿠사가 이야기를 계속했다. 흘깃 얼굴을 들여다보았지만, 가게 그늘에 있어서인지 쓰키쿠사가 어떤 표정을 짓고 있는지 알아볼 수 없었다.

"저는 화재에 말려든 날, 대들보가 떨어져서 크게 다쳤습니다."

화재는 무섭다. 사람을 죽이고, 살아남은 자의 인생을 바꾸어 버린다. 쓰키쿠사가 인형 제작자가 되기를 포기한 것은 그때의 상처로 손에 마음껏 힘을 줄 수가 없게 되어서라고 한다.

"오하나는 제가 인형 제작자로서 만든 마지막 인형이지요."

포기한 일을 생각하면 지금도 괴로울 때가 있다고 쓰키쿠사는 정직하게 말했다. 그러나 시간은 돌아오지 않는다. 쓰키쿠사는 인형 제작자였던 시절의 삶을 두 번 다시 되찾을 수 없다.

지금도 당시를 떠올리면 말문이 막힐 때가 있다는 얘기를 듣고 오나쓰는 쓰키쿠사의 팔에서 눈을 돌렸다.

"저기, 미안해. 무대에서 밝게 한 이야기라 진짜 있었던 일인 줄 몰랐어."

"괜찮아요, 아가씨. 하지만 말이죠, 어떤 이유가 있건 간에 저 세상으로 가 버린 사람은 돌아오지 않는답니다."

쓰키쿠사는 그것을 뼈저리게 느낀 것이다. 그러니.

"괴로워하기보다 오소노 씨 묘소에 성묘하러 가 주세요. 저는 다친 뒤, 한참 동안 여러 가지를 포기하지 못했어요. 하지만 괴로운 시간을 오래 끌었을 뿐이었죠."

오나쓰의 추측은 두려운 일을 부를지도 모른다고 쓰키쿠사는 거듭 말했다.

"만일 아가씨 추측이 맞는다면 어떻게 될 거라 생각하시나요?"

고의로 불을 낸 사람은 오나쓰를 두려워할 것이다. 그냥 두면 자신이 위험하다며 이번에는 오나쓰를 노릴 가능성이 있다. 일이 그렇게 되면 야마코시가 가만히 있지 않을 것이다.

"큰 소란이 벌어집니다. 많은 사람이 말려들어요."

까딱 잘못하면 높으신 분에게도 소동이 알려져서 야마코시 자신에게 화가 미칠 수 있다. 그 말을 들은 오나쓰의 눈이 휘둥그레졌다.

'아…… 쓰키쿠사는 필사적으로 나를 말리고 있어. 언니가 방화범을 봤을지 모른다고 쓰키쿠사도 의심하는 거야.'

이때 쓰키쿠사에게 안겨 있던 오하나가 말을 꺼냈다. 오하나의 생각은 신기하게도 쓰키쿠사하고는 조금 달랐다.

"오낫짱, 오소노 씨가 죽은 이유를 알고 싶은 마음은 알겠어. 나라도 쓰키쿠사가 습격을 받아 살해당해서 땅에 묻히고 묘비도 세우지 못한 채 잊힌다면 좀 싫을 것 같아."

"오하나…… 그렇게 사람을 막 죽이지 말아 줄래?"

질렸다는 얼굴을 하는 쓰키쿠사 옆에서 오하나는 오나쓰를 바라보았다.

"하지만 아무리 오소노 씨를 위해서라도 오낫짱은 그렇게 간단히 누군가한테 의심의 눈초리를 보내면 안 돼. 야마코시의 딸이 하는 말은 가볍지 않아."

의심을 입에 담은 뒤에는, 만에 하나 관련이 없다는 것을 알아도 돌이킬 수 없다. 상대에게는 상처 입은 마음이 남는다. 사과만으로는 끝낼 수 없다고 하나히메는 단호히 말했다.

"방화는 중죄 중의 중죄니까. 알았지?"

"……인형 주제에 시끄럽네."

오나쓰는 한숨을 쉬고는 어쨌든 오늘은 돌아가자며 강기슭에서 벗어나 쓰키쿠사를 안심시켰다.

그러나.

"쓰키쿠사, 내일도 외출할 거니까 일찍 집으로 와 줘."

오나쓰가 그렇게 말했기 때문에 쓰키쿠사는 울상을 지었고 오캇피키는 염려스럽다는 눈빛을 보냈다.

'사람들한테 걱정을 끼치고 있구나.'

그래도 오나쓰는 언니의 죽음을 잊을 수 없었다.

4

다음 날부터 쓰키쿠사는 한숨을 산더미처럼 내쉬며 푸념을 늘어놓게 되었다. 그렇게 말렸는데도 오나쓰가 가만있지 않고 화재와 오소노의 죽음에 대해 조사를 시작했기 때문이다.

"오나쓰 아가씨, 제발요. 방화범을 쫓는 건 그만두세요. 혹시 위험한 놈과 마주치기라도 하면 저 혼자서는 아가씨를 지키지 못한다고요."

쓰키쿠사가 거듭해서 말해도, 오나쓰는 날마다 최근 화재가 일어난 장소를 찾아가 근처 사람들에게 이것저것 묻기를 멈추지 않았다. 야마코시는 화재 뒤처리 때문에 바빠서 집에 없는 날도 많다. 덕분에 외출이 가능해진 오나쓰를 쓰키쿠사가 억지로 저택으로 끌고 와서 설교할 수 있을 리 만무했다.

그러자 쓰키쿠사에게 안겨 있던 오하나가 오나쓰에게 불경이라도 읽듯 길게 푸념과 설교를 되풀이했다.

"오낫짱도 참 무모하네. 걱정했던 대로야."

하나히메의 말 사이에 쓰키쿠사의 한숨이 더해지니 꽤나 성가시다. 그러나 오나쓰는 그 말을 어찌어찌 흘려 넘기고 날마다 료고쿠의 활기찬 거리를 돌아다녔다. 급기야 밤에도 나가서, 매일 이래 가지고는 잠이 부족합니다, 하고 쓰키쿠사가 하소연하는 지경에 이르렀다.

하지만 그 소리가 빨리 집으로 돌아가게 하려는 말이란 것을 알기에 오나쓰는 고집을 부렸다.

"쓰키쿠사, 날 따라다니는 건 공연장을 다시 지을 때까지만 하는 거지? 게으름 부리면 안 돼."

서쪽 번화가에서도 멀리서 온 목수들의 손으로 공사가 개시되었기 때문에 오나쓰는 마음이 급해졌다. 지금 화재 현장을 보고, 사람들이 잊기 전에 증언을 들어 두고 싶었다.

"그건 그렇고 돈벌이가 되는 일이 있으면 거기에 사람이 모이는구나. 니시료고쿠 번화가는 일단 제쳐 놨는데. 이렇게 빨리 공사가 시작될 줄은 몰랐어. 대단하다."

그러자 오늘 밤도 변함없이 건방진 목소리가 오나쓰에게 대답했다.

"한가한 소리를 다 하고 오낫짱은 참 마음 편하네. 지금 위험한 조사를 하고 있단 말이야. 쓰키쿠사가 그만두라고 하는 의미를 아는 거야?"

그러니 밤까지 나돌아 다니면 위험하다고 오하나는 말한다.

"이대로 가다간 조만간 누군가에게 습격당할 거야. 목숨이 위험해진다니까. 쓰키쿠사까지 말려든다고. 위험하니까 얼른 집에 돌아가."

하나히메의 진실의 말을 제발 좀 들으라는 소리에 오나쓰는 번화가 찻집 옆에서 뒤돌아 오하나를 노려보았다.

"괜찮아. 아무것도 아닌 척 이것저것 캐물어서 알아내고 있으니까."

"헤에, 그래? 하지만 뭔가 알아냈던가?"

인형 오하나는 하얀 손을 뺨에 대고 오나쓰의 말에 고민하는 척했다. 아름다운 인형이라서 오히려 더욱 비아냥거리는 움직임으로 보였다.

"불이 처음 난 집 어디에서도 수상한 놈을 보았다는 사람이 없다는 대답을 듣지 않았니? 오낫짱, 내 말이 틀려?"

"그 오낫짱이라고 부르는 거, 그만두지 못해!"

오나쓰 아가씨라 부르라고 해도, 인형은 "후후후" 하고 웃을 뿐 귓등으로 흘려보낸다. 이래서는 안 된다고 쓰키쿠사에게 불평을 한 결과, 당사자는 예의 바르게 '오나쓰 아가씨'라고 부른다. 하지만 오하나는 변함없이 '오낫짱'이라고 부르는 것이다.

"너 정말! 난 이렇게 애쓰고 있는데. 오하나 넌 쓰키쿠사가 들어다 주잖아. 그러면서 이러니저러니 하지 말라고!"

오나쓰가 저도 모르게 소리치자, 쓰키쿠사가 옆에서 고개를 끄덕였다.

"그러고 보니 오늘은 내내 걸었군요. 아가씨, 피곤하시죠?"

잠깐 쉬지요, 라고 말하고 쓰키쿠사는 오나쓰를 가까운 찻집에 데려간 후 등롱불을 껐다. 경단과 차를 받아 들고 의자에 앉으니 확실히 긴장이 풀린다. 음식을 먹는 오나쓰의 입가를 오하나가 자세히 보는 느낌이 들었다.

그때 옆에 앉은 쓰키쿠사가 조용한 목소리로 이야기하기 시작했다. 예능에서 사용하는 음색인지, 많은 이가 오가는 번화가에 있는데도 귓전에서 소곤거리는 것처럼 똑똑히 들린다.

"오나쓰 아가씨, 아가씨는 이 닷새 동안 사람들에게 화재에 대해 묻고 다녔습니다. 그렇게 말렸는데."

오나쓰는 스스로도 알고 있듯이 고집쟁이다.

"저는 이제 말리는 걸 포기했습니다. 불가능하다고 생각했어요. 지금은 다음 수단을 고려하는 중입니다."

쓰키쿠사의 말에 오나쓰가 볼을 부풀린다.

"화재 현장을 돌아다닐 때 쓰키쿠사도 옆에 있었잖아? 다들 입을 모아 요즘 화재가 많다고 여긴댔잖아. 단지 수상한 사람은 보지 못했다고 덧붙였을 뿐이지."

"화재가 일어난 이유는 담뱃불이 떨어졌다든가 부뚜막에서 불이 났다든가. 어쨌든 뭔가 실수였던 게 틀림없다고 한결같이 대답했지요."

쓰키쿠사의 말에 오나쓰는 마지못해 끄덕였다. 다만.

"묘한 곳에서 불이 났다고 말한 사람들이 있었어. 꽤 있었는데."

그러나 이상하다고 생각한 사람들도 불이 난 이유는 잘 모르는 것 같았다. 오나쓰는 쓰키쿠사가 안고 있는 히메 인형 오하나에게 도전하듯 물었다.

"난 그 이유가 짐작이 되는데. 어때? 오하나도 알겠어?"

그 말을 들은 오하나는 목각 인형이라 그럴 리 없는데도 입을 삐죽이는 것처럼 보였다. 오나쓰가 웃음을 띤 순간, 옆에서 쓰키쿠사가 조용한 목소리로 자기 생각을 말했다.

"어쩔 수 없네요. 아가씨가 말도 안 되는 고집을 부리고 바보같은 짓을 하며 방화범 눈에 띄는 것도 마다하지 않고 파악한 내용에 대해 제 생각을 말씀드리죠."

"······오하나가 가끔 진짜로 빈정거리는 건 쓰키쿠사를 흉내

내기 때문이야?"

오나쓰는 뾰로통해졌지만, 쓰키쿠사는 아랑곳하지 않고 단언하듯 말했다.

"몇 건인가 방화가 있었다고 생각합니다."

목수들도 그렇게 단언하는 데 따르는 무서움은 알고 있다. 그래서 모두 입에는 담지 않는 것이다.

여기에서 목소리가 오하나로 바뀌었다.

"문제는 누가 불을 질렀는가 하는 건데."

오하나의 눈이 등롱 빛을 받아 수면처럼 반짝인다.

"거기에 있어도 이상하지 않은 사람, 새삼스레 있다는 생각도 들지 않을 사람이 불을 질렀다고 봐. 아마 혼자 한 짓이 아닐 거야."

매번 똑같은 자가 화재 발생지에 나타나면 머지않아 싫어도 입길에 오른다. 그러나 료고쿠 주변에서는 작은 화재가 상당한 횟수로 일어났는데도 아직 그런 사람의 소문은 나지 않았다.

"나도 그렇게 생각해."

오나쓰가 끄덕이자, 오하나가 한층 목소리를 낮추고 방화범이 어떤 위치에 있는 사람인지 설명했다.

"오낫짱이 조사한 화재는 낮에 일어난 것도 있고 밤에 일어난 것도 있었지. 그러니 낮 동안 가게에서 일하는 고용살이 일꾼 짓은 아니야."

밤에 혼자서 움직이면 사람들이 이상하게 볼 어린아이의 못된 장난도 아닐 것이다. 짐을 지고 온 동네를 돌아다니며 장사하는 도붓장수라면 참작해 볼 수 있지만 그쪽도 아닐 거라고 오하나는 단언했다.

"쓰키쿠사의 지인 중에도 도붓장수가 꽤 있지만. 다들 매일 똑같은 시각에 똑같은 공동주택에 얼굴을 내민댔어."

그러는 도중에 불을 질렀다면 금방 누군가 눈치채서 소문이 돈다. 그런 도붓장수의 소문은 지금껏 듣지 못했다. 오나쓰가 말을 이어받는다.

"지마와리의 수하들은 어떨까 추측해 봤지만 역시 아니야. 모르는 공동주택에 숨어들어 가면 눈에 띄니 사람들이 이상한 눈으로 보겠지."

무엇보다 수하들은 날마다 부지런히 일하고 있다. 지마와리라고 하면 놀며 지내는 것처럼 말하는 사람도 있지만 그렇지 않다. 야마코시가 같은 큰 집안을 꾸려 나가려면 돈이 필요하다.

"도무지 좁혀지지가 않네. 여자라도 불은 지를 수 있고."

오하나의 말에 오나쓰가 끄덕였다.

"그렇더라도 알 수 없는 점은 왜 불을 지르고 다니느냐는 거야. 여러 명이서 하는 거라면 불이 좋아서 참을 수 없다, 뭐 그런 이유도 아닐 테고."

오나쓰가 그렇게 말하자, 오하나는 고개를 조금 갸웃했다.

"왜 불을 질렀을까. 그런 건 생각해 보지 않았어."

"흔히 듣는 것처럼 짜증이 나서 그랬다든가 화재로 소동이 일어나는 게 재미있다든가 그런 이유일까?"

오나쓰는 처음에는 그렇다고 믿었다. 한 집뿐이라면 집주인에 대한 원한이라는 이유도 생각해 보겠지만, 올여름에는 방화가 계속 일어나고 있다.

"잡히면 자기가 화형을 당해. 무시무시한 벌이 기다리고 있다고. 그런데 재미있다고 이렇게 계속할 수 있을까?"

오나쓰는 문득 말을 멈췄다. 방화범이 어떤 자들인지가 너무나 쉽게 불쑥 떠올랐기 때문이다.

한낮에 어디든 내키는 대로 있어도 이상하지 않은 사람. 올여름이라면 그야말로 이 동네 저 동네에 있어도 아무렇지 않은 사람. 게다가…… 불을 지르는 이유가 있을 법한 사람이다. 동료도 있다.

그래, 그자들이라면 할 수 있다는 확신이 들었다. 왜 지금까지 그 생각을 못 했을까 싶을 만큼 간단한 답이었다.

'하지만.'

오나쓰는 방화범이 어떤 자들인지 목구멍까지 나온 답을 꾹 눌렀다. 입에 손을 대고 주위를 슬며시 둘러보았다.

어쩐지 찻집 안이 묘하게 조용한 듯했기 때문이다.

'누군가 엿듣고 있다면……. 무서워.'

오나쓰는 몸이 조금 떨리는 것을 느꼈다. 여기는 찻집이니 저마다 자신들의 대화에 바빠서 남의 이야기를 듣고 있을 리 없다. 그렇게 스스로를 다독여도 마음이 진정되지 않았다.

'오하나에게 얘기하다 멈춰서 다행이다. 내 생각을 쉽게 입 밖에 내면 위험해. 혹시라도 내가 틀렸다면, 미안하다고 사죄하는 정도로는 끝나지 않는걸. 절대 안 돼.'

증거가 없으면 해서는 안 되는 말이 있다. 그것을 피부로 느끼고 오나쓰는 입술을 깨물었다. 어른들은 이토록 세심하게 앞뒤를 살피며 하루하루를 보내는 것일까. 오나쓰가 지금 알게 된 것이 그중 한 가지일까.

"으……."

말하고 싶어도 할 수 없는 이야기를 속에 담고 오나쓰가 작게 신음소리를 내자, 쓰키쿠사가 걱정스러운 표정으로 슬슬 저택으로 돌아가자고 했다.

"구름이 끼었어요. 달빛이 없어지면 등롱 하나에 의지하기는 어둡습니다. 이제 나가죠."

료고쿠 공터의 번화가는 밤에도 열려 있지만, 손님들은 대개 마을 초소의 출입문이 닫히기 전에 물러간다. 그 썰물이 오기 전에 두 사람은 자리에서 일어섰다.

쓰키쿠사는 오하나를 안더니 등롱에 불을 붙여 찻집을 나서는 오나쓰의 앞을 밝혔다. 간다가와 강 북쪽에 있는 야마코시의 저택으로 발걸음을 향한다. 오나쓰는 왠지 번화가의 밤이 평소보다 어둡다고 느껴졌다.

'방화범이 누군지 혹시 그 답이 맞았다면, 나는 앞으로 위험해질지도 몰라.'

무서운 기분이 들어서 급히 쓰키쿠사에게 자기 생각을 털어놓고 싶어졌다. 그러나 번화가 한복판에서 꺼낼 만한 내용이 아니다. 돌아갈 때까지는 입 밖에 낼 수 없다.

'언니는 죽었어.'

그 일이 몹시 마음에 걸렸다.

야마코시의 저택은 료고쿠바시 서쪽 다릿목에서 서쪽 방향인 간다에 있다. 번화가는 지금 반 정도가 공사중이라 그쪽은 밤이 되면 불빛 하나 없이 짙은 어둠 속에 잠긴다. 쓰키쿠사와 함께 그 고요함 속에 발을 들여놓은 지 얼마 후, 오나쓰는 잠시 걸음을 멈췄다. 뒤따라오는 발소리가 들린 듯해 어쩐지 기분이 이상했다.

'아이참, 소심하긴. 슬슬 번화가에서 집으로 돌아가는 사람도 있을 텐데 뭐.'

오나쓰는 자기 행동에 웃었다. 아까 찻집에서 한 가지 사실을 떠올린 이래, 스스로도 진정이 되지 않았다.

'괜찮아. 쓰키쿠사도 오하나도 같이 있으니까.'

오나쓰는 입을 다문 채, 떨고 있는 자신에게 웃어 보았다.

갑자기 옆에서 걷던 쓰키쿠사까지 걸음을 멈췄다. 그러자 두 사람을 쫓아온 발소리도 들리지 않았다.

"어?"

한여름인데 한기가 서서히 발밑에서부터 올라온다. 그때 무서운 말이 옆에서 들렸다.

"이런, 예상보다 빨리 왔군."

"뭐? 쓰키쿠사, 뭐가 왔는데?"

물었지만 대답은 알고 있다. 조금 전에 떠올리지 않았던가. 만일 방화범이 누군지 생각해 냈다는 것이 알려지면 그들은 분명 오나쓰를 노릴 것이다.

'아냐, 조사하고 있다는 사실을 안 것만으로도 방화범들은 필사적으로 나를 노릴 테지.'

오나쓰는 저도 모르게 작은 소리로 말했다.

"더 빨리 돌아오는 거였는데."

마을 초소의 출입문이 보이면 문지기가 있을 테니 그쪽으로 도망치면 된다. 오나쓰가 굳어 있는 사이에 쓰키쿠사는 오하나를 다시 고쳐 안더니 곧장 오나쓰의 손을 잡고 간다가와 강 옆을 달리기 시작했다.

그 순간 뒤쪽의 발소리도 뛰기 시작한다. 발소리가 하나가 아니라는 것을 깨닫고 오나쓰는 울음이 터질 것 같았다. 달리는 와

중에 쓰키쿠사의 희미한 목소리가 들려왔다.

"이번에는 꼭…… 제대로 지켜야 해. 이번에야말로!"

그러나 열세 살인 오나쓰와 큰 목각 인형 오하나를 안은 쓰키쿠사는 무시무시한 발소리에 쉽사리 따라잡히고 말았다. 기척이 다가오는 느낌에 저도 모르게 옆을 보자, 등롱 빛 속에 남자의 모습이 드러났다. 여름밤인데도 두건을 단단히 쓰고 있었지만, 오나쓰는 그 남자를 본 적이 있는 듯해서 순간 눈을 크게 떴다.

'어디서 만났더라?'

곤혹스러워진 그때.

"으엑?"

얼빠진 목소리가 무의식중에 오나쓰의 입에서 새어 나왔다. 칼에 베이는가 싶어서 경계하고 있는데, 두건 주인은 오나쓰에게 닿을 만큼 다가오더니 다리를 힘껏 모로 걷어찼다.

"꺅."

몸이 붕 날았다.

불현듯 번화가 바로 앞, 길 오른쪽에 간다가와 강이 흐르고 있다는 것이 생각났다. 오소노가 떨어져서 죽은 강이다. 료고쿠바시 다리 부근에는 수면이 강줄기를 따라 난 길보다 상당히 낮은 곳에 있었고 그 기슭은 낭떠러지였다. 떨어지고 나서야 그 사실을 떠올렸다.

뒹군다. 굴러서 떨어진다. 강은 둑 아래쪽의 꽤 낮은 곳을 흐르고 있었다. 그러나 둑에 나 있는 짧은 풀이나 나무로는 오나쓰의 몸이 멈춰지지 않았다.

'아얏.'

울 틈도 없던 찰나, 눈앞에서 금빛 자수가 놓인 기모노를 입은 무언가가 옆에 보이는 덤불로 굴러갔다. 뒤따라 떨어지던 쓰키쿠사가 오하나를 강기슭에 던진 것이다.

'하지만…… 왜 쓰키쿠사까지 떨어지지?'

나를 구하려고 어리석은 짓을 한 걸까. 그렇게 생각한 순간, 물보라를 일으키며 강에 삼켜졌다. 여름인데 물이 차다. 후리소데의 소맷자락이 잡아당겨져서 단숨에 바닥으로 끌려들어 갔다. 어느 쪽이 수면인지 금세 알 수 없어졌다.

'언니도 이렇게 해서 죽었구나.'

이해했다. 괴롭다. 저도 모르게 발버둥을 치자 더욱 괴로워졌다. 기모노를 입고 있으면 추를 온몸에 달고 있는 것이나 마찬가지라 헤엄칠 수도 없음을 깨달았다. 강바닥으로 끌려들어 가서 이미 숨을 쉴 수 없다. 그때…… 누군가가 오나쓰의 허리띠 부근을 감싸 안았다.

'뭐지……?'

갑자기 옆에 나타난 사람의 모습은 환상일까? 강바닥에서 겨우 벗어나 얼굴이 수면으로 나오자 일단 숨을 들이쉬었다. 하지만 물살이 후리소데를 잡아당겨 다시 가라앉는다. 오나쓰는 이

내 호흡이 곤란해졌다.

다시 큰 그림자가 다가왔다. 두 사람의 손이 엄청난 힘으로 오나쓰를 잡아당겼다. 단숨에 수면 밖으로 나온 오나쓰의 앞에 밝은 것이 보였다. 눈이 흐릿했다.

이번에는 크게 숨을 쉬었다.

"콜록…… 우웩."

사레가 들려서 실컷 물을 토해내는데 옆에서 목소리가 들렸다.

"무거워."

그 말에 쓰키쿠사가 옆에 있다는 것을 알았다. 오나쓰의 띠를 잡고 물에 쓸려 들어가지 않도록 단단히 버티고 있다. 띠를 잡은 다른 한 사람의 손은 더욱 힘이 셌다.

칠흑 같은 어둠 속에서 아까 보였던 불빛이 무수히 다가왔다. 이번에는 목소리도 여러 개가 겹쳐서 들린다. 외치는 소리도 났다. 몸이 무겁다. 물에서 머리가 나오니 엄청 무겁다.

저도 모르게 또 물에 끌려들어 갈 뻔했지만 다른 한 사람의 단단한 손이 다시 받쳐 주었다. 옆에서, 아아, 빠져 죽을 것 같아, 하는 쓰키쿠사의 무정한 목소리가 들린다. 배가 다가왔다.

쓰키쿠사가 오나쓰에게서 떨어져서 강기슭으로 기어올라 가는 모습이 보였다.

오나쓰는 큰 손의 부축을 받으며 배 위로 올라갔다. 비로소 누가 구해 줬는지 알았다.

"아버지."

오나쓰를 위해 쓰키쿠사만이 아니라 아버지도 지켜보고 있었다는 것을 그제야 알았다. 간다가와 강변의 낭떠러지 위는 난장판이었다.

5

얼마 지나지 않아 번화가에 늘어선 가설 공연장들이 완성되었다. 쓰키쿠사는 료고쿠에서 이야기 예능을 재개했다.

아직 한여름이라 사람들이 순식간에 료고쿠로 돌아왔다. 밤하늘에 불꽃이 올라가는 가운데, 쓰키쿠사의 공연장에도 단골들이 여럿 모습을 보였다. 첫날 영감과 무대를 보러 간 오나쓰는, '오하나 추종자'들이 예인보다 하나히메가 무사하다는 사실에 크게 들떠 있음을 깨달았다.

"진언의 하나히메, 진실의 하나히메, 오늘은 한층 더 아름답구나."

쓰키쿠사 옆에 있는 오하나가 무대 위에서 모두에게 손을 흔들었다.

"어머나, 여러분, 멀쩡히 살아 있었네요. 한 달이나 만나지 못했으니 나이를 꽤 먹었겠지만 만나서 반가워요."

오하나는 변함없이 입이 거칠었으나, '오하나 추종자'들은 그조차 기쁜 모양인지 무대의 오하나에게 소리를 질렀다. 하지만 오늘은 드물게도 한 사람이 갑자기 진지한 목소리로 '진실의 하나히메'에게 물었다.

"저기, 우리와 같이 '오하나 추종자'였던 목수들이 방화를 했다고 들었는데. 하나히메, 정말이야? 하나히메라면 진실을 알고 있겠지?"

쓰키쿠사와 오하나가 얼굴을 마주 본다. 쓰키쿠사는 웬일인지 한동안 자기 목소리로 이야기를 늘어놓았다.

"공연장에서 이야기 예능으로 들려 드리기에는 좀 위험한 화제군요. 방화를 저지르면 대부분 화형에 처해집니다. 화형을 당할 사람은 시중에 조리돌림을 하기로 정해져 있지요."

즉 앞으로 어쩔 수 없이 그 모습을 보는 손님도 틀림없이 있을 것이다. 소문도 난다.

"그러니 여기에서 사정을 얘기해 두지요."

쓰키쿠사가 오나쓰 앞에서 방화의 자초지종을 설명했다.

"지금 손님이 말한 것은 사실입니다."

최근 늘어난 방화에는 '오하나 추종자'였던 목수도 관계되어 있었다. 애초에 이번 방화를 계획한 사람은 화재 복구 작업을 맡은 도편수의 제자들이었다.

"방화 이외에도 야마코시 행수님의 따님인 오소노 씨를 습격한 죄로 목수 세 사람이 체포됐습니다."

습격한 이유는 불을 지르는 현장을 들켰기 때문이라고 한다. 그 세 사람이 모든 죄를 지고 갈지 아닐지는 모른다. 앞으로 부교쇼[15]에서 밝혀질 일이다. 다만.

"불을 지르는 어리석은 짓을 한 이유도 알았습니다. 이상하게 들릴지도 모르지만 때가 안 좋았다는 얘기였습니다."

"때?"

손님들이 고개를 갸웃거렸다.

"문제의 그 도편수에게는 원래 제자가 많았다더군요. 한때 화재가 쉴 틈 없이 연달아 일어나서 큰 공사가 계속 이어졌다고 합니다."

일손이 부족해서 도편수는 임시 도우미를 늘렸다. 일손이 모자란 곳에는 멀리서 일을 찾아 사람이 오기 마련이다.

"료고쿠에는 금방 목수가 남아돌게 되었습니다. 그러나 도편수는 일부러 늘린 목수를 곧바로 해고하지 못했지요. 그 일로 고민하던 중에 다시 화재가 일어났다고 합니다."

겨울철이었으니 놀랄 일은 아니었다. 그 화재로 새로 온 목수

---

15 에도 시중의 입법, 사법, 행정, 경찰, 소방 등을 담당한 기관.

들이 썩 도움이 됐다. 그래서.

"일이 없어 어려울 때 화재가 일어나니 좋더라는, 참으로 어처구니없는 것을 배운 목수가 있었나 봅니다."

하지만 그 후 이 근처에 있는 목수들의 삶이 완전히 바뀌는 일이 일어났다. 료고쿠바시 다리 일대에서는 언제나 일이 끊이지 않았기 때문에 목수 두 명이 새로 도편수가 되어 제자를 모으고 공사를 맡기 시작한 것이다. 원래부터 규모가 컸던 기존 도편수 집에서는 서서히 제자들을 부양하기가 힘들어졌다. 제자들은 한가해져서 대낮부터 '오하나 추종자'가 되어 열을 올리는 무리도 나타났다.

그렇게 되자 나중에 고용된 사람은 내일도 쉬게 될까 봐 걱정이 됐다.

"그래서 방화를 한 겁니다."

단, 집이 불타서 새 일감이 생긴다고 해도 무조건 기존 도편수에게 맡겨지는 것은 아니다. 신참 도편수 쪽으로도 일이 간다. 작은 화재 한두 번으로는 동료에게 돌아오는 일이 늘지 않으니 여름인데도 방화를 늘리는 꼴이 되었다. 당연히 남의 눈에 띈다.

그러다 우연히 오소노가 현장을 목격했다.

"급기야 방화 장면을 본 오소노 씨를 강으로 밀어 떨어뜨린 것이죠."

그렇게 되자 무엇보다 일이 탄로 날까 두려웠다. 하필 그럴 때

공사 현장에 오나쓰가 오소노 건을 알아보러 왔기 때문에, 의심받고 있는 것도 아닌데 더욱 쫓기는 심정이 됐다. 목수들은 오나쓰의 뒤를 밟다가 찻집에서 이상한 낌새를 채고 그날 밤에 습격을 감행한 것이다.

오소노와 마찬가지로 간다가와 강에 빠뜨린 것은 실수나 자살로 위장해서 해치우려 했기 때문이다.

"방화범들의 도편수는 제자들이 한 짓을 몰랐다고 말하고 있다 합니다. 그러나 여름이 되어도 화재가 이어지는 것에 과연 의심을 품지 않았을까요?"

어차피 그 도편수도 처벌 없이 끝나지는 않을 것이다. 제자 중 일부가 방화에 이어 살인까지 저질렀다.

"하여튼 이걸로 방화범은 체포됐습니다. 이례적인 여름 화재는 해결되겠지요."

번화가는 앞으로도 다시 아무 일 없었던 것처럼 많은 사람으로 북적거릴 것이라며 쓰키쿠사가 천리안 같은 말을 하고 이야기를 매듭지었다.

거기서 끝나는가 싶더니 이번에는 오하나가 입을 열었다.

"여러분은 내게 진실을 전해 달라고 종종 말하지요. 무슨 일이 있어도 진실을 알고 싶다. 알면 그걸로 이해할 수 있으니까, 라고요."

하지만.

"이 오하나는 진실을 아는 것이 무섭다고 생각한 적이 있어요. 한번 알고 나면 몰랐던 때로는 돌아가지 못하는걸요."

중요한 일일수록 잊기는 불가능하다. 진실은 머릿속에서 되풀이하여 언제까지고 울린다.

"이번에 오낫짱은 여러 가지를 조사해서 진실에 도달했어요. 그 때문에 목숨을 위협받았죠."

진실을 받아들이려면 각오가 필요하다. 그러지 못하면…… 옛날에 진실의 우물을 메워 버린 사람처럼 말에 짓눌려서 당치도 않은 일을 저지른다. 사람의 생명까지도 손대고 만다.

"그걸 잊지 말아요."

그렇게 말하는 오하나의 눈이 공연장 안의 빛을 받아 차가운 우물물처럼 빛난다.

오나쓰는 작게 끄덕이고 영감과 자리에 앉으면서 간다가와 강에 빠졌던 날의 일을 떠올렸다.

오나쓰가 구조되어 배에 탔을 때, 강기슭에서는 야마코시의 수하가 짐승만도 못한 짓을 한 목수들을 붙잡고 있었다.

말도 안 되는 짓을 저지른 남자들 셋이서 오나쓰를 습격했지만, 달려온 야마코시의 수하들은 다섯 명이나 되었다. 게다가 곧 근처 번화가에서 배 이상의 사람들이 모여들었고, 도망치려는 목수들을 한 사람도 놓치지 않았다.

야마코시가 배를 강기슭으로 밀고 가자, 물에 젖어 무겁기 짝이 없는 몸을 거기 모인 수하들이 뭍으로 끌어올려 줬다.

그 자리에 오나쓰를 강으로 밀어서 떨어뜨린 사람들도 속속 잡혀 왔다. 세 사람을 보고 야마코시는 씁쓸한 목소리로 말했다.

"어느 놈이고 본 적 있는 얼굴이군. 이놈들, 이 근처 목수들 아니냐!"

그러나 부녀는 흠뻑 젖은 상태라서 일단 그 세 명을 수하들과 불러온 오캇피키에게 맡기고 서둘러 저택으로 돌아갔다. 방화도 살인도 중죄이기 때문에 지마와리 행수 맘대로 처분을 내릴 수는 없다. 그랬다가는 훗날 오히려 야마코시가 위태로운 처지에 놓인다.

묶인 목수 가운데 아는 사람을 발견하고 오캇피키가 이를 악물었다는 말을 오나쓰는 나중에 영감에게 들었다.

다음날 오나쓰가 아버지 야마코시와 저택 툇마루에 나타났을 때, 쓰키쿠사는 뜰에서 수하들에게 닦달을 당하고 있었다. 시종으로서 오나쓰를 지키는 임무를 다하지 못했다고 수하들이 혼찌검을 낸 것이다.

야마코시도 뜰을 향해 낮은 목소리로 말한다.

"쓰키쿠사, 조심하라고 했는데 어째서 오나쓰가 강에 떨어지게 된 거냐!"

쓰키쿠사는 얻어맞아서 머리를 싸안고 있었지만, 하나히메는 뜰에 있던 영감에게 빈틈없이 맡겨 두었다.

"용서하십시오. 혼자로는 무리라고 생각했기에 행수님께 도움을 청했잖습니까."

오나쓰를 말리기 어려웠던 쓰키쿠사가 며칠 전부터 야마코시에게 매달린 건 사실이다. 그러나 지마와리의 수하들은 오나쓰를 강에 빠뜨린 목수들을 패 주지 못해서 쓰키쿠사에 대한 분풀이를 좀처럼 멈추지 않았다.

야마코시가 툇마루에서 수하들을 제지하자 쓰키쿠사는 많이 아프지는 않았는지 뜻밖에 멀쩡한 얼굴로 오나쓰를 쳐다보았다. 그러고는 부드럽게 웃으며 오나쓰에게 말을 걸었다.

"아가씨, 이제 괜찮으신가요. 강에 빠져서 무서우셨죠. 죄송합니다."

하지만 곁에는 야마코시 행수가 있었다. 아무 염려 없었다고 쓰키쿠사는 말한다. 오나쓰는 옆에 선 아버지를 보고 순순히 끄덕였다. 간다가와 강바닥으로 끌려들어 가던 순간에는 진심으로 겁먹었다. 언니와 똑같은 죽음이 눈앞에 검은 덩어리가 되어 덮쳐 올 것 같았다.

그러나.

돌연 눈앞에 나타난 아버지의 모습이 그런 두려움을 떨쳐 주었다. 오나쓰가 위험하다는 것을 알자, 바쁜 와중에 수하들을 데리고 계속 숨어서 지켜봐 주었다. 여차하면 강으로 뛰어들어 목숨을 거는 한이 있어도 아버지는 오나쓰를 구해 주었으리라는 것을 깨달았다.

그러니.

'아버지의 큼직한 등만 곁에 있으면 안심이야.'

그 등을 보고 있으면 무서운 꿈을 꿀 일도 없다. 오나쓰는 강에서 구조된 뒤로 계속 야마코시에게 달라붙어 있었다.

'괜찮아. 또 무서운 일이 생겨도 아버지가 구해 주러 올 거야.'

그러기에 모든 것을 진심으로 이해하고 이야기했다.

"아버지, 언니는 자살한 게 아니었어요. 나를 습격한 놈들이 강으로 밀어서 떨어뜨렸어요."

오소노도 아버지의 등이 지켜 주고 있었을 것이다. 그런 등이 있는데 스스로 죽을 이유가 없다.

영감이 얼른 챙겨 두었다면서 오하나를 가져왔다. 수하가 오하나를 덤불에서 데리고 돌아왔다고 한다. 오나쓰는 오하나에게 말려들게 해서 미안하다고 깊이 사과했다. 쓰키쿠사는 오나쓰를 구하기 위해 오하나를 일단 던져 버리고 자신도 간다가와 강으로 뛰어들었지만……,

"오하나, 역시 쓰키쿠사는 믿음직하지 못했어. 아버지랑 같이 있는 게 훨씬 든든해."

너무 무서웠기에 쓰키쿠사는 도움이 되지 않았다. 지금도 무서워서 다른 사람은 소용없다. 오늘 밤 물에 빠지는 꿈을 꿀 것 같으니까.

"오하나, 난 아버지가 더 좋아."

오하나에게 고백하는 오나쓰를 보고 야마코시 행수가 기쁜 표정을 짓자, 뜰에 있는 수하들은 그제야 마음이 풀렸는지 쓰키쿠사에게 물을 주었다. 행수는 딸을 한번 바라본 뒤 뜰의 쓰키쿠사에게 눈길을 주었다가 다시 오나쓰를 보았다. 구해 낸 딸을 한동안 가만히 보다가…… 딸의 등을 큰 팔로 와락 감싼다.

"오나쓰, 괜찮다. 아버지가 쓸데없는 꿈 따위 걷어차서 쫓아버릴 테니 무서운 꿈 같은 건 꾸지 않을 게다."

괜찮다.

야마코시는 딸을 안심시켰을 뿐만 아니라 정말로 잘했다고 오나쓰를 칭찬해 주었다.

"역시 야마코시의 딸이다. 오소노가 자살하지 않았다는 걸 잘 알아냈어. 그래…… 나는 진심으로 마음 놓았다."

야마코시의 눈에 눈물이 고여 있었다. 오나쓰는 그런 아버지를 처음 보았다.

'걱정하고 있었어. 걱정해 주셨어.'

오소노를.

오나쓰도.

어느새 의미를 알 수 없는 눈물이 오나쓰의 뺨을 타고 흘렀다. 오하나가 보는 것 같아서 창피했지만 멈출 수가 없었다.

'진실의 하나히메. 진실이란…… 뭘까.'

쓰키쿠사가 저택 뜰에서 온화하게 웃고 있다. 오하나까지 웃음을 띠고 있는 것처럼 보여서 우습다.

아버지가 우는 오나쓰를 걱정스러운 듯이 꽉 껴안아 주었다.

오나쓰는, 아버지, 있잖아요, 하고 불러 보았다.

오랜만에 제대로 부른 느낌이 들어서 기뻤다.

또, 있잖아요, 하고 불러 보았다.

있잖아요, 아버지.

있잖아요.

"응, 왜 그러니?"

그 목소리가 기뻐서…… 눈물로 앞이 보이지 않았다.

열 명
있었다

まことの華姫

畠中恵

1

에도 료고쿠바시 다리의 양 기슭에 있는 화재 방지용 공터에는 번화가가 펼쳐져 있다.

가설 공연장에 찻집, 극장, 곡예장이 모여 있고 요릿집과 이발소, 뱃집[1]까지 늘어서 있다. 여름에는 다른 동네와 달리 밤에도 가게들이 불을 밝혀서 동네는 늦게까지 환했다. 스미다가와 강에서 불꽃까지 쏘아 올리면, 그 흥청거리는 분위기는 에도 제일이라고 할 만하다.

그런 장소이기 때문에 예인 쓰키쿠사의 가설 공연장에도 날마다 손님이 모여들었다. 쓰키쿠사는 오하나라는 목각 인형을 상

---

1 놀잇배, 낚싯배 등을 주선해 주는 가게.

대로 삼아 입을 움직이지 않고 말하는 이야기 예능을 선보였다.

공연장은 이 일대 지마와리인 야마코시 행수의 소유로, 야마코시의 딸 오나쓰는 인형 오하나가 마음에 들어서 요즘 공연장에 자주 온다. 그러던 어느 날 이른 아침, 오나쓰 외에 야마코시 본인이 공연장에 나타나자 쓰키쿠사는, 웬일이십니까, 하며 고개를 갸웃했다.

"행수님, 이쪽에 볼일이라도 있으십니까?"

"아, 있지. 이 공연장에."

"예?"

쓰키쿠사는 성정이 온화한 남자지만 존재감이 좀 희미한 편이라 별로 눈길을 끌지 못한다. 얌전한 천성 탓인지 야마코시가 공연장에 오면 이야기는 한결같이 상대역 오하나가 했다.

그렇다 해도 오하나는 목각 인형일 뿐이다. 인형이 이야기하는 목소리는 쓰키쿠사의 말이지만…… 눈앞에서 귀여운 목소리가 들리면 모두 금세 오하나 쪽으로 눈길을 준다.

오하나의 눈에는 진실을 알려 준다는 우물에서 나온, 물로 이루어진 듯한 구슬이 들어 있다. 그 구슬이 지금도 오하나에게 진실을 말하도록 하는 것 같다는 소문을 사람들이 수군거리는 바람에 오하나에게는 '진실의 하나히메'라는 별명이 붙어 있었다.

오늘도 오하나는 환한 표정으로 이야기를 시작했다.

"행수님, 오늘은 한층 더 차분하고 근사하시네요. 하지만 이렇게 일찍부터 쓰키쿠사의 공연장에 오시다니 무슨 일이죠?"

가설 공연장의 긴 의자에 앉아서 오하나에게 사정을 말한 사람은 야마코시의 딸 오나쓰였다.

"오하나, 아버지한테 지금 다른 행수님이 와 있어. 손님이지."

"어, 오낫짱. 야마코시 행수님 말고도 지마와리 행수님이 있는 거야?"

"그럼. 일본에는 북쪽부터 남쪽까지 여러 곳에 행수님이 많이 있는걸."

이번에 야마코시의 저택에 온 사람은 바로 근처인 간다가와 강 남쪽 기슭 주변을 담당하고 있는 행수로 오나쓰에게도 낯익은 사람이었다.

"야나기와라 제방에 가게를 많이 가지고 있는 분이야."

그래서 통칭은 야나기와라 행수라고 하니 오하나가 끄덕인다.

"야나기와라 제방은 헌옷 장사로 유명한 곳이지. 나도 기모노가 한 벌 더 있으면 좋겠는데."

"오하나, 넌 무대에 나간다며 기모노는 나보다 많이 가지고 있잖아."

쓰키쿠사의 말에 남자와 여자는 다르다고 오하나가 대답하자 옆에서 오나쓰도 고개를 끄덕인다. 말문이 막힌 쓰키쿠사를 보고 야마코시가 웃으며 말했다.

"쓰키쿠사, 네 능력으로는 여자 두 명한테 이기지 못해. 이렇게 처녀들이 기모노를 사고 싶어 하니 야나기와라 제방의 헌옷 가게에서 올리는 수입이 나쁘지 않을 것 같군."

그러므로 구역은 좁아도 야나기와라 행수는 위세가 좋다.

"그래서 말인데."

사는 데 어려움이 없고 하루하루가 안정되자, 야나기와라 행수에게 떠오르는 일이 있었다고 한다.

"예전의 대화재로 야나기와라 제방 부근이 불에 탄 일을 알고 있나? 하긴 화재가 드문 일은 아니지만."

해가 질 무렵에 일어난 화재였다. 제방에서 장사하던 사람들은 바로 옆을 흐르는 간다가와 강을 통해 배로 도망치는 방법을 생각해 냈다. 불길이 다가오는 가운데, 장사 밑천인 기모노도 되도록 가지고 나가려고 어느 가게에서나 기모노를 산더미처럼 안고 배에 탔다.

야나기와라에 늘어선 가게는 어디든 간단하게 지은 건물이라 좁기 때문에 그 가게에서 생활하는 사람은 없다. 다들 가까이 있는 공동주택에 살았다. 화재가 발생하자 야나기와라 행수의 부인과 두 아이는 아버지와 함께 몸을 피하려 배에 탔다.

바로 그때 야나기와라 행수에게 재액이 닥쳤다. 큰 화물을 실은 배가 기울었다. 타고 있던 사람들이 허둥대자 배는 한층 더 흔들렸고, 거기에 강기슭에서 불티가 날아와 내려앉았다.

놀란 누군가가 갑자기 일어서자 배는 더욱 심하게 흔들리다

끝내 뒤집어지고 말았다는 것이다.

"평소 같으면 강가에 있는 사람들이 구해 줬겠지. 하지만 화재 한복판이었어."

강에 빠진 야나기와라 행수 일행은 필사적으로 강기슭에 올랐다. 그 후 행수는 강에 내던져진 사람을 구하러 갔다.

그러나 구해 낸 사람들 속에 소중한 자식은 없었다. 부부는 아이들을 찾아 돌아다녔지만 조금 전까지만 해도 함께 있던 아이들은 보이지 않았다. 아무리 기를 써도 만날 수 없었다. 그날도, 그달도, 그해도 어린 두 아이를 계속 찾았지만 결국 발견하지 못했다.

"아직도 찾지 못했어."

야나기와라 행수 부부는 당시 한 살이었던 아들과 두 살 된 딸을 잃었다. 어느새 칠 년이나 지난 사건이다.

"그런데 올해 들어서의 일이야. 야나기와라 행수가 뜻밖의 이야기를 들었지."

얼마 전 후카가와에서 홍수가 났을 때의 일이다. 행수가 수해를 당한 지인의 안부를 물으러 갔는데 수하인 시로가 후카가와에서 묘한 이야기를 들었다.

"이번 수해로 미아가 몇 명이나 생겼어. 아이들을 모아 다 함께 부모를 찾은 결과, 오 년 전에 미아가 된 아이와 우연히 만난 부모가 있었다는 거야."

아이가 부모와 떨어진 장소는 니혼바시 부근이었다. 물론 부모는 멀리까지 찾아다녔지만 설마 아이가 스미다가와 강 건너편인 후카가와까지 가 있으리라고는 상상도 못 했다.

"헤어졌을 때 입고 있던 기모노가 증거가 되어 아이는 부모 품으로 돌아갈 수 있었다지."

오하나가 고개를 끄덕이며, 정말 잘됐다, 하고 밝게 말했다. 반면에 의자에 앉은 야마코시는 마땅치 않은 표정을 띠고 있었다.

"사연을 전해 들은 야나기와라가 놀라운 생각을 했어. 어쩌면 자기 아이도 살아 있을지 모른다는 거야. 그 미아처럼 스미다가와 강 동쪽에 있지 않을까 하는 말을 꺼냈지."

야나기와라 행수의 아이는 간다가와 강에 빠져서 행방불명되었다. 일반적으로 생각하기에 스미다가와 강으로 흘러갔다면…… 지금 무사히 자라 있으리라고 보기는 어렵다.

"하지만 희망을 찾아 낸 부모를 말리는 건 불가능하더군."

화재가 일어난 날, 다른 배가 아이를 구조했을지도 모른다. 아이를 구한 배가 그대로 간다가와 강에서 스미다가와 강으로 갔다 해도 이상하지는 않다. 야나기와라 행수는 그렇게 말하고 아내와 함께 후카가와로 급히 달려갔다.

"그래요. 부모인걸요."

오하나가 한숨을 쉰다. 포기할 수 없는 마음이 사람을 놀라운 방향으로 이끄는 것은 예부터 있는 일이다.

야마코시가 미간을 찌푸리며 말했다.

"야나기와라 행수는 후카가와에서 부모를 모르는 자기 자식 또래 아이를 찾아다녔다고 해."

후카가와라 해도 무척 넓고 요즘 같은 세상에는 버려진 아이도 많다. 죽은 부모 이름을 확실히 알고 있는 아이를 제외했음에도 부모 없는 아이가 상당수 나타났다.

"남자아이와 여자아이를 합해 열 명이나 발견되었다는군."

"열 명! 그렇다면 모두 야나기와라 행수님 아이일 리는 없네요."

한편 그 아이들을 맡았던 마치나누시[2]들은 부모를 찾으면 좋겠다고 기대하는 중이다. 야나기와라 행수는 야마코시와 마찬가지로 지마와리라서 신분은 높지 않지만 수입이 좋은 구역을 장악하고 있고 수하도 꽤 많이 데리고 있다. 고아에게는 바랄 나위 없는 부모다.

문제는 자신이 바로 죽은 줄 알았던 그 아이라며 몇 명이나 이름을 댔다는 점이다.

"게다가 야나기와라 행수네 아이들은 행방불명된 나이가 너

---

2 막부 직할지인 마치·무라의 대표자.

무 어려. 얼굴을 봤댔자 부모라도 자기 자식인지 아닌지 모를 정
도로 말이야."

야마코시는 사라진 야나기와라 행수의 아이들에게는 인상적
인 특징 같은 게 없었다고 말을 이어갔다. 긴 의자에 앉은 쓰키
쿠사가 순순히 고개를 끄덕이자 무릎 위에서 오하나가 묻는다.

"그래서요? 행수님, 오늘 아침부터 행수님이 여기 온 것과 아
이 열 명이 발견된 게 무슨 관계가 있는데요?"

아니 그보다 야나기와라 행수는 아이를 한창 찾는 중일 텐데
왜 야마코시의 저택에 왔을까? 지금은 니시료고쿠에 있기보다
후카가와에서 아이들의 내력이라도 조사하고 있어야 할 터인데.

야마코시가 깊이 한숨을 쉬었다.

"그게 말이지, 야나기와라 놈, 그야말로 열심히 아이들에 대
해 알아봤나 본데."

이제까지 알 수 없었던 아이의 태생이 야나기와라 행수가 조
사한 순간 밝혀질 리 만무하다.

"야나기와라 제방과 이 료고쿠 번화가는 그리 떨어져 있지 않
지. 그놈도 수하들도 이곳에서 꽤나 놀았나 보더군."

그 때문에 야나기와라 행수는 오하나에 대해 알고 있었다.

"그래서요?"

쓰키쿠사, 오하나, 오나쓰의 눈이 야마코시를 향한다. 행수는
순간 움찔 물러나는 기색이었으나 이윽고 마음을 먹은 듯 오하

나의 눈을 들여다보았다.

"야나기와라 행수가 오하나를 만나고 싶다더군."

"……만나서 어쩌려고요?"

목각 인형이 얼굴을 찌푸릴 리는 없지만, 오하나의 얼굴이 야마코시를 향하자 오나쓰에게는 야마코시가 몸을 빼는 것처럼 보였다. 오나쓰가 한숨을 쉬니 옆에서 야마코시가 변명을 늘어놓는다.

"저기…… 그러니까. 야나기와라 행수는 오하나가 '진실'을 가르쳐 주면 좋겠다는 거야."

즉 '진실의 하나히메'의 힘으로 친자식이 누구인지, 아이들 열 명 중에 있는지 가르쳐 달라는 것이다.

쓰키쿠사가 얼굴을 찌푸렸다.

"행수님, 그건 무리예요, 불가능한 이야기입니다. 아니, 하고 싶지 않다는 게 아니라 할 수 없지요."

행수는 쓰키쿠사가 공연장에 나오기 시작한 이래로 줄곧 오하나에게 관심을 기울여 왔다.

"그러니 오하나가 천리안을 갖지 않았다는 것쯤은 알고 계시리라 생각하는데요."

오하나도 쓰키쿠사의 무릎 위에서 고개를 끄덕였다. 야마코시는 몹시 곤란한 얼굴로 크게 숨을 내뱉더니 오하나를 보고 부탁하는 투로 말했다.

"그래, 나는 알고 있지. 하지만 소용없다고 해도 야나기와라 행수가 수긍하지 않아."

야나기와라 행수의 아내 오타키는 원래 게이샤로 샤미센의 명수다. 행수가 반해서 쫓아다녔다는 멋진 여자였다.

그러나 아이를 잃고 난 뒤로 해가 갈수록 부부 사이에서 뭔가 빠져나가 사라지고 있는 듯하다. 그 탓도 있어서인지 행수는 진심으로 아이 찾기에 필사적이었다.

"쓰키쿠사, 야나기와라 행수의 부탁을 거절해도 좋아. 여하튼 오하나를 데리고 우리 집에 와서 야나기와라를 한번 만나 줬으면 하는데."

상대가 같은 지마와리 행수라 야마코시도 냉담하게 굴기는 어려운 모양이다. 야마코시에게 몇 번이나 부탁을 받고, 결국 쓰키쿠사는 알았다고 대답했다. 오나쓰는 오하나와 눈을 맞추며 한숨을 쉬었다.

2

사반각 뒤. 오늘은 오후부터 공연장을 열면 된다며 야마코시는 떨떠름한 얼굴을 하는 쓰키쿠사를 저택으로 데려왔다. 오나쓰는 그만 아버지에게 한마디 했다.

"아버지도 참 한심해요. 오하나가 점쟁이 노릇은 못 한다고 야나기와라 행수님에게 왜 말을 못 해요."

딸에게 잔소리를 듣고 야마코시는 목을 움츠렸다. 그러나 쓰키쿠사를 공연장으로 돌려보낸다는 말은 하지 않았다.

"오나쓰, 만약 간다가와 강에서 배가 뒤집혀 오나쓰 네가 사라졌다고 하자."

그러면 야마코시는 물론 오나쓰를 찾을 것이다. 그때 발견하지 못했더라도, 아무리 오랜 세월이 흐르더라도 포기하지 않으리라.

"그러니 야나기와라에게만 포기하라는 말은 난 못 해. 그리고."

쓰키쿠사로서도 난처하다고 여기긴 하겠지만 역시 야나기와라 행수를 뿌리치지는 않을 것이라고 했다.

"아버지, 어째서요?"

오하나가 만사를 꿰뚫어 보지 못한다는 사실은 쓰키쿠사 자신이 가장 잘 알지 않는가. 그런데 왜 거절하지 못하는지 몰라서 오나쓰는 아버지의 눈을 가만히 쳐다보았다.

야마코시는 보기 드물게 말을 흐리며 조금 슬퍼 보이는 표정을 지었다. 그러나 사정을 확실하게 가르쳐 주지는 않았다.

"쓰키쿠사에게도 생각이 있을 게다. 그 녀석도 어엿한 남자이니 이런저런 과거를 짊어지고 있지."

그러니 쓰키쿠사도 소중한 사람을 잃은 야나기와라를 내버려
두지 못한다.

"그걸 아니까 쓰키쿠사를 집으로 데려온 거다. 나도 참 어처
구니없는 놈이지."

야나기와라를 설득할 수 있다면 야마코시는 성가시더라도 쓸
데없는 참견을 해 보려는 것이다.

"그러니 오나쓰, 인상 쓰지 마라."

"……잘 모르겠어."

오나쓰는 아무래도 이해가 가지 않았다. 쓰키쿠사가 마지못해
야나기와라 행수를 만나고 있는 것이 아니라는 사실만을 깨달았
을 뿐이다.

쓰키쿠사와 손님에게 차를 내간 오나쓰는 장지문을 연 순간
눈이 휘둥그레졌다.

저택 안방에서 쓰키쿠사는 옆에 오하나를 놓고 야나기와라 부
부와 마주 앉아 있었다. 세 사람에게서 떨어진 방 한구석에는 열
살 아래로 보이는 아이들이 줄줄이 앉아 있다. 아이들을 돌보는
야나기와라의 수하 시로와 야소스케, 두 사람도 보였다.

'이런, 야나기와라 행수님은 오하나와 문제의 그 아이들을 만
나게 하고 싶었구나.'

오나쓰는 걱정이 되어 함께 이야기를 들으려고 오하나 옆에

앉았다. 야나기와라 곁에는 아내 오타키가 앉아서 묵묵히 남편의 말을 듣고 있다.

야나기와라는 쓰키쿠사에게, 친자식과 헤어진 일에 대해 야마코시가 짧게 간추려서 들려준 사정을 길게 이야기하는 중이다.

"생이별한 아들은 도미키치라고 하네. 지금 여덟 살이야. 딸은 오료고 아홉 살이 됐겠지."

야나기와라도 누군가가 들어 주기를 원했으리라. 곤혹스러워하는 쓰키쿠사의 얼굴을 보면서도 말을 멈추지 않는다. 필시 쓰키쿠사가 곤란해하는 것조차 눈치채지 못하는 듯했다. 이제껏 찾아다닌 아이와 다시 만날 수도 있겠다는 자신의 기대를 호소하기에 필사적이다.

"공연장 밖에서는 처음 보네만 그쪽 인형이 '진실의 하나히메'지? 하나히메에게 물으면, 찾아낸 열 명 중에서 누가 진짜 내 아이인지 알 수 있다는 얘기지?"

"아뇨, 그건 좀 다르다고 할지……."

"그렇다면 당장이라도 저쪽에 있는 아이들을 살펴봐 주게. 분명 그중에 도미키치가 있어. 오료가 있을 게야."

야나기와라 행수가 재촉한다.

쓰키쿠사보다 먼저 오타키가 입을 열었다. 지금까지 조용하던 마님이 갑자기 말을 하니 방 안의 눈이 오타키에게 쏠렸다.

"여보, 당신은 정말로 인형에게 우리 아이가 누구인지 정하게 할 생각이세요?"

"응? 오타키, '진실의 하나히메'의 이야기는 정확하다는데."

야나기와라 행수가 어리둥절한 듯 말하자 오타키의 목소리가 한층 더 낮아진다.

"그야 저도 들었어요. 료고쿠 번화가에서 팔기에는 재미있는 공연이다 싶었지요."

아리따운 목각 인형 하나히메가 이야기를 하면 확실히 재미는 있겠지만.

"난 내 배 앓아 가며 낳은 내 아이가 누군지, 목각 인형 따위에게 정해 달라고 하고 싶지 않아요. 이 인형은 공연장에 올라오는 흥행물이라고요."

그런 방법으로 결정하면 오늘부터 내 아이라는 말을 들어도 예뻐할 자신이 없다. 오타키가 딱 부러지게 말하자 야나기와라 행수는 갈피를 잡지 못했다.

"오타키. 난 여기서 아이 찾기를 포기하고 싶지 않아."

"포기하라고는 안 했어요. 나도 우리 아이를 되찾고 싶어요."

오타키는 증거를 바라는 것이다. 가설 공연장에 출연하는 인형의 말보다 확실한 무언가를 원한다. 아내에게 그 말을 듣고 야나기와라 행수는 곤란하다는 듯이 대답했다.

"우리 아이는 잃어버렸을 때 아직 아기였잖소."

얼굴은 크게 변했을 터였다. 닮았다는 말을 들으면 어느 아이든 자기 아이처럼 여겨진다. 헤어질 때 눈에 띄는 물건을 지니지도 않았다.

"어떻게 분간할 셈이지?"

"어떻게라니……."

오타키가 말을 흐린다. 별안간 방 안에 활달한 목소리가 들려왔다.

"야나기와라 행수님, 저를 마음에 들어 해서 믿어 주신 것은 기뻐요. 쓰키쿠사의 예능도 쓸모가 있다는 칭찬을 들은 기분이고요."

"어, 오하나."

오나쓰가 그쪽으로 눈을 돌리자, 오하나는 어느새 쓰키쿠사의 무릎 위에 안겨서 부드럽게 고개를 숙여 야나기와라 부부에게 인사를 하고 있었다.

"어? 오오, 이것이 '진실의 하나히메'인가."

방 안에 있는 사람들이 오하나의 매끄러운 움직임에 놀라는 동안 오하나는 부부를 바라보며 드릴 말씀이 있다고 말을 꺼냈다.

"저는 인기 있는 목각 인형이에요. 이 눈에 들어 있는 '진실'의 구슬 때문에 여러 소문이 도는 것도 알아요."

그러나 누가 뭐라든 간에 오하나가 '진실'을 꿰뚫어 보고 신불神仏의 신탁처럼 사실을 알려 주는 일은 없다.

"그런 어려운 일이 가능하다면 공연장에서 이야기 예능 같은 걸 하겠어요? 천리안을 가진 고마운 히메라며 사람들이 큰 신사라도 지어 줘서 거기에 살고 있겠죠."

야나기와라 행수가 눈썹을 축 늘어뜨린다. 한편 오타키의 얼굴은 다다미 쪽으로 향했다.

"다만."

오하나는 말을 덧붙였다.

"이건 저라도 아는 일이니 말해 둘게요. 아까부터 마음에 걸렸는데요."

눈앞에 지금 아이가 열 명 있다. 여자아이가 네 명, 남자아이가 여섯 명이다.

"남자아이 중에 가장 오른쪽에 있는 아이랑 여자아이 중에 왼쪽 끝 아이는 나이가 맞지 않는 것 같아요."

도미키치와 오료는 여덟 살과 아홉 살이 되는데 남자아이는 작지만 열 살쯤으로 보이고 반대로 여자아이는 몸집만 클 뿐 일곱 살쯤이 아닌가 싶다. 아마 필사적으로 자기 아이를 찾는 당사자가 아니기 때문에 차분한 시선으로 볼 수 있는 모양이라고 오하나는 말했다.

"양자로 갈 자리를 찾는 정도의 가벼운 마음으로 누군가 아이를 보냈는지도 모르죠. 나이가 다소 차이나는 건 별 걱정하지 않고요."

오하나는 아이들을 맡고 있던 마치나누시에게 나이를 제대로 확인하는 것이 좋겠다고 조언했다.

그 순간 오타키가 움직였다. 아이들 앞으로 가더니 앉아서 눈높이를 맞춘다.

"얘들아, 아줌마가 몇 년 전부터 자식들을 찾고 있다는 건 벌써 알고 있지? 그 아이들을 만나지 못하면 아줌마는 눈물이 나올 만큼 슬플 거란다."

그러니.

"진짜 나이를 가르쳐 주겠니?"

오타키는 오하나가 지적한 두 아이에게 두 손을 모으고 애원했다.

남자아이 쪽이 먼저 고개를 푹 숙였다. 자신은 다스케라고 하며 열 살이 된다고 털어놓았다. 잘못했어요, 하고 말을 잇는다.

"근처의 집주인 어른이 그랬어요. 아이를 원하는 사람이 있다고. 여덟 살이 아니면 안 된다고 했지만 난 덩치가 작아서 괜찮겠구나 싶었어요."

이번에는 여자아이가 오미쓰라고 이름을 대고 일곱 살이라고 말했다. 역시 두 살이 차이 난다. 사과를 받은 야나기와라 부부는 화는 내지 않았지만 지친 표정을 지었다.

야마코시가 수하를 불러 작은 목소리로 사정을 설명하자 그들은 다스케와 오미쓰를 방에서 데리고 나갔다. 그 뒷모습을 지켜

본 야나기와라 행수는 작게 숨을 내쉬었다.

"저 아이들에게도, 아마 집주인에게도 악의는 없겠지. 그건 아네. 하지만…… 이런 일이 거듭되면 아이들을 찾는 일이 점점 어려워지겠지."

오타키가 얼굴을 소맷자락으로 가리고 있다.

이제 아이들의 수는 여덟 명이 되었다.

3

다음날 오후.

오나쓰와 야마코시 행수가 공연장에 가니, 마침 공연을 끝낸 쓰키쿠사가 단골 관객들을 배웅하러 밖으로 나온 참이다. 쓰키쿠사는 야마코시 행수와 오나쓰가 서 있는 모습을 보고 눈을 휘둥그레 떴다.

"아니, 행수님. 오신 김에 이야기 예능도 보셨으면 좋았을 텐데."

쓰키쿠사가 웃자 야마코시는 고개를 끄덕였지만 무대가 끝난 공연장으로 들어가서 긴 의자에 앉더니 한숨을 쉰다. 오나쓰는 그리로 영감을 데려왔다. 영감의 손에는 상처에 잘 듣는 연고가 들려 있었다.

영감이 연고를 야마코시의 사카야키[3]에 바르는 모습을 본 오하나가 기겁하며 물었다.

"앗, 행수님한테 무슨 일 있었어?"

이 일대에 야마코시 행수에게 상처를 입힐 만큼 강한 자가 있었다는 말인가. 오나쓰가 난처한 얼굴로 고개를 저었다.

"오하나, 아버지는 누가 습격해서 이런 상처를 입은 게 아냐."

야마코시 행수는 지마와리 행수다. 충분히 강하고 사카야키에 상처를 입을 일도 없다. 단.

"오늘은 어마어마한 부부 싸움에 휘말리고 말았지."

"어머나, 세상에. 혹시 야나기와라 행수님이야? 마님이랑 다뤘어?"

부부는 지금 나머지 여덟 아이와 함께 야마코시의 저택에서 신세를 지고 있다.

"응, 엄청났어. 우리 수하들이 한결같이 눈을 휘둥그레 떴거든."

오나쓰의 말에 야마코시 행수가 깊은 한숨을 쉬며 입을 열었다.

"오하나와 쓰키쿠사는 어제 아이들과 만났지? 야나기와라 행

___

3 에도 시대에 남자가 이마부터 정수리에 걸쳐 머리카락을 민 부분.

수는 얼마 전부터 그 아이들을 자기 거처에 데리고 있었어. 이미 들었겠지만."

그중에 친자식이 있을지 모른다고 생각하면 더 이상 다른 곳에 두기는 싫었을 것이다. 그렇게 한동안 함께 지낸 탓인지 야나기와라에게 정이 가는 아이가 생겼다.

"야나기와라는 다케이치라는 아이가 맘에 들었다더군."

다케이치는 똘똘한 아이였다. 여덟 살인데 벌써 주판을 능숙하게 다룰 줄 알고 글자도 일찌감치 깨우쳐서 이야기 책도 쉽게 읽는다.

붙임성도 좋고 튼튼한 데다 싸움도 잘했다. 요컨대…… 이 아이가 도미키치였다면 좋겠다고 바랄 만한 그런 남자아이였다.

"야나기와라 행수는 점점 다케이치를 아들처럼 대한 모양이야. 다른 아이와 대우가 달라졌지."

반면 안주인 오타키는 자신들의 아이가 누군지 확실해질 때까지는 조심하며 모두 똑같이 취급하고 있다.

야마코시는 머리의 상처에 손을 댔다.

"오늘 오나쓰가 바느질 선생님에게서 받은 만주를 야나기와라 행수 부부에게 대접했어. 그러자 행수가 그걸 다케이치한테만 주어 버린 거야."

다른 아이에게 간식이 없는 것은 아니었지만 명백한 편애였다. 오타키에게 그 일을 들켜서 부부 싸움으로 번졌다.

야마코시와 오나쓰가 눈을 마주 보고 다시 한숨을 쉰다.

"기껏 만주 한 개다. 소란 피울 일도 아니지 않느냐고 야나기와라 행수는 항변했지."

이 말을 듣고 오타키는 더욱 화를 냈다.

"한번 아이가 된 셈치고 그 마음으로 보고 그 머리로 생각해 보라고 대꾸했어."

후카가와에서 데려온 것은 부모 없는 어린아이들이다. 아이들은 지금 자신을 유복한 집에서 맡아줄지 말지 그 갈림길에 있다.

그럴 때 확실한 증거도 없이 편애하는 형태로 한 아이를 오냐오냐하는 것을 보았다. 다정한 대우에 굶주린 아이가 어떻게 생각할지 모르겠느냐고 오타키는 남편에게 말했다.

그러자 평소에는 안주인에게 무른 야나기와라 행수가 희한하게도 말을 되받았다며 야마코시가 눈썹을 늘어뜨린다.

"야나기와라는 필사적으로 내 아이를 찾으려는 것뿐이라며 우겼어."

오타키가 벌컥 화를 냈다.

"나는 열심히 찾지 않는다고 말하고 싶은 건가요!"

아무래도 오타키는 지금까지 꽤 참고 있었나 보다.

"당신이 나쁘다고요."

그렇게 말하자마자 오타키는 소매 속에서 손수건을 꺼내서 냅다 야나기와라 행수에게 던졌다.

"이게 무슨 짓이야."

평상시 안주인에게 그런 대우를 받은 적이 없던 행수가 눈을 치켜떴다. 아마 자신의 처사가 조금…… 아니 상당히 잘못되었음을 깨달았기에 지나치게 고집을 부렸을 것이라고 야마코시는 덧붙였다.

"야나기와라 행수는 분명 다케이치에 대한 특별 대우를 그만두고 싶지 않은 거야."

그래서 오타키의 말이 한층 더 비위에 거슬린 것이 틀림없다.

"남편 하는 일에 이러니저러니 하지 마!"

남의 집에서 신세 지고 있다는 사실도 잊고 야나기와라 행수는 아내에게 버럭 호통을 쳤다. 오타키는 머리를 숙이기는커녕 벌떡 일어섰다.

"오타키 씨는 원래 게이샤야. 아직도 제자가 많이 있지. 계속 짝사랑하고 있는 제자까지 있다고."

확실히 말하면 야나기와라 행수와 헤어져도 아쉬울 것 없는 여자다. 그러므로 한번 울화통을 터뜨리면 남편을 상대로도 가만있지 않았다.

"나도 내 아이를 찾는 거라고요. 함부로 말하지 말아요."

화가 난 오타키는 남편에게 덤벼들어서 얼굴을 할퀴었다. 야나기와라 행수는 따귀로 응수했다. 딸이 그 모습을 장지문 밖에서 보고 있다는 것을 알고 야마코시는 다급히 오나쓰에게 안으로 들어가라고 손짓했다.

그러나 어머니가 없는 오나쓰는 자리를 피하지 않고 부부 싸움이라는 것을 흥미진진하게 지켜보았다. 위험하다며 야마코시가 딸을 데리러 가는 사이에 야나기와라 부부의 말다툼은 점점 더 심해졌다.

상대에게 물건을 던지다가 더 이상 던질 것이 없어지자 다시 드잡이로 변했다. 부부는 이리저리 돌아다니다가 장지문에 기대고 말았다. 어른 두 사람에게 밀리면 문은 당연히 쓰러진다. 밖에 있던 오나쓰가 비명을 질렀다. 순간적으로 딸을 감싼 야마코시 위로 커다란 장지문이 덮친 것이다.

"덕분에 아버지 머리에 상처가 난 거야. 아버지…… 죄송해요."

오나쓰가 얌전히 사과하자, 네 탓이 아니니까, 라며 야마코시가 고개를 저었다. 어쨌든 신세를 지고 있는 행수에게 상처를 입혔기 때문에 대소동은 거짓말처럼 막을 내렸다. 야나기와라 부부는 나란히 바닥에 손을 짚고 머리를 숙였다.

"뭐 대단한 상처도 아니고. 이제 됐다고 했지. 그건 괜찮지만."

이 소동이 또 다른 다툼을 부르고 말았다. 야마코시의 저택 안, 야나기와라 부부가 싸우던 곳과는 다른 방에서 이번에는 후카가와에서 온 아이들이 싸움을 일으켰다.

예상대로 몇몇 아이들에게 타박을 받은 사람은 다케이치였다. 그리고 뜻밖의 말을 꺼낸 아이는 오키노다.

여자아이들은 아홉 살이면 사리가 또렷하다. 오키노도 어른스러운 아이였고 정확히 아는 척 이야기를 해서 더욱 골치 아프게 되었다.

"지금 저쪽 방에서 야나기와라 아저씨랑 아줌마가 싸우고 있어."

다케이치의 일로 싸우고 있다고 측간에 가 있던 스에키치가 말해서 아이들이 술렁였다. 오키노가 스에키치에게 묻는다.

"야나기와라 아저씨가 다케이치를 맡겠다고 했니? 그래서 아저씨가 아줌마랑 싸우고 있어?"

아마 오타키 아줌마는 다케이치를 맡고 싶어 하지 않았겠지.

"엥? 어째서?"

스에키치가 묻자, 오키노는 다케이치 쪽을 향해 똑똑히 말했다.

"다케이치, 너도 아저씨가 너희 아버지가 아니라는 거 알지 않아?"

"뭐?"

"내가 살던 동네랑 다케이치가 있던 동네는 가깝거든. 내가 야나기와라로 갈 때, 우리 집주인 어른이 말했어."

옆 동네에서도 야나기와라에 가는 아이가 있는 것 같다. 다케이치라는 아이다. 확실히 부모는 모르지만…….

그 아이에게는 숙부가 있어서 가끔씩 살펴보러 오는 것 같다고 한다.

"다케이치한테 숙부님이 있으면 그 사람, 야나기와라 행수님의 동생이잖아. 동생이 아이 있는 데를 아는데 왜 야나기와라 행수님이 찾고 있겠니?"

까닭을 알 수 없다고 오키노가 말한다. 그러자 평소에는 얌전한 다케이치가 얼굴이 새빨개지더니 갑자기 오키노에게 덤벼들었다.

"이놈들, 그만두지 못해. 여긴 야마코시 저택이라고."

야나기와라의 수하 시로와 야소스케가 황급히 말렸지만, 두 아이 싸움에 다른 아이들까지 말려들어서 어마어마한 대소동이 벌어졌다. 사태를 알아차린 야마코시가 다른 수하를 보내서 겨우 아이들을 진정시켰다.

그러나 가설 공연장 의자에 앉아 설명하던 야마코시는 일이 거기에서 끝나지 않았다며 한숨을 쉬었다.

"오키노의 말을 다른 아이들도 다 들었으니까. 더욱이 다케이치에게 숙부가 있다면 그냥 둘 수도 없는 노릇이고."

행방불명된 아이를 찾을 때 부모가 있는지 없는지는 확실하게 알아봤을 터이다. 그러나 설마 숙부가 있으리라고는 야마코시도 생각 못 했다. 서둘러 조사해야 하지만.

"야나기와라 행수는 지마와리 행수야. 우리 수하들은 행수의 마음에 든 아이가 진짜인지 아닌지 따위는 조사하고 싶어 하지 않아."

행수끼리의 교제와 마찬가지로 이 세계에서는 수하들끼리의 교제라는 것도 있다. 다른 행수의 아이가 아니라는 것이 확실하지 않은 이상, 다케이치는 조사하기 껄끄러운 상대였다.

오하나가 야마코시를 쳐다보았다.

"그 말인즉슨 쓰키쿠사더러 후카가와에 조사하러 가라는 건가요? 다케이치에 대해 알아보고 와 달라는 거군요."

"공연장 예인에게 시킬 일이 아니라는 건 알지만."

쓰키쿠사라면 이미 야나기와라 행수에 대해 잘 알고 있다. 야마코시로서는 부탁하기 편했다.

"쓰키쿠사 네 말은 신용할 수 있으니까."

"이런, 고마우신 말씀을."

쓰키쿠사는 고개를 숙이고 웃었다. 그러나 야마코시의 표정은 굳어 있다.

"후카가와를 조사한 순간, 야나기와라의 아이일지도 모른다며 아이들이 우르르 나타났어. 칠 년이나 지났는데 말이지. 이상하지 않나."

야마코시는 그것이 마음에 걸려서 실은 영감에게 후카가와하고 야나기와라, 양쪽을 조사하도록 지시했다.

영감은 어떤 소문을 알아 왔다. 그에 따르면 아무래도 야나기와라의 아이 찾기에 묘한 흥미를 느낀 패거리가 있는 듯하다.

"야나기와라 행수의 구역은 작지만, 가지고 있는 점포와 권리, 수입은 많다고 했지. 거기에 몹시 끌리는 누군가가 있는 모양이야."

야나기와라가 대를 이을 아이를 찾고 있는 지금, 그런 놈이 무슨 짓을 할지 알겠느냐고 야마코시는 말했다.

"내가 만일 그놈이라면 자기 영향력 안에 있는 아이를 야나기와라의 아들로 들여보내겠지."

그 아이가 야나기와라의 대를 이으면 아무런 위험 없이 모든 것이 손에 들어온다.

"구역을 노리는 놈은 그 아이가 야나기와라의 친자식이 아니라는 증거를 쥐고 있으면 되고."

그러면 평생토록 대를 이을 아이의 숨통을 틀어쥘 수 있다. 즉 야나기와라의 것을 자기 뜻대로 할 수 있다.

표정이 굳어진 쓰키쿠사에게 야마코시가 고개를 끄덕였다.

"이번 아이 찾기는 조금 무서운 일로 변했어."

핵심을 짚자면 최근에 갑자기 야나기와라 행수가 아이를 찾기 시작한 것이 가장 수상하다. 누군가가 기획한 일일지도 모른다고 야마코시는 짐작하는 것이다.

"그러니 아이들에 대해 조사하는 자는 반드시 믿을 만한 사람이어야 하지."

쓰키쿠사는 오하나와 잠시 얼굴을 마주 본 뒤…… 후카가와에 다녀오겠습니다, 하고 부탁을 받아들였다.

"미안하군. 빚을 한번 졌다고 생각하지."

아울러 후카가와에는 오나쓰를 데려가지 말라고 행수는 거듭 당부했다.

"위험한 사연이 얽혔을지도 몰라. 오나쓰가 후카가와에 가지 않았으면 하네."

오나쓰가, 왜요, 하고 끼어들었지만 여기에는 쓰키쿠사도 금세 동의하여 대화는 일단락됐다.

설마 쓰키쿠사가 조사에 나설 것이라고는 아무도 예상하지 못했으리라. 그 결과 무서운 일 따위는 전혀 일어나지 않았고 그날 중으로 너무나 간단하게 답이 나왔다.

다케이치를 맡고 있던 공동주택 사람들은 쓰키쿠사의 물음에 순순히 답해 주었다. 집주인이 털어놓지 않은 숙부 건이 밝혀진 것이다. 다케이치는 후카가와 태생으로 야나기와라 행수의 아이가 아니었다.

남은 아이의 수는 일곱이 되었다.

4

며칠 뒤 오나쓰는 쓰키쿠사의 공연장을 찾았다. 무대에서는 야나기와라 행수의 아이 찾기가 화제였다.

이제 이 이야기를 숨겨 두기는 무리다. 야나기와라 행수는 열 명이나 되는 부모 없는 아이에 대해 지금껏 조사해 왔다. 이곳저곳에 사정을 말하며 찾으러 다녔으니, 아이 찾기는 어쩔 수 없이 소문으로 번졌다.

세상 사람들은 유복한 행수의 생이별한 자식이 발견될 것인지 흥미진진하게 지켜보았다. 놀랍게도 오나쓰보다 공연장에 온 손님들이 야나기와라의 아이 찾기에 대해 더 상세히 알았다. 다케이치를 조사하러 쓰키쿠사가 후카가와에 간 일까지 알고 있었다.

'세상에, 대단하다.'

오하나는 공연에 나설 때 무척 조심했다. 무대에 서면 손님들이 야나기와라 행수의 아이 찾기에 대해 물어왔지만, 누가 친자식인지 모른다고 단칼에 잘랐다. 그 밖에는 아무 말도 하지 않았다.

그러던 어느 날, 오나쓰가 보는 앞에서 오하나는 갑자기 태도를 바꿨다.

"하나히메, 진실의 하나히메, 오늘도 아름답군. 궁금한 게 있는데 말이야."

지금 야나기와라 행수가 맡고 있는 아이는 몇 명이냐. 부지런히 공연장에 오는 단골인 오하나 추종자들이 질리지도 않고 물었다. 놀랍게도 하나히메는 딱 부러지게 대답했다.

"야나기와라 행수님은 처음에 후카가와에서 아이를 열 명 찾아냈어요."

남자아이가 여섯 명, 여자아이가 네 명이었다.

"허어, 그랬군."

"그중에서 남자아이 두 명, 여자아이 한 명은 해당되지 않는다는 걸 알았지요."

지금은 남자아이 네 명, 여자아이 세 명이 야나기와라 행수와 함께 야마코시의 저택에 있다. 그 대답을 듣고 오하나 추종자들은 질문을 거듭했다.

"하나히메, 뭔가 마음에 걸리는 점은 없어?"

질문을 받고 두 번 세 번 고개를 갸웃거리는 오하나의 모습을 보며 오나쓰는 눈을 휘둥그레 떴다.

'오하나도 참, 왜 오늘은 저런 질문에 대답하는 거지?'

오하나는 신중하게 단어를 고르며 말을 이었다.

"어제도 쓰키쿠사와 함께 야마코시 행수님의 저택에 갔어요."

처음에 두 아이를 가짜라고 알아봤기 때문인지 야나기와라 행수가 계속 오하나를 만나고 싶어 하는 바람에 쓰키쿠사는 가끔

씩 저택에 갔다.

"아이들에게 이야기 예능을 조금 보여 줬어요. 그 뒤에 일곱 명의 아이와 얘기를 나눴는데…… 거기서 뭔가가 마음에 걸렸어요."

다만 그게 무엇인지는 오하나도 확실히 모른다.

"여러분, 난 뭐가 마음에 걸렸을까요?"

오늘 무대는 점점 이야기 예능인지 집단 회의인지 알 수 없어졌다. 그러나 오하나도 손님들도 상관하지 않고 대화를 이어나갔다.

"아이들이 눈앞에 있었으니 마음에 걸린 건 분명 아이들 일일 텐데."

손님들이 고개를 갸웃거리자 오나쓰가 물었다.

"오하나, 그 말만으로는 알 수 없지. 어떤 내용이었어?"

"기모노 이야기를 주로 했던 것 같아. 쓰키쿠사하고 아이들 방에 갔더니 작은 기모노가 많이 놓여 있었거든."

안주인 오타키가 아이들을 위해서 야나기와라 제방에 있는 헌 옷 가게에서 가져온 것이다. 오하나는 어제 일을 사람들에게 자세히 들려주었다.

당시에 오타키는 형형색색의 작은 기모노를 앞에 두고 즐거운 듯이 입을 열었다.

"슬슬 옷이 작아진 아이가 있어서 새 옷으로 갈아입혀 주려고."

한 아이에게만 새 옷을 입힐 수는 없으니 모든 아이에게 길이가 넉넉한 옷을 나눠 주었다. 특히 여자아이들이 좋아했는데 오키노, 오치사, 오유이 세 명은 기쁜 표정으로 새 기모노를 몸에 대보았다.

"어머나, 역시 여자아이들은 귀여운 무늬가 어울리네."

오타키가 여자아이들을 따뜻한 눈빛으로 바라보며 말했다.

"어서 오료를 찾아서 같이 이것저것 사러 갔으면."

오타키가 중얼거리는 사이에 아이들은 얼른 옷을 갈아입었다. 다들 날마다 혼자 해 버릇해서 그런지, 여덟아홉 살인데도 갈아입는 데 시간이 걸리는 아이는 없었다.

"어머, 잘 어울린다."

오하나가 칭찬해 주니 여자아이들이 웃었다.

"난 거북이가 좋아."

"난 매화꽃 모양."

"내 건 토끼야. 귀가 하얀 토끼."

"여자애들은 기모노 무늬에 왜 그렇게 신경을 쓰지? 다 꽃무늬 기모노니까 똑같은데."

남자아이인 스에키치는 고개를 갸웃거렸다. 자신은 기모노 무늬는 관심 없고 언젠가 네쓰케[4]를 허리에 차 보고 싶다고 한다.

"달리는 말이 마음에 들어. 그게 좋더라."

다다이치, 시치스케, 쇼타는 기모노나 네쓰케보다 만주가 더 좋단다. 오타키가 웃으며 아이들을 돌보는 시로에게 간식을 부탁하니, 다들 옷을 갈아입었을 무렵 야마코시가 하녀가 간식을 가져다주었다.

"오늘은 경단이다."

아이들은 간식에 달려들었다. 꼬치 하나씩으로는 모자라 보였다. 시로, 야소스케, 쓰키쿠사가 자신의 경단을 내밀자 다함께 홀랑 먹어 치운다.

"그날은 그걸로 끝났어. 나랑 쓰키쿠사는 저택에서 나왔고."

대체 이 짧은 사이에 오하나는 뭐가 마음에 걸렸던 것일까. 손님들에게서 다양한 답이 나왔다.

"네쓰케의 말 아닌가? 아이가 좋아하기에는 묘한 물건이야. 신경 쓰이지."

먼저 오하나 추종자가 말한다. 오나쓰가 객석에서 웃었다.

"말 모양 네쓰케는요, 야나기와라 행수님 수하 중에 아이들을 돌보는 시로 씨가 허리에 차고 있어요. 그래서 스에키치는 그게 갖고 싶어졌을 거예요."

---

4 담배쌈지나 지갑 등의 끈에 달아서 허리띠에 끼웠을 때 빠지지 않게 하는 세공품.

내내 함께 지내는 시로와 야소스케를 아이들은 형처럼 따랐다.

"그럼…… 뭐지? 알았다! 경단을 너무 많이 먹었구먼."

역시 단골손님 중 한 명이 객석에서 외친다. 이 말에 옆에 있던 상가 여주인이 물었다.

"경단을 많이 먹으면 어떻게 되는데?"

"……모르지."

다들 이런저런 의견을 냈지만 그래서 어떻다는 것인지 통 앞을 알 수 없다. 왁자지껄 즐겁게 떠드는 사이에 어느덧 영감이 나타나서 한 회분 이야기 예능이 끝났다고 알렸다.

"쓰키쿠사, 이번 공연 이야기 예능은…… 그게 이야기 예능인가?"

안에서 듣고 있으니 꼭 우물가 수다 같았다는 말에 오하나가 부끄러운 듯 손으로 얼굴을 가린다. 그러자 귀엽다, 이걸 본 것만으로도 충분하다고 오하나 추종자들이 말해 영감은 실소했다.

"뭐, 공연장에 오는 손님이 이해한다면 됐지. 여러분, 또 와주십쇼."

기막히다는 얼굴로 웃어서, 쓰키쿠사는 머리를 긁적거리며 무대 뒤로 들어갔다.

그 후 쓰키쿠사는 뒤쪽에 있는 우물에 가서 오하나를 옆에 있는 긴 의자에 두고 물을 퍼서 낯을 씻었다. 주위에는 공연장이 빽빽이 들어섰지만 가운데 우물이 있는 주변은 뻥 뚫려 있다. 옆에 작은 이나리 신사도 모셔져 있는 낯익은 장소에서 쓰키쿠사는 휴우 하고 숨을 내쉬었다.

"확실히 이번 공연은 손님들이 이야기를 많이 해서 편했지."

쓰키쿠사의 예능은 하루 종일 큰 목각 인형 오하나를 안고 대화를 되풀이하는 것이다. 그래서 보기보다 상당히 힘들었다.

허리를 펴고 있는데 근처의 가게 사람과 곡예단 사람이 온다. 남자들은 화려한 무대의상 소매를 걷어 올리고 우물에서 물을 퍼 올리며 웃었다.

"이런, 이야기 예능을 하는 형씨는 허리에 부담이 가는 모양이군. 매일 커다란 목각 인형을 안고 있으니."

"그렇지."

동자 같은 의상을 입어서 얼핏 아이처럼 보이지만, 이렇게 무대 밖에서 얼굴을 마주하면 곡예사들도 모두 쓰키쿠사와 비슷한 또래 젊은이들이었다.

쓰키쿠사의 시선이 그 의상의 등에 달린 자수로 향했다.

"어…… 형씨 등에 거북이가 있네."

옆에 있는 일행을 보니 그쪽 등에는 큰 꽃이 피어 있었다.

무대용 의상이라 자수도 화려하고 컸다. 문득 쓰키쿠사의 머릿속에 어디선가 거북이랑 매화에 관해 들었던 기억이 스쳤다.

"아…… 그런가. 오하나랑 함께 야나기와라의 아이들에게 갔을 때 들었구나. 기모노 무늬 얘기였지."

하지만 그때 오타키가 가져온 기모노 중에 거북이, 매화, 토끼무늬가 있었던가. 고개를 갸웃거리고 있으니 곡예사들이 웃으며 어린 배역으로 보이려고 의상에 큰 등 부적背守り[5]을 달았다고 가르쳐 주었다.

"등 부적?"

"아기를 지키는 액막이지. 배냇저고리 같은 옷의 등에 붙이는 거야."

갓난아기를 지키기 위한 것이라서 이 부적이 등에 있으면 어린아이의 의상이라고 관객이 생각해 준다.

"꽤 편리하게 사용하고 있지."

"흠, 등 부적에 거북이나 매화 외에 토끼 같은 모양도 있어?"

"물론이지. 흔한 모양이야."

역시 그렇구나 싶었다. 그렇다면 여자아이들이 웃으면서 '좋아한다'고 말한 까닭은 자신이 입었던 옷의 등 부적이 바로 그 모양이었기 때문일 가능성이 크다. 아이들이니 등 부적을 알고

---

5 아기의 등 뒤를 지켜 준다는 의미로 배냇저고리의 등에 붙이는 헝겊 조각. 헝겊에는 동물이나 꽃, 별 등 다양한 모양의 간단한 자수를 놓았다. 에도 시대를 거쳐 쇼와 시대까지 존재한 풍습.

있다면 자기가 입었던 옷에 붙어 있었기 때문이리라 짐작했다. 분명 아기 때 입었던 배냇저고리를 보고 훗날 기억해 냈을 것이다.

"여자아이들이 그날 입은 기모노는 모두 꽃무늬였어."

가만 있자.

"음…… 야나기와라 행수님이 등 부적 얘기를 했던가?"

사라진 아이의 옷에 표지가 있었다면 야나기와라는 당연히 말했을 것이다. 그러나 행수는 아이가 특징 있는 물건을 지니지 않았다고 했다. 분명히 그렇게 들었다.

"지금 야마코시 행수님이 데리고 있는 여자아이 셋은 등 부적이 달린 배냇저고리를 입고 있었나 본데."

그러나 어느 아이도 지금까지 야나기와라 행수에게 배냇저고리의 등 부적 이야기를 한 적이 없었다. 결정적인 단서가 될 수 있음에도.

'야나기와라 행수의 아이에겐 아무런 표지가 없다는 걸 알고 있기 때문이 아닐까.'

자신의 등 부적 무늬를 알고 있으면 조건에 맞지 않는다는 걸 알고 있으니 말하지 않았을 수도 있다.

'적어도 그렇게 짐작한 사람이 있어서 아이들에게 입막음을 시켰을지 몰라.'

쓰키쿠사는…… 우물 근처에서 생각에 잠겼다. 곡예사들은 곧 공연장으로 돌아갔지만 쓰키쿠사는 혼자 우두커니 서 있었다. 서서히 머릿속에 그려지는 것이 있었다.

"그 여자아이들은 아니야. 그중에 오료 아가씨는 없는 거야."

우연히 자기 등 부적 모양을 알고 있는 아이가 셋이나 모인 걸 수도 있다. 하지만 그 셋이 한결같이 그 이야기를 입밖에 내지 않은 것은 무엇을 의미할까.

'세 아이가 야나기와라의 아이가 아님을 알고 등 부적과 함께 그 사실을 숨긴 놈이 있는 거다.'

머리를 스치는 것은 야마코시 행수가 말한 걱정거리였다. 야나기와라 행수가 관리하는 토지는 수입이 쏠쏠하다. 그것을 노리는 자가 가짜 아이를 야나기와라 부부 밑에 들여보내려 하고 있다는 이야기다.

"어째서 야나기와라에서는 아이에 대해 좀더 조사하지 않았지?"

자기도 모르게 중얼거렸지만, 쓰키쿠사는 문득 그 말이 무서워졌다.

"조사하지 않은 게 아니라…… 아이의 신원을 알면서 입 다문 자가 야나기와라 안에 있었다면?"

불안이 온몸을 감싼다. 이렇게 되면 다음 무대는 내버려 두고 야마코시의 저택에 갈 수밖에 없다. 행수에게 전하고 싶다. 어쨌든 이 생각을 혼자 떠안고 있을 수는 없었다.

쓰키쿠사는 오하나를 안아 들고 필사적인 표정으로 우물가에서 달려 나갔다.

5

야마코시 저택에 도착한 쓰키쿠사는 평소처럼 금방 안에 들어올 수 있었지만, 일이 바쁜 행수는 당연히 저택에 없었다. 오나쓰마저 없고 영감은 쓰키쿠사의 공연장에 있다. 얘기할 수 있는 상대가 아무도 없는 곳으로 달려온 것이다. 쓰키쿠사는 잠시 어이없어 했다.

'아냐, 아니지. 내 생각을 얘기하기 전에 지금 확인해 둘 것이 있어.'

그 세 여자아이를 찾아서 등 부적에 대해 물어봐야 한다. 쓰키쿠사는 오하나와 함께 아이들이 있는 안방으로 갔다.

"오하나, 네가 상냥하게 물어보는 편이 대답을 듣기 쉽겠다. 힘을 빌려다오."

아이들 방에 들어가자, 요전에 오하나의 예능을 봤던 아이들이 쓰키쿠사와 오하나에게 반가운 표정을 지었다.

오하나는 먼저 밝게 인사를 했지만 마음이 급해져서 오키노와 여자아이들에게 서둘러 거북이와 매화와 토끼에 대해 물었다.

"얘들아, 저번에 너희가 했던 말 기억하니?"

그날 여자아이 셋은 거북이와 매화와 토끼를 좋아한다고 했다.

"그 세 가지 말인데 저기 있던 기모노 얘기가 아니었잖아. 그거 등 부적 얘기 아니니?"

너희들이 어릴 때, 배냇저고리에 달려 있던 거니? 오하나는 최대한 부드럽게 물었지만 아이들은 왠지 얼굴을 마주 보더니 입을 다물어 버렸다. 오하나에게 대답해 주지 않았다.

"저기…… 왜 그러니?"

이때 방 건너편에서 웃는 듯한 목소리가 들렸다. 누구 목소리인지는 쓰키쿠사도 금세 알았다.

"그건 말하면 안 된다고 우리가 아이들에게 부탁해 두었지."

웃으며 나타난 사람은 시로와 야소스케 두 사람이었다. 아이를 돌보고 있는 담당자이니 물론 아이들은 누구보다도 이들을 잘 따른다. 쓰키쿠사는 되도록 침착한 목소리로 물었다.

"왜 그런 건가요? 등 부적에 대해 물으면 안 됩니까?"

그 말을 듣고 시로는 눈살을 확 찌푸렸다. 쓸데없는 것을 알면 안 되지, 그렇게 말한다.

"'거북이와 매화와 토끼, 그 세 가지가 등 부적을 얘기한 것임을 알았다. 그렇다면 어째서 이 아이들은 등 부적에 대해 알고 있는 건가…….' 형씨는 거기까지 생각한 건가."

쓰키쿠사는 두 사람을 되받아 보았다.

"물론 아이들은 자기 옷에 붙어 있던 것을 기억했겠죠. 지금 부모가 없다고 해서 꼭 아기 때 부모를 잃었다고는 할 수 없으니까요."

더 커서 등 부적을 기억할 수 있을 때쯤 혼자가 된 아이도 있으리라. 즉 그 아이는 야나기와라의 딸이 아니다.

그 순간 "재미없군" 하고 젊은 시로가 말했다. 야마코시와 나이가 비슷한 야소스케가, 뭐 어때, 하고 복도에서 거슬리는 웃음소리를 냈다.

"쓰키쿠사 씨는 여러 가지를 따져 본 것 같은데, 쓸데없는 짓이야. 말하지 않는 게 좋을걸."

시로는 쓰키쿠사도 남에게 숨기고 싶은 일을 속에 담고 있지 않느냐고 난데없이 물었다. 이어서 야소스케가 등 부적이나 아이들에 대해 괜히 다른 사람에게 말하면 쓰키쿠사가 간직하고 있는 비밀도 소문이 나게 될 거라며 협박했다.

"무…… 무슨 말을 하는 겁니까?"

"야나기와라 행수가 그 인형을 신용하고 있더군. 그래서 우리는 하나히메를 조종하는 예인이 어떤 남자인지 알아 두는 편이 낫겠다 싶었지. 어렵게 조사했어."

예전 일을 알아내는 데 힘들었다고 두 사람은 말한다.

쓰키쿠사는 직인에서 한번 거리의 예인으로 변신했다. 사는 장소도 바뀌었다.

료고쿠 일대에서는 그렇게 흘러든 사람들의 과거는 묻지 않는 법이라고 알고 있는 사람이 많다.

"하지만 유령도 아니고 말이야. 금세 과거가 드러났지."

재미있는 이야기가 나오더라며 시로가 웃는다.

"손님들에게 호감을 주는 예인 쓰키쿠사. 그러나 안 좋은 소문을 가지고 있더구먼."

관객이 그 소문을 들으면 어떻게 생각할까.

"인형과 댁의 이야기 예능을 들으러 맘 편히 공연장에 와 줄까?"

야소스케의 말은 점점 확실하게 협박으로 변해 갔다. 쓰키쿠사에게 자신이 중요하다면 쓸데없는 일은 말하지 마라, 알려고 들지 마라, 관여하지 마라, 라고 한 것이다.

"뭐, 진실의 밑바닥에 사실과는 다른 것이 조금 떨어진 거지. 별 상관 없잖아. 눈치채지 못하면 진실이나 마찬가지니까."

그러니 댁도 바보 같은 짓은 하지 말고 사이좋게 지내자고. 시로와 야소스케는 그렇게 말하며 웃었다.

이튿날.

오나쓰는 오하나를 안고 아버지 야마코시의 방으로 갔다. 서안書案 옆에 앉더니 글을 쓰는 아버지 얼굴을 들여다본다.

"아버지, 오하나가 말하고 싶은 게 있대요."

야마코시는 한쪽 눈썹을 치켜세우고 오하나의 짝 쓰키쿠사는 어디 있느냐고 물었다. 쓰키쿠사가 방 바깥 복도에 나타났지만 오나쓰에게서 오하나를 건네받지는 않았다.

"이런, 무슨 일이지? 오늘은 왜 오나쓰가 오하나를 가지고 있나?"

야마코시가 묻자 쓰키쿠사는, 송구합니다, 하고 머리를 숙였다. 지금부터 나올 이야기를 하도록 맡기고 싶어서 오하나를 데려왔다고 했다.

"이야기가 끝나면 행수님은 제게 행수님의 구역에서 나가라고 하실지도 모릅니다. 그래서 오하나는 아가씨께 맡겨 두고 싶습니다."

만일 공동주택에서도 내쫓긴다면 쓰키쿠사는 당집 툇마루 밑에서 자게 될 텐데 히메 인형 오하나를 밖에서 재울 수는 없다.

"그렇군. 그래서 너는 무슨 이야기를 할 생각이지?"

뭔가 위태로운 분위기인데도 야마코시는 침착한 얼굴로 물었다. 그때 옆에 앉은 오나쓰의 무릎에서 오하나가 이야기하기 시작했다.

"야마코시 행수님, 이 뒤는 제가 이야기할게요. 쓰키쿠사가 이전에 인형 제작자였던 사실은 본인이 료고쿠에 왔을 때 말했지요?"

이전에 인형 제작자였던 쓰키쿠사는 화재에 휘말려 큰 부상을 입었다. 그때 손에 힘이 들어가지 않게 되어 인형 제작자를 그만 두었다.

"하지만 쓰키쿠사가 대번에 일을 그만둔 데에는 부상 말고도 까닭이 있어요. 이쪽도 행수님에게는 대략 이야기했죠?"

"그래. 스승의 딸을 화재에서 구해내지 못하여 크게 다치게 했다고 들었지."

당시 쓰키쿠사는 스승의 둘째 딸을 아내로 맞이할 예정이었다고 야마코시는 들었다. 오하나가 고개를 끄덕인다.

"그 사람은 오미치 씨라고 했어요. 언니는 이름이 오이치 씨였는데 둘은 닮은 자매였지요. 쓰키쿠사가 인형 제작자 일을 그만두기 얼마 전에 저를 만들었는데요. 약혼녀 오미치 씨의 얼굴을 본떠 만든 인형이라고들 했어요."

언니 오이치도 이미 사형과 부부가 되기로 약속한 사이였는데 곧 혼례를 올리려던 차에 문제의 화재가 일어났다.

"밤에 일어난 일이라 뭐가 어떻게 됐는지 쓰키쿠사는 몰랐어요. 화재가 난 것을 알았을 때는 스승님 댁에 불이 번진 상태였지요."

쓰키쿠사를 비롯한 제자들은 근처 공동주택에 살고 있어서 화재에 휘말리지 않았다. 그 때문에 화재를 늦게 알아차려서, 스승의 집으로 달려갔을 때에는 이미 집 밖으로 불이 뿜어져 나오고 있었다.

"아직 소방대는 오지 않았어요. 쓰키쿠사가 집으로 뛰어들었지요. 그리고…… 가장 먼저, 만드는 중이었던 내가 있는 곳으로 왔어요."

오하나는 무엇보다 소중한 인형이었기 때문이다.

"아까 제 얼굴은 오미치 씨의 얼굴을 본떠 만든 것이라고 했지만. 사실은 오이치 씨의 생김새와 닮게 만든 것이었어요."

자신의 일이다. 오하나는 똑똑히 알고 있었다.

"손이 닿지 않는 사람을 본떠 만든 것이니 쓰키쿠사에게는 무엇보다 소중했지요."

인형을 안고 밖으로 일단 나오려던 그때, 오미치가 아직 집 안에 있다는 것을 알았다.

"쓰키쿠사가 오미치 씨를 내버려 둬야겠다며 포기했을 리 없잖아요. 다만,"

오하나를 불타는 집에서 내보내는 걸 먼저라 여겼다. 목각 인형이기 때문에 불이 옮겨 붙으면 잠시도 버티지 못하니까. 쓰키쿠사는 고민하며 머뭇거렸다.

"발길을 멈춘 건 아주 짧은 한순간의 일이었어요. 바로 그때, 집의 대들보가 불타서 무너졌지요."

그 너머에 오미치가 있었다. 쓰키쿠사는 오하나를 집 밖으로 던지고 오미치가 있는 쪽으로 뛰어들었다.

"그 후에 벌어진 일은 쓰키쿠사에게는 반쯤 꿈속의 일 같을 거예요."

쓰키쿠사는 죽지 않고 오미치를 간신히 데리고 나올 수 있었지만 큰 부상을 당하고 말았다. 오미치 역시 다리를 다치고 화상까지 입었다.

스승은 그 화재로 큰딸 오이치를 잃었다. 집도, 수많은 인형도 잃었다.

"화재가 일어나고 얼마 후, 안 좋은 소문이 두 가지 돌았어요. 하나는 스승의 집에 화재가 난 건 쓰키쿠사와 오이치 씨 때문이라는 이야기였어요. 약혼자들을 배신하고 둘이서 밤에 몰래 만났기 때문이라고요."

그때 사용하던 불이 번졌다고들 했다. 누가 흘린 소문인지는 불분명하고 증거가 전무했지만 크게 다쳐 자리에 누워 있던 쓰키쿠사에게는 부정할 방법도 없었다.

"다른 한 가지 소문은 더욱 위태로운 것이었어요. 화재는 쓰키쿠사와 오이치, 두 사람이 저질렀다는 거죠. 동반자살하려고 불을 질렀는데 오이치 씨만 죽었다고 했어요."

방화를 저질렀다면 죽을죄에 해당하고 체포되면 화형이다. 게다가 두 번째 소문에서는 쓰키쿠사가 스승의 집을 태운 것으로 되어 있었다.

"쓰키쿠사는 스승님을 만나서 소문을 부정했어요. 물론 증거가 없으니 스승님도 쓰키쿠사를 방화범이라고는 하지 않았지 요."

다만 쓰키쿠사는 큰 부상으로 인해 이미 인형 제작자 일을 계속하기 어렵게 되었다. 인형 제작자가 아닌 자는 스승 밑에 있지 못한다. 오미치하고도 헤어져야 했다. 스승의 처지에선 앞으로 집안을 다시 일으켜야 하는 때에 대를 잇지 못하는 남자를 사위로 들일 수는 없었다.

오미치의 부상은 나았지만, 인형 제작자를 그만둔 쓰키쿠사와는 맺어지지 않았다. 오미치는 사형 중 한 사람과 혼인하여 대를 이었다.

쓰키쿠사는 인형 제작자의 세계에서 멀어질 수밖에 없었다. 그러자 역시 쓰키쿠사가 방화범에 배신자였기 때문에 스승 밑에서 내쳐진 것이라며 거듭 소문이 났다.

"소문을 낸 사람은 함께 일했던 지인들이었어요. 오랜 벗이었죠."

쓰키쿠사는 친구까지 잃고 갈 곳마저 사라지고 말았다. 일찍부터 고용살이를 나간 뒤로 양친은 돌아가셨다. 형제들은 멀리 고용살이를 하러 간 뒤로 소식이 깜깜하다. 의지할 데라곤 자신뿐이었다.

"그야말로 당집 마루 밑에서 자며 뭐든지 해서 하루 벌이를 하는 나날이었지요."

쓰키쿠사는 자신이 살던 땅을 떠나 정처 없이 떠돌다 료고쿠까지 흘러왔다.

자신이 있어도 되는 장소를 찾는 동안에도 쓰키쿠사는 이미 어쩔 수 없게 된 일을 내내 마음에 두고 있었다.

"화재 때 저를…… 진실의 하나히메를 먼저 구하려고 했죠. 제 얼굴에 오미치 씨가 아니라 오이치 씨의 얼굴을 새겼어요."

한순간 망설인 탓에 오미치는 크게 다쳤다. 약혼녀는 자신보다 목각 인형을 먼저 선택한 쓰키쿠사를 보고 말았다. 그래서 오미치가 사형과 혼인했을 때도 쓰키쿠사는 아무 말 하지 못했다.

어느새 모든 것이 쓰키쿠사에게서 떨어져 나갔다. 약혼녀도, 일도, 살던 장소도, 스승도. 오이치도 사라졌다.

"지금도 예전 지인을 만나면 쓰키쿠사를 방화범이나 살인자라고 몰아붙일지도 몰라요."

과거의 일이 소문나면 료고쿠바시에서 하는 공연에도 지장이 있을 것이다.

여기서 쓰키쿠사는 오하나의 목소리를 멈추더니 야마코시를 똑바로 보았다.

"행수님께 폐를 끼칠 수도 있습니다. 저에 대한 이상한 소문이 퍼지기 전에 한번 말씀드려야겠다고 생각했습니다. 그래서 오늘 여기 온 겁니다."

단호한 말에 야마코시는 눈살을 찌푸렸다. 가만히 쓰키쿠사를 본다.

"넌 정말 방화범에 살인자인 게냐?"

"아닙니다, 전 한심하고 멍청한 놈일지는 모릅니다. 허나 맹세코 나쁜 짓은 전혀 하지 않았습니다."

야마코시가 끄덕였다.

"내가 보기에도 너는 사람만 좋은 바보 천치다. 그런데 앞으로 네가 살인자라는 소문이 퍼진다고?"

"예, 그런 말을 들었습니다."

그 소문은 예전부터 줄곧 쓰키쿠사를 찔러 왔다. 괴롭고 무섭다.

너무나 두렵다고 털어놓는 쓰키쿠사에게 야마코시가 한숨을 쉬며 시선을 보낸다.

"네가 료고쿠에 온 지도 몇 년이나 지났다. 이제 와서 새삼스럽게 누가 예전의 소문을 떠벌린다는 거냐?"

"행수님, 그건……."

별안간 야마코시 저택 안쪽에서 큰 소리가 났다. 여느 때와 달리 분주한 발소리가 다가온다 싶더니 야나기와라 행수가 나타났다.

"야마코시 행수, 엄청난 일이 일어났네. 아아, 고마운지고."

"무슨 일인가?"

"신불이 지켜 주셨어. 도미키치가 살아 있었네!"

"뭐라고."

순간 쓰키쿠사가 입술을 깨물고 무릎에 시선을 떨어뜨린다. 그 모습을 야마코시가 날카로운 눈으로 지켜보았다.

6

증거 문서가 발견됐다는 말을 오나쓰는 오하나를 안은 채로 들었다.

마치야쿠닌[6]의 집에 있는 문서함 속에 오래된 문서가 남아 있었다. 그것이 모든 사실을 보증한다고 전해져서, 야마코시 저택에서는 큰 소동이 벌어졌다.

문서에는 시치스케에 대해 쓰여 있었다.

시치스케는 간다가와 강에 떠 있다가 구조된 아이라고 한다.

구조된 것은 행방불명된 그날이었다.

"틀림없어. 시치스케가 우리 도미키치야. 우리 아이일세. 틀림없네."

야나기와라 행수는 야마코시의 방에서 눈물을 보이며 들뜬 기

---

6 마치의 운영을 맡았던 관리.

색으로 말했다. 그곳에 시치스케를 비롯한 아이들이 전부 모여 있었다. 그 뒤에서 시로와 야소스케, 그리고 오타키도 모습을 보였다.

오타키 쪽은 어딘지 진정되지 않은 표정이었다. 들떠 있는 야나기와라 행수를 가만히 보며 눈살을 살짝 찌푸리고 있다. 그러다가…… 오나쓰가 아버지 옆에서 오하나를 안고 있는 모습을 보더니 재빨리 그 앞으로 왔다.

"'진실의 하나히메'는 진실을 이야기한다고들 하지요?"

오타키는 들떠 있는 남편 옆에서 중얼거렸다.

"전에 우리 집 양반이 말했을 때 난 그런 허울 좋은 평판, 믿지 않았어요."

무엇보다도 자신의 아이가 누군지를 따지는 중요하기 그지없는 대목에서 목각 인형 따위의 말을 곧이곧대로 받아들일 기분은 들지 않았다. 그래서 처음 오하나를 만났을 때 오타키는 정직하게 자신의 속내를 밝혔다. 진실을 이야기한다는 말보다 증거를 바랐다.

그러나.

"지금은 어째서인지 모처럼 나온 그 증거가 믿어지지 않아요. 왜 이제 와서 그런 문서가 나타나죠? 후카가와에서 아이들을 찾았을 때는 없었어요. 나중에 나타난 것은 어째서죠?"

오타키는 빠르게 말하고 오하나를 바라보았다. 뒤에서 시로가 환한 목소리로 말했다.

"마님, 겨우 후계자인 도련님이 발견됐는데 왜 그러십니까."

기뻐해 주지 않으면 시치스케가 가엾다며 시로는 의기양양한 얼굴로 말했다. 경사스러운 일에 찬물을 끼얹을 필요가 있느냐며.

야소스케도 고개를 끄덕이며 경사스럽다는 말을 반복했다.

그러나 오타키는 시치스케가 아니라 오하나에게서 눈을 떼지 않았다. 곧 야나기와라 행수가 오타키의 상태를 알아채고 당황한 표정을 지었다.

"오타키, 왜 그래?"

야마코시가 한숨을 쉬고 시로에게 손을 내밀었다.

"발견됐다는 문서를 보여 주게. 물론 가지고 왔겠지?"

대체 누가 찾았느냐고 야마코시가 물으니, 야소스케가 품에서 문서 한 장을 꺼내며 마치야쿠닌 집에서 나왔다고 대답했다. 그러나 문서를 읽기도 전에, 야마코시는 한쪽 눈썹을 치켜세우고 말했다.

"이봐, 이건 상당히 새 종이군."

사용한 먹도 묵향이 날 것처럼 선명하다면서 야마코시가 얼굴을 찌푸린다. 그 말에 변명을 한 사람은 뜻밖에도 야나기와라 행수였다.

"그야 마치야쿠닌 집에 있었으니까. 야쿠닌이라면 날마다 산더미처럼 글을 쓰겠지. 묵향도 옮을 테고. 자, 야마코시, 그러지 말고 나와 함께 기뻐해 주게나."

야나기와라 행수의 말에는 애원하는 듯한 울림이 있었다. 오나쓰가 살짝 오하나의 손을 쥐었다.

'행수님은 분명…… 아이가 돌아왔다고 믿고 싶은 거야.'

아이를 찾아다닌 지 칠 년, 이제 어지간히 지쳤다. 이쯤에서 기뻐하고 싶다. 지금 시치스케를 의심하면 앞으로 또다시 발견되지 않는 아이를 찾아다니는 나날로 돌아갈 수밖에 없다. 잔혹하고 괴로운 나날로.

야나기와라 행수는 오하나 쪽을 보았다.

"하나히메도 축하해 주겠지, 응?"

행수는 매달리는 듯한 말과 함께 오하나를 바라보았다. 오타키도 이번에야말로 인형의 말을 기다리고 있다. 모든 이의 눈이 오하나에게 모여서, 인형을 안고 있던 오나쓰는 그 시선이 아플 정도였다. 오나쓰는 어쩐지 오늘 이 경사스러운 소식이 두려웠다.

'오하나…… 뭐라고 대답할까.'

아까 쓰키쿠사는 누군가 자신에 대해 무서운 소문을 퍼뜨릴 거라고 했다.

'누군가 자기 말을 듣지 않으면 소문을 내겠다며 쓰키쿠사를 협박했어.'

그렇지 않으면 쓰키쿠사가 이제 와서 일부러 과거의 일을 야마코시에게 전할 이유가 없었다.

'하지만.'

오나쓰는 알고 있다. 지금은 사라진 '진실의 우물'은 질문한 자에게 진실을 알려 주었다. 진실만을 알렸다. 진실을 들은 자가 무슨 무례한 말이냐며 화낼 만한 이야기라 해도 질문한 자는 그 답을 들어야 했다.

그래서 우물은 메워지고 말았다. 오하나의 눈은 그 우물에서 주운, 물에서 생겨난 구슬로 만든 것이다.

'오하나와 관련된 사람은 '진실'을 알게 되지. 설령…… 듣고 싶지 않은 이야기일지라도.'

오타키가 물었다.

"진실의 하나히메, 물어보면 답을 해 줄 건가요?"

오나쓰의 귀에 오하나의 목소리가 들렸다.

"뭘 물을 거죠?"

"시치스케는 내 아이인가요?"

잠시 방이 쥐 죽은 듯 조용해지자 오하나는 똑똑히 대답했다.

"문서가 발견된 마을의 서기나 집주인에게 그 증거 종이를 보여 줘요. 틀림없이 마치나누시의 글씨가 아니라고 할 거예요."

그런 확실한 증거가 있다면 시치스케를 야나기와라 행수에게 맡겼을 때 벌써 건넸을 터이다. 문서는 진짜가 아니다.

"시치스케는 야나기와라 행수의 아이가 아니라고 봐요."

오나쓰의 무릎 위에서 오하나는 딱 잘라 그렇게 말했다. 오나쓰는 평소에 하는 이야기 예능의 다음 편을 듣고 있는 것 같은 이상한 기분에 사로잡혔다.

그러자 마치 오하나가 말한 '진실'의 말에 다음 편이 있는 것처럼 곧장 입을 연 사람이 있었다. 야마코시의 방에서 쓰키쿠사가 두려워했던 말이 나온 것이다.

"이거 놀랍군. 진실의 하나히메 님은 시치스케가 맘에 들지 않는 것 같은데. 아니, 말하는 사람은 예인 쓰키쿠사였나."

입을 연 사람은 시로였고 뒤에서 야소스케도 무서운 얼굴을 하고 있었다. 예상대로랄까, 시로는 아까 오나쓰와 야나기와라 행수가 이 방에서 들은 쓰키쿠사의 소문을 떠벌리기 시작했다.

"쓰키쿠사의 이야기는 신용할 수 없어. 왜냐면."

이 남자는 살인자에 방화범이니까.

시로가 능숙하게 말하는 것인지, 가만히 듣고 있으려니 쓰키쿠사가 지독히 못된 남자처럼 느껴진다. 오나쓰는 무서워져서 다시 오하나를 껴안았다. 쓰키쿠사는 시로를 말리지도 못하고 묵묵히 앉아 있었다.

그때.

야마코시가 일어서서 시로의 말을 가로막았다. 그러고 나서 지친 듯이 중얼거렸다.

"야나기와라 행수, 이건 아닐세. 시치스케는 자네의 도미키치가 아니야."

"야, 야마코시 자네까지 무슨 소릴 하는 건가?"

당황한 얼굴로 야나기와라 행수가 반문하자 야마코시는 지금 여기에 오하나와 쓰키쿠사가 있는 까닭을 야나기와라 행수에게 설명했다.

"쓰키쿠사는 오늘 자신이 협박받고 있다고 말했네."

야나기와라의 아이 건으로 협박받는 것이 분명하다. 야마코시는 이미 야나기와라의 재산을 노리고 움직이는 자가 존재한다는 소문을 파악하고 있었다.

"후계자를 꾸며 낼 계획이었겠지. 그러나 쓰키쿠사가 눈치챈 거야."

"뭐……."

진실의 하나히메는 겉멋으로 하는 게 아니라고 야마코시가 말을 잇는다.

"계획이 들통나자 놈들은 예전의 소문을 내세워서 입 다물고 있으라고 쓰키쿠사를 협박한 것 같네. 그러지 않으면 살인자에 방화범이라고 증거도 없는 이야기를 퍼뜨리겠다고 했다는군."

야마코시는 처음부터 그런 위험한 이야기를 믿지 않았다. 자신이 아는 쓰키쿠사가 살인자에 방화범일 리 없다. 한편으로는 이 료고쿠에서 지마와리 행수 야마코시를 속이고 멋대로 굴려는 자가 있다고 생각하기도 어려웠다.

"나는 이 지역에서 제멋대로 구는 꼴을 보고도 가만히 있을 만큼 만만한 남자가 아니야."

다만 다른 곳에서 흘러들어 온 자들 가운데 몇몇은 간혹 료고쿠 번화가에서 어리석은 짓을 벌이곤 한다. 야마코시의 목소리가 낮아지고 그 눈빛에 무시무시한 분위기가 짙어졌다.

"야나기와라. 아까 그 문서가 이상하다는 것쯤은 자네도 이미 깨닫고 있었지?"

그런 새 문서가 칠 년도 더 전에 쓰였을 리 없다. 시치스케가 도미키치라는 증거는 이상하다. 오하나의 말이 옳다.

"시치스케는 자네 아이가 아니야. 인정하게. 오타키 씨에게 다른 사람의 아이를 억지로 맡길 셈인가."

야나기와라 행수에게서 웃음이 튀어나왔다가 사라졌다. 그 모습을 본 오타키가 울 듯한 표정을 짓는다.

한동안 침묵이 흘렀다.

정적을 깬 사람은 다름 아닌 시로였다.

"이런, 증거가 틀렸다니 유감스럽네요. 이름이 같은 시치스케라는 아이가 또 있었나요."

그래서 새 문서가 있었나, 라며 시로는 주눅 들지도 않고 말했다. 옆에서 야소스케도 당당한 태도로 자신들이 쓰키쿠사를 협박한 일 따위는 전혀 내색도 하지 않았다. 야마코시가 뻔뻔한 두 사람을 노려보았다.

"너희 둘, 지금 우리 예인에게 말도 안 되는 소리를 했겠다. 야나기와라 제방과 료고쿠 번화가는 가깝지. 더 이상 어리석은 짓 하지 마라."

"그게 무슨 말씀이십니까."

두 사람은 끝까지 시치미를 뗐지만 오래 머무르는 것도 위험하다고 판단한 듯하다. 쓰키쿠사를 흘깃 본 뒤, 아이들을 모아서 야나기와라의 집으로 돌아가겠다고 말했다.

하지만 오타키가 막았다.

"아이들에게 손대지 마. 더 이상…… 너희에게 맡길 수 없어."

시로와 야소스케는 잠시 아이들을 봤지만, 주위에 야마코시의 수하들이 있어서인지 곧 어디론가 사라졌다. 야나기와라 행수가 당황한 얼굴로 안주인을 보고 있다. 오타키가 오나쓰 옆에 지친 얼굴로 앉자, 오하나가 오나쓰의 무릎 위에서 부드럽게 물었다.

"마님, 저 아이들은 어쩌실 거예요?"

쓰키쿠사를 협박한 자가 이용한 아이들이다. 다들 자기 태생을 알고 있거나 어쩌면 다케이치처럼 친척이 있는데 거둬 주지 않은 아이들일 것이다.

"전부, 도미키치 도령도 오료짱도 아니라고 생각해요."

오하나가 확실하게 말하자 오타키가 다다미에 시선을 떨군다.

"역시 아이들이 살아 있다는 이야기가 갑자기 나오다니 이상

했어요. 칠 년이나 지났는데.”

이때 야마코시가 위험한 소문을 하나 더 야나기와라에게 전했다.

“누군가 야나기와라 제방의 헌옷 가게에서 올리는 수입을 노리고 있네. 조심하게.”

야마코시의 눈은 시로 일행이 사라진 쪽으로 향했다. 야마코시의 충고를 먼저 알아들은 오타키가 한숨을 내쉬었다.

“우리가 아이들 일에만 매달려 있었으니까요. 수하들에게 눈길이 미치지 못했어요.”

쓰키쿠사에게도 오하나에게도 폐를 끼쳤다며 오타키가 사과했다. 그러고 나서 남편을 돌아보았다.

“여보, 이제 그만합시다. 시로 녀석들이 더 이상 이상한 소리를 하지 않도록 제대로 대책을 세워 주세요. 야마코시 댁에 폐가 되니까요.”

“아…… 그래.”

야나기와라 행수는 아직 아이 찾기가 끝났다는 사실을 받아들이지 못하는 모양이었다. 곤란한 표정으로 아이들을 보았다가 복도 끝에 시선을 주길 반복하며 우두커니 서 있다.

그러다가 곧 숨을 한 번 내쉬고 오타키에게, 쓰키쿠사와 야마코시에게 천천히 머리를 숙였다.

야나기와라 부부는 아이들과 함께 돌아갔다. 여전히 침울해하는 야나기와라 행수를 대신하여 오타키가 야마코시에게 깍듯이 감사 인사를 하고 쓰키쿠사에게도 거듭 사과했다. 뒷일도 다 생각해 뒀다고 한다.

"남은 아이들은 우리 집에서 돌봐 주려고 해요."

자신의 아이는 아니지만 인연이 닿은 아이들이었다. 지마와리 야나기와라의 가솔로 예의범절을 잘 가르쳐서 제구실을 하는 사람으로 만들겠다고 한다.

"여자아이들은 때가 되면 시집도 보내 주고요."

"시로와 야소스케는 어떻게 하실 건가요?"

오나쓰가 묻는다. 쓰키쿠사를 상처 입힌 두 사람이 이번 소동을 일으켰다고 오나쓰는 확신하고 있다. 분명 아버지 야마코시도 그렇게 말할 것이다. 그러나 야나기와라 부부도 똑같이 생각할지는 아직 확실하지 않다.

야나기와라 행수는 의외일 만큼 딱 잘라 대답했다.

"시로와 야소스케 두 사람이 아이들 일에 어디까지 관여했는지는 좀더 조사해 볼 작정이다."

그러나.

"그놈들이 쓰키쿠사 씨에게 말도 안 되는 소리를 한 건 확실해. 이 귀로 들었으니."

지마와리의 수하이기도 한 자가 다른 행수가 뒷배를 봐 주는 예인에게 그런 말을 해도 될 리 없다. 진실인지의 여부와는 별개로 두 사람은 지마와리의 수하로서 해서는 안 될 일을 한 것이다.

"그 둘은 저 멀리 가도街道 연변의 행수에게 부탁하여 거기 맡기려고 한다."

아마 야마코시가 충고했듯이 시치스케를 이용하여 야나기와라의 모든 것을 손에 넣을 심산이었으리라. 앞으로 아이들 문제로 또 움직이게 되면 자신이 괴롭다. 야나기와라는 그렇게 말했다.

"잘됐다, 오하나. 이제 괜찮은 것 같아."

걱정했겠지만 이 료고쿠에서 쓰키쿠사를 방화범이나 살인자라고 여길 사람은 없을 거야. 오나쓰가 오하나를 소중하게 안고 말하자 인형이 고맙다고 속삭였다.

다만 오하나는 역시 '진실'은 두렵다는 말을 꺼냈다. 듣고 싶지 않은 내용일 때는 특히.

"저기, 쓰키쿠사. 쓰키쿠사는 앞으로 힘든 일을 겪을 거야. 폭풍우가 오겠지. 나 이런 말은 하고 싶지 않았는데."

"이런, 이런."

야마코시가 쓰키쿠사를 보니 울 것 같은 얼굴로 주저앉아 있었다.

"오늘은 우리 집에서 저녁 먹고 가거라."

그 말에 고개를 끄덕이긴 했지만 쓰키쿠사는 피곤하다는 표정을 지었다. 오나쓰는 문득 불안해졌다.

'폭풍우 같은 혼란이 찾아오면 쓰키쿠사와 오하나는 어떻게 할까, 이대로 료고쿠에 있을까?'

혼란스러운 기분을 느끼며 오나쓰는 다시 오하나를 꼭 껴안았다.

1

에도의 여름은 무덥다.

긴지로는 그 말을 지금 신세 지고 있는 야마코시 행수에게서 들긴 했지만 에도에 도착한 지 며칠이 지나자 몸으로 뼈저리게 느꼈다.

많은 사람이 사는 공동주택은 좁고 더워서 잠들기 어려운 데다가 모기도 많다고 한다. 잠을 설치며 뒤척이고 있으면 여름의 짧은 밤은 금방 지나간다.

다만 에도의 여름에는 기분 전환 거리가 있다고 한다.

평소에는 날이 저물면 가게는 문을 닫고 다들 일찌감치 잠자리에 든다. 그러나 에도에서는 여름밤이면 스미다가와 강에 놓인 료고쿠바시 다리 양쪽 기슭에 시원한 바람을 쐴 수 있는 장소가 등장한다.

긴지로도 오늘 밤 야마코시의 딸 오나쓰와 시종의 안내로 그 번화가를 방문했다. 그곳에는 상상 이상의 흥겨운 분위기가 기다리고 있었다.

강가 찻집에는 밝은 등롱이 줄줄이 걸려 있고 그 앞을 많은 사람과 허다한 봇짐장수들이 오가고 있다. 해가 진 뒤인데도 가설 공연장에서는 다양한 예능이 진행중이어서 공연장 문지기의 설명이 떠들썩하다. 스미다가와 강 위에는 배가 오가고 하늘에는 불꽃이 쏘아 올려진다. 료고쿠는 무더운 여름밤을 반짝이는 즐거움의 시간으로 바꾸고 있었다.

긴지로는 우울함을 날려 버릴 듯한 밝은 분위기에 저도 모르게 웃음을 띠었다.

"아아, 즐거운 곳이로군."

"엄청나게 북적거리네요."

가미가타[1]의 상점에서 따라온 지배인 신조가 그렇게 대꾸하자, 오나쓰가 옆에서 기쁜 듯이 고개를 끄덕인다. 오늘 밤 일동은 오하나의 아버지 야마코시 행수가 소유한 니시료고쿠의 가설 공연장으로 야마코시 집안 수하의 안내를 받으며 가고 있다. 인형 놀이꾼 쓰키쿠사와 목각 인형 오하나의 대화를 구경하기 위

---

1 교토, 오사카를 비롯한 주변 일대.

해서다.

"오, 손님이 많군요."

쓰키쿠사의 공연장에 들어가니 안에는 이미 손님이 가득 차 있었다.

쓰키쿠사는 자기 입을 움직이지 않고 음색을 바꿔 가며 이야기할 수 있다고 한다. 아름다운 인형과 자기 자신이 이야기하는 일인이역 예능으로 대성공을 거두고 있다.

"목각 인형 오하나는 정말 아름다워요. 그래서 인형이지만 '오하나 추종자'라는 열렬한 단골들을 두고 있지요."

"그거 대단한데."

긴지로 일행이 객석에서 웃고 있으니, 이윽고 촛불을 잔뜩 밝혀 환한 무대에 한 남자가 조심스럽게 발을 움직여 천천히 나타났다. 안고 있는 화려하고 큼직한 인형과 함께 손님을 향해 부드럽게 머리를 숙인다.

"예, 어서 오십시오. 오늘 밤도 무더운 가운데, 여러분은 참 별나게도 우리 공연장에 와 주셨군요."

쓰키쿠사의 목소리에 맞춰 분라쿠 인형만 한 크기의 히메 인형이 매끄럽게 손을 흔들었다. 손님 몇 명이 곧바로 객석에서 말을 건다.

"하나히메, 오늘도 아름답군. 만나서 기쁘다."

지배인 신조는 마치 마을에서 소문난 미인 처녀를 대하듯 인형에게 말을 거는 남자들을 깜짝 놀란 얼굴로 바라보았다.

"저게 '오하나 추종자'들인가. 요란스럽네."

처음 온 손님들이 놀라도 오하나 추종자들은 신경도 쓰지 않는다. 오로지 오하나를 다정한 눈으로 보며 마치 노래하듯 이야기했다.

"진언의 하나히메. '진실의 하나히메', 우린 너를 따라갈 거야. 사실 남자 인형 놀이꾼 따위는 필요 없지만."

그 말에 쓰키쿠사가 일부러 과장되게 울먹이는 표정을 짓자 옆에서 오하나가 잽싸게 대답했다.

"오라버니들, 그런 소리 하면 안 돼요. 가엾잖아요. 쓰키쿠사는 혼자서는 제대로 돈을 못 버니까. 사람이니 밥도 먹어야 하고 집세도 필요한데. 참 불편하죠."

"이봐, 오하나. 여긴 내 예능을 보여 주는 공연장이라고. 그 말버릇은 뭐야."

쓰키쿠사가 투덜거리자 객석에서 까르르 웃음소리가 일었다. 공연장 안은 일찍부터 분위기가 고조되어 갔다.

"오, 인형이 손님들과 능숙하게 이야기하고 있어. 이거 멋지군."

긴지로가 감탄하는 동안 오하나는 무대에서 다시 건방진 말을 하기 시작했다.

"손님들의 기분도 이해해요. 여름인걸요. 추레한 남자 얼굴보다 나를 보고 싶겠지요. 그렇죠, 여러분?"

"그래, 맞아, 네 말대로야. 진실의 하나히메, 오늘 그 비녀도 잘 어울리네."

"후후후, 선물 받았어요. 예쁘죠."

낯익은 손님들과 오하나가 대화를 주고받는 동안, 쓰키쿠사는 물론 오하나가 되어 가성으로 이야기하니 자신은 말을 못 한다. 그렇기에 눈앞에 있는데도 인형 놀이꾼의 존재를 순식간에 잊고 긴지로는 무심결에 신조에게 말을 건넸다.

"오하나 씨, 멋지군. 인형이라기보다 아리따운 아가씨 같아. 하지만 어떻게 해서 저렇게 움직이는 거지. ……아, 그러고 보니 옆에 인형 놀이꾼이 있었네."

공연장은 크지 않았기 때문에 긴지로의 목소리는 의외로 크게 울려서, 그 말을 들은 손님들이 키득거렸다. 쓰키쿠사는 오나쓰 일행을 보고 잠시 이상하다는 얼굴로 한쪽 눈썹을 치켜세운 뒤 금세 떫은 표정을 지었다.

"너무하시네요, 손님. 전 아까부터 계속 오하나 옆에 있었잖습니까."

"그러게 말이야. 잊고 있었어."

"아이참, 손님, 그렇게까지 말씀하시다니. 후후, 무대에서 쓰키쿠사는 존재감이 옅거든요."

오하나가 발랄하게 대꾸하자, 다른 손님들도, 맞아 맞아, 하고 마음대로 목소리를 높인다. 이내 쓰키쿠사를 감싸는 손님도 나와서 말다툼으로 번지고, 오하나도 거기 섞여 자기 하고 싶은 말을 마구 하는 상황이 되었다. 웃음소리가 난무한다.

긴지로도 신조도 어느새 사람들의 이야기에 끼게 되었다. 이야기에 잘 끼어들지 못하는 손님이 있으면 무대에서 오하나가 교묘하게 말을 걸어 대답을 끌어낸다. 긴지로는 고개를 끄덕였다.

'이거 재미있는데. 쓰키쿠사라는 예인, 이라기보다 이 공연장을 관리하고 있는 야마코시 행수는 벌이가 좋겠어.'

분명 오나쓰는 이야기 예능 한 회가 사반각이라고 했다. 상인인 긴지로는 머릿속에서 하루에 몇 번 예능을 보여 줄까, 손님은 얼마나 들어올까, 하고 잽싸게 주판알을 튀겨 금액을 계산해 보았다.

이야기 예능과 인형만으로 공연하는 무대에는 돈이 별로 안든다. 게다가 벌어들인 돈을 나누는 상대는 쓰키쿠사 한 명뿐이었다.

'야마코시 행수님, 벌이가 쏠쏠하겠는걸.'

긴지로가 다시 문지기에게 줄 돈과 촛값 등 공연장에 필요한 돈을 어림잡아 본다. 그 사이 무대에서는 이야기가 의외의 방향으로 흘러갔다.

"작은 나리, 어느새 만주 이야기를 하고 있네요. 놀랐습니다."

신조가 투덜거리고 오나쓰가 웃었다. 쓰키쿠사의 공연장에서는 이런 식으로 매일, 매회, 이야기 예능의 화제가 잇달아 변한다고 한다.

"덕분에 지루하지 않다고 다들 말해요. 그래서 손님들이 여러 번 와 주지요."

그런 자유로운 분위기 속에서도 자주 등장하는 소재가 있나 보다. '오하나 추종자'들이 자리에서 '진실의 하나히메'를 외치자, 오하나는 곧 자신의 이름과 그에 얽힌 이상한 소문에 대해 이야기를 시작했다.

"아, 맞아요. 한 가지 얘기해 둬야겠네요. 손님이 묘한 소문을 믿으면 곤란하니까."

오래전 덕이 높은 스님이 에코인 근처에 우물을 팠는데 신기하게도 질문을 하면 우물 속에서 진실의 답이 돌아왔기 때문에 '진실의 우물'이라 불리게 됐다고 오하나는 말했다.

오하나의 양 눈에는 그 우물에서 나온 구슬이 사용되었다.

"그래서 쓰키쿠사의 상대인 오하나는 진언의 눈을 가진 '진실의 하나히메'라고 불리게 됐지요."

한편 고마운 진언의 우물은 그 뒤 말라 버렸다. 자신이 얻은 답이 마음에 들지 않아 화가 난 자의 손으로 메워져서 지금은 존재하지 않는다.

"우물은 질문한 사람에게 사실을 알려 주었다고 하니까요. 들기에 거북한 진실도 있는 법이지요. 우물은 질문을 받으면 상대가 듣고 싶어 하지 않는 답이라 해도 알려 주었어요."

문제의 우물은 이제 오하나의 눈에만 진실의 물로 남아 있다고 인형은 말을 이었다.

"진실을 알리는 진언의 물이 오하나의 눈에서 지금도 그 힘을 유지하고 있다. 오하나에게 물어보면 진실을 가르쳐 준다. 그렇게 믿고 싶어 하는 손님이 많아요. 예, 그 기분은 잘 안답니다. 알지만."

오하나의 목소리가 돌연 쓰키쿠사의 목소리로 바뀌었다.

"그저 소문일 뿐입니다. 진실의 우물은 이미 이 세상에 없어요."

그러니 예능이 끝난 뒤에 오하나에게 무엇을 물어보러 와도 진실을 얻지는 못한다. 쓰키쿠사는 손님들에게 똑똑히 말했다.

"어, 이 목소리. 오하나 씨 목소리는 정말로 인형 놀이꾼 양반이 내는 거였네."

긴지로의 얼빠진 목소리에 좌중은 다시 들끓는다. 오나쓰가 웃으며 긴지로에게 가만히 속삭였다.

"그렇지만…… 쓰키쿠사가 몇 번을 얘기해도 손님들은 이해하려 들지 않아요."

일부러 진언이 사라졌다고 강조하는 것은 실은 반대로 우물의 힘이 남아 있기 때문이 아니냐고 의심하는 듯하다. 애당초 쓰키쿠사의 예능이라고 하지만 실은 인형이 의지를 가지고 이야기하는 것이 틀림없다. 다들 무심결에 그런 식으로 생각한다.

"……알고 싶은 것이 있는 사람은 많으니까."

그렇게 중얼거린 순간, 긴지로는 자신을 슬쩍 쳐다보는 오하나의 시선을 느꼈다. 오하나가 마음속을 꿰뚫어 본 것 같아서 가슴이 덜컥하고 온몸에 떨림이 번졌다.

사실 긴지로에게는 무슨 일이 있어도 지금 알고 싶은 일이 있다. 그 때문에 에도에 왔다. 오하나를 만나기 위해서다.

'그렇기에 마음속으로 빌고 있지. 저 인형이 정말 진실을 이야기하는 진실의 하나히메이길 말이야.'

쓰키쿠사는 인기 있는 예인이라고 하기에, 일부러 지금 신세를 지고 있는 야마코시에게 부탁하여 딸 오나쓰가 따라와 주었다.

'공연장 주인의 딸 오나쓰 아가씨라면 나중에 예인하고 그 인형을 만날 수 있을 테니.'

긴지로가 살짝 고개를 끄덕였을 때, 옆에서 신조가 이해가 안 간다며 눈살을 찌푸렸다.

"고승이 파 주신 진실의 우물을 메운 사람은 에도 사람이죠?"

즉 스스로 고마운 우물을 말려 버린 것이다. 그래 놓고 이제 와서 사람들은 오하나에게서 진실을 듣고 싶어 한다.

"너무 멋대로 아닙니까?"

확실히 그렇긴 하지만…… 긴지로는 얼굴에 쓴웃음을 띠었다.

"사람이란 그런 존재야. 어리석은 짓을 마구 하지."

그러니까 진실의 우물을 잃은 것이다. 그러니까 긴지로도 사이고쿠西国[2]에서 에도까지 사람을 찾으러 온 것이다.

'나도…… 그 어리석은 이들 중 한 명이고.'

치밀어 오른 한숨을 서둘러 삼키고 긴지로는 잠시 눈을 꼭 감았다. 오나쓰와 신조가 이쪽을 보고 있는 느낌이 들었지만 그래도 눈을 뜰 수 없었다.

'한탄하고 있을 때가 아닌데.'

마음을 다잡자 공연장 안의 이야기 예능이 다시 귀에 들어온다. 어느새 화재 이야기로 넘어가 있다.

"아아, 에도에 살면 무엇보다 화재가 무섭지. 마을이 홀라당 타서 사라지고 마니까."

하긴 화재에 익숙해졌기 때문인지 에도에서는 새로 마을이 생기는 것도 빠르다고 들었다. 그에 반해 긴지로가 사는 사이고쿠에서는 유행병을 두려워했다.

도고쿠에서는 유행병이 서쪽에서부터 번져 온다는 것을 알고

---

2 간토 지역을 말하는 도고쿠(東国)에 대비되는 개념으로 교토, 오사카 부근보다 더 서쪽을 가리킨다.

관문[3]에서 출입을 엄히 하여 하코네 부근에서 막은 적도 있다고 한다. 그러나 긴지로가 있는 사이고쿠에서는 병이 유행했다 하면 순식간에 마을을 덮친다.

'그래도 마을은 다시 일어서지. 아니 살아가기 위해서는 다시 시작할 수밖에 없어. 모두······ 나도.'

무서운 화재 이야기는 완전히 고조되어 어느덧 사반각이 지났다. 쓰키쿠사의 예능 한 회 이십 문어치는 일찌감치 끝났다.

대화가 끝나지 않는 것은 늘 겪는 일인지, 적당한 때에 공연장 문지기인 영감이 나타나서 손님에게 공연이 끝났음을 알렸다. 손님들이 일어서자 오하나가 무대에서 말을 걸었다.

"모두들 다음번을 기대해 줘요."

덥다고 해서 손님들이 날마다 료고쿠의 번화가에 올 리는 없는데 말이다.

"불꽃을 또 봐야죠. 아카네야의 꿀경단은 맛있답니다. 먹어 봤나요? 화제의 줄타기, 다이코쿠 다유[4]의 공연장에는 벌써 가 봤을까?"

오하나의 말에 모두 꿈에서 깬 듯한 얼굴을 하고 공연장을 빠

---

3 에도 시대에 막부나 번에서 무기의 출입과 여자의 탈출을 막기 위한 목적으로 주요 교통 요지에 설치하였다.

4 노, 가부키, 조루리 등의 예능에서 상급 예인을 가리킨다.

져나간다. 열린 출입구 너머에서 펑 하는 소리가 울리자, 번화가를 지나는 많은 이의 눈길이 하늘로 향했다.

"부자 나리가 불꽃을 쏘아 주셨나."

긴지로도 공연장 출입구에서 별이 총총한 하늘을 쳐다보았다.

이제 자신은 목각 인형 진실의 하나히메를 만나러 간다.

'물으면 뭔가 알 수 있을까.'

어쨌든 묻지 않으면 시작되지 않는다. 모든 것이 늦지 않았기를 기도할 뿐이었다.

'이 년은 길었어…….'

긴지로가 이를 악물었을 때, 다시 빛 덩어리가 하늘에 퍼지며 환성이 터졌다.

2

진실의 하나히메와 만나기 위해 신조와 긴지로가 무대 뒤로 향하려는데 펑 하고 큰 소리가 났다. 가설 공연장 출입구에서 긴지로는 밤하늘에 꽃피는 불꽃을 쳐다보았다. 신조는 그 뒷모습을 향해 가만히 한숨을 쉬었다.

세이시야의 작은 나리인 긴지로가 에도에 온 것 자체가 신조는 이해되지 않았다.

'우리 마을은 간신히 유행병의 재난에서 회복한 참이 아닌가. 작은 나리는 가게에 있어야 하는데,'

긴지로는 여행을 강행했다. 좋지 않다. 게다가 에도에 오자, 부탁받은 혼담 일은 함께 온 아내 오토쿠에게만 맡겨 두고 있다. 대단히 좋지 않다. 오토쿠가 상냥하고 예쁘고 사람 좋다는 점을 핑계로 긴지로는 에도에 와서 바깥으로 나다니고 있다. 이해할 수 없었다.

'세이시야의 후계자가 뭘 하고 있는 거람. 사이고쿠의 주인 나리는 사위를 잘못 고르셨어.'

애초부터 신조는 오토쿠 남매의 어린 시절 친구였던 긴지로가 마음에 들지 않았다. 사이고쿠에서 긴지로와 그 부모는 도지마 미곡거래소[5]를 통하여 쌀을 매매하는 미두꾼[6] 일로 먹고살았다. 즉 가게를 가지고 있지 않았다.

이 년 전, 유행병이 마을을 덮쳤다. 병을 꺼린 마을 사람들은 되도록 밖에 나가지 않고 장보기도 삼갔다. 큰 상점까지 몇 군데나 망해서 상점 주인들이 동요했던 것을 신조는 기억한다. 세이시야도 장사가 안 되어 주인 나리가 초조해했다.

---

5 7세기 오사카 근교 도지마에 미곡거래소가 개설되었다. 현물을 사고파는 외에도 선도거래 형태로 쌀을 매매해서 이를 선물 거래소의 시초라고 보기도 한다.
6 현물 없이 시세에 따라 쌀을 사고팔아서 이득을 얻는 일을 직업으로 하는 사람.

그 무렵 오토쿠의 오라비 다케스케가 멋대로 장사에 참견하며 바보 같은 짓을 저질렀다. 받아야 할 외상값을 떼어먹힐 때도 많아서, 신조는 고용살이 일꾼 주제에 고함을 지르기도 했다.

'그런 상태였으니 주인 나리가 판단을 잘못하신 게지.'

주인 나리는, 지참금이 있으니까, 라며 갑작스럽게 긴지로를 오토쿠의 남편으로 맞았다. 긴지로는 장차 세이시야의 주인이 되기로 정해진 것이다.

'하지만 다른 곳에서 사위를 맞아들이려면 큰 상점의 아들이어야 했어.'

아니, 우리 가게 사람이라도 괜찮았다. 세이시야에도 장사에 밝은 고용살이 일꾼들이 있었다. 다들 오토쿠는 예쁜 아가씨라고 했고…… 고용살이 일꾼이라 신분은 달랐지만 신조 역시 그렇게 생각했다.

에도에 와 보고 신조는 뼈저리게 느꼈다. 긴지로의 정체는 놀기 좋아하는 무사태평한 인간이었다. 긴지로는 사이고쿠를 떠나자 드디어 마각을 드러냈다.

신조는 긴지로가 어디로 가는지 신경 쓰여서 따라온 것이었다. 오늘 밤 행선지는 료고쿠의 가설 공연장이었다. 긴지로는 유행하는 예능을 느긋하게 즐겼다. 게다가 예능이 끝난 뒤, 이렇게 공연장 주인의 딸에게 안내를 받아서 일반 손님은 출입할 수 없는 무대 뒤에까지 얼굴을 내밀었다.

'인형 예능을 볼 거였으면 아가씨도 같이 왔으면 좋았잖아. 딱 여자들 취향인데.'

무대 뒤로 간 긴지로가 예인 쓰키쿠사와 목각 인형 오하나에게 열심히 말을 붙이고 있다.

"이번에 제가 아내와 에도에 온 까닭은 먼 친척의 혼담 때문입니다."

하지만 이 기회에 꼭 하고 싶은 일이 있다고 했다.

"실은 도고쿠에 와서 사람을 찾아야겠다고 계속 생각하고 있었습니다."

"누구를 찾으시는지요?"

쓰키쿠사가 살짝 한쪽 눈썹을 올린다. 고개를 갸웃거린 까닭은 긴지로가 오늘 밤 처음 만난 예인에게 자신의 사정을 얘기했기 때문일 것이다. 긴지로는 어리둥절해하는 그 모습에 상관하지 않고 진실의 하나히메를 바라보았다.

"찾고 있는 사람은 처남입니다. 저의 오랜 친우이기도 하지요."

"앗…… 긴지로 씨, 무슨 소릴 하는 거요."

신조가 당황하는 것도 아랑곳하지 않고, 긴지로는 말을 이었다.

"손위 처남의 이름은 다케스케. 세이시야의 다케스케라고 합니다."

다케스케는 긴지로가 데릴사위로 들어온 후, 어느 날 느닷없이 세이시야에서 없어졌다. 놀란 가족들이 백방으로 수소문했지만 아직까지도 찾지 못했다.

"그러다가 지난겨울, 다케스케를 봤다는 사람을 만났습니다. 다케스케가 사이고쿠에서 동쪽으로 가는 배에 탔다는 겁니다."

어디로 가는 배였는지는 모르고 어느 항구에서 내렸는지도 알 수 없다. 물론 다케스케가 에도에 있는지 없는지도 확실하지 않았다.

다만 다케스케의 행선지가 동쪽이었던 것만은 분명하다. 긴지로는 당장이라도 에도에 오고 싶었으나, 지금은 장인을 도우며 세이시야의 일을 상당 부분 맡고 있다. 이번에 여행에 나설 수 있었던 것은 우연이었다.

"이쪽에 오래 머물기는 어렵습니다. 찬찬히 처남을 찾고 싶지만 시간이 없거든요."

긴지로는 또다시 오하나를 가만히 바라보았다. 그러더니 긴 의자 위에서 갑자기 고개를 숙인다.

"제게 가르쳐 주시지 않겠습니까. 다케스케가 지금 에도에 있는지 없는지 그것만이라도 좋습니다. 아니, 어디 있는지 알면 더 좋고요. 부탁입니다."

많은 이에게 진실을 알려 주었다는 진언의 힘. 한마디라도 좋으니 자신에게도 나눠 줬으면 좋겠다며 몸을 숙여 진심으로 부탁했다. 신조가 깜짝 놀랄 만큼 필사적이었다.

"엇…… 작은 나리, 그 인형이 정말로 진실을 말한다고 생각하십니까."

놀라는 신조의 맞은편에서 쓰키쿠사의 눈이 커진다. 긴지로는 순간 이를 악물었다.

"제가 오토쿠와의 혼담을 받아들이지 않았다면 다케스케가 가게의 대를 이었을 겁니다."

다케스케는 세이시야의 장남이었다. 쓰키쿠사가 영감과 눈을 마주치고 고개를 갸웃했다.

"장남이 있는데 누이동생께서 대를 이으셨나요?"

긴지로가 살짝 웃었다.

"아, 에도는 구보 님[7]이 계신 곳이라 후계자는 장남이라고 생각하시는 분이 많군요."

그러나 사이고쿠의 상인들은 무가 사람들이 아니다.

"세이시야가 속한 마을에는 대대로 딸에게 데릴사위를 들여 후대를 맡기는 상가가 많습니다."

아들에게 상속할 경우에는 훌륭한 후계자가 태어나도록 신불에게 기도해야 한다. 그러나 딸을 후계자로 삼으면.

---

7 쇼군의 별칭.

오하나가 고개를 끄덕였다.

"과연 그렇겠군요. 아가씨가 장사에 유능한 남편을 맞으면 반드시 장사에 뛰어난 사람이 주인이 되겠네요. 영리한 방식이에요."

긴지로는 발밑으로 눈길을 내리깔았다.

"물론 아들이 대를 잇기도 합니다. 다케스케는 장사를 좋아해서 자신이 대를 이으리라 기대했던 것 같습니다."

따라서 엄청나게 낙담했을 것이다.

대를 잇지 못한 세이시야를 앞으로 계속 보며 살아간다는 것은 그야말로 태어나서 자란 땅에 머무를 수 없을 만큼 괴로운 일이 아니었을까. 긴지로와 오토쿠의 혼례가 끝나자 다케스케가 순식간에 세이시야에서 모습을 감춰 버린 것도 이해는 간다.

"장인어른은 소란 피우지 말라고 하셨습니다. 그러나 장모님은 다케스케를 걱정하고 계십니다."

긴지로는 다시 오하나를 바라보았다.

"전 에도에서 다케스케를 만날 수 있을까요?"

오하나가 쓰키쿠사 옆에서 손을 턱 언저리에 대고 고개를 갸웃거렸다. 목각 인형이 틀림없는데도 긴지로를 보는 모습은 마치 살아 있는 누군가가 마음속 깊은 곳까지 들여다보고 있는 것 같다.

오하나가 조용히 긴지로에게 물었다.

"다케스케 씨를 찾아서 어떻게 할 건가요?"

"예?"

이런 질문이 돌아오리라고는 예상하지 못했을 것이다. 말문이 막힌 긴지로를 대신해서 신조가 황급히 대답했다.

"세이시야 사람들은 다케스케 씨가 무사한지 걱정하고 있습니다. 보고 싶어 합니다."

그것만으로는 안 되느냐고 물었을 때…… 오하나는 다시 예상밖의 말을 입에 담았다.

"그래요, 안 될지도요."

"예에?"

"다케스케 씨와 만나면 긴지로 씨는 뿌듯하겠지요."

자신의 혼례로 인해 벌어진 틈을 다시 깨끗하게 봉합한 사람으로서 긴지로는 앞으로 사이고쿠에서 살아가기도 편해질 터이다. 장인 장모도 마음을 놓을 것이고.

다만.

"긴지로 씨네는 그걸로 좋다 쳐도요. 찾아낸 다케스케 씨는 어떻게 되죠?"

"어떻게, 라고 하시면?"

"데리고 돌아갈 건가요? 다케스케 씨는 세이시야에 있기가 괴로워서 집을 나왔는데요."

아니면 돈을 쥐여 주고 에도의 거처를 알아 둘 것인가. 조만간 부모가 목돈을 조금 보내서, 이대로 이쪽에서 자리를 잡도록 하는 방법도 있으리라.

"하지만 그런 길을 선택할 정도라면 다케스케 씨는 처음부터 사이고쿠에서 분가하길 원하지 않았을까요? 이제 자기를 그냥 내버려 두라고 하면 어떻게 하죠?"

오하나는 재차 그 점을 묻는다. 다케스케는 고향을 버리고 홀로 여행길에 오른 남자였다.

긴지로는 입술을 굳게 다물고 몸을 내밀어 정면으로 오하나와 마주했다.

"여기에서 제 본심을…… 진실을 보이라고 하신다면 보여 드리죠."

오늘 처음 만난 상대에게 아무한테도 말한 적 없는 본심을 알리게 된다. 그러니 오하나의 대답도 대충 둘러대는 것이어선 안 된다. 그렇게 긴지로는 말한 것이다.

"진실을 알려 주는 진언의 물의 힘은 이미 없다고 아까 쓰키쿠사 씨는 말했습니다. 허나."

에도에서 사람을 찾기 시작하자 많은 이가 긴지로에게 살짝 귀띔해 주었다. 어떻게 해서든 진실을 얻고 싶으면 료고쿠바시 다리 서쪽 번화가에 가서 '진실의 하나히메'를 만나 보라고.

"운이 좋으면 답을 얻을 수 있다더군요."

계속 얘기하려는 긴지로를 영감이 팔을 들어 막았다.

"긴지로 씨, 이제 슬슬 그만해 주시겠습니까. 당신 같은 손님들은 정말 많아요."

그러나 예능과 현실을 손님이 제대로 구분해 주지 않으면 예인은 활동하기 어렵다. 이 번화가를 관리하는 야마코시도 곤란해진다.

"세이시야 씨는 우리 손님이잖소. 그런 건 좀 분간해 주셔야죠."

신세를 지고 있는 곳의 수하에게 그 말을 듣고 긴지로는 입술을 깨물었다. 그러나…… 일순 침묵했던 남자는 다케스케를 찾으면 무얼 할 생각인지, 말릴 틈도 없이 속마음을 털어놓았다.

"저는 가게를 다케스케에게 돌려주겠습니다. 만일 다케스케가 이대로 사이고쿠로 돌아온다고 하면 세이시야에서 나갈 겁니다. 꼭 그렇게 하겠습니다."

"뭐, 뭐요? 그 큰 상점을 버린다고?"

신조는 저도 모르게 큰 소리를 내고 말았다. 쓰키쿠사도 잠시 멍하니 있었다. 인형 오하나가 긴지로 쪽을 향해 의외라 할 만큼 확실하게 말했다.

"나리는…… 다케스케 씨를 만날 수 있어요."

혹은.

"다케스케 씨를 만나지 못한다고도 할 수 있고요."

"예? 무슨 말씀이죠?"

그러나 눈썹이 축 처진 긴지로의 질문이 끝나기 무섭게 신조가 그의 멱살을 잡았다. 목소리가 뒤집어진 게 아닌가 싶을 만큼 화를 내고 있다.

"세이시야에서 나간다고? 그런 소리를 왜 지금 와서야 하는 거야!"

벌써 가게에서 떠난다는 소리를 하려면 왜 데릴사위로 들어왔나?

"세이시야와 오토쿠 아가씨를 지금 와서 내팽개친다고? 그 정도 각오밖에 없었어? 그럼 왜 가게를 다케스케 씨한테서 뺏은 거야."

후계자 자리에서 도망치려면 긴지로는 오토쿠와의 혼담을 깨야만 했다.

"응? 그렇지 않아?"

"신조, 미안하네. 그 말대로야. 하지만 난…… 바보니까."

"뭐라고? 바보라는 말로 끝날 문제가 아니잖아."

신조는 자기도 모르게 머릿속이 끓어올라 주먹을 치켜들었다. 오하나가 비명을 지르며 몸을 돌린다.

그러나 에도의 지마와리 야마코시가 소유한 공연장 안에서 난폭한 짓을 할 수 있을 리가 없다. 신조는 공연장 사람들에게 잡혀 순식간에 내동댕이쳐졌다. 긴지로는 긴 의자에 털썩 앉아 눈을 휘둥그레 뜨고 신조를 내려다보았다. 신조는 세 사람에게 눌려 꼼짝달싹 못 하면서도 입은 가만있지 않았다.

"대체 왜! 긴지로 씨, 할 말이 있으면 해 보라고."

다시 이러쿵저러쿵 외쳤지만 신조 자신도 무슨 말을 하고 있는지 몰랐다. 다만 귓전에 울리는 자기 목소리에 한층 더 흥분했다.

"역시 그랬군. 긴지로 씨가 잘못한 거야. 전부 이 사람 탓이야. 덕분에 난 그날 다케스케 씨한테 쓸데없는 소릴 했단 말이야."

모든 것은 긴지로 때문이다.

"쓸데없는 소리?"

"긴지로 씨, 어제로 돌아갈 순 없어. 돌이킬 수 없는 일도 있다고."

그때 "시끄럽군"이라는 말과 함께 신조는 누군가에게 한 대 얻어맞았다.

그대로 모든 것이 어두워지며 사라졌다.

3

처음 에도에 왔을 때 오토쿠는 마치 용궁성에 잘못 들어온 것 같다고 생각했다.

오토쿠 일행이 묵고 있는 곳은 료고쿠의 지마와리 야마코시 행수의 저택이다. 젊은 시절에 오토쿠의 아버지와 가미가타에서 알게 되었다든가 하여간 엉뚱한 짓도 함께 벌이는 등 친했던 모양이다.

그 후 야마코시는 에도로 돌아가서 료고쿠를 관리하는 지마와리가 되었다. 여름에는 밤에도 장사를 한다는 번화가에 가설 공연장까지 소유한 부자라고 한다. 날이 저물어도 저택에서는 늦도록 수하들의 기척이 끊이지 않았다.

사이고쿠 역시 번창하다고 해도 에도는 그 번화함이 뭔가 다르다. 여름밤 스미다가와 강변은 유곽도 아닌데 등롱불로 꿈처럼 밝았다.

번화가는 저녁에 시원한 바람을 쐬러 나온 사람들이 모이는 즐거움의 장소였다. 야마코시의 딸 오나쓰의 말로는 료고쿠 가설 공연장에는 진실을 말한다는 소문이 난 목각 인형까지 나온다고 한다.

그 이야기를 들은 남편은 지배인을 데리고 밤에 나가 버렸다. 토라져서 일찍 자리에 누운 오토쿠는 이불 속에서 한동안 보지 못한 얼굴을 떠올렸다.

'에도는 이상한 곳이야. 그래서 여기로 사람이 모이는 걸까? 오라버니도…… 왔으려나.'

오토쿠는 여행에 나설 때 아버지로부터 오라비가 동쪽으로 간

것 같다는 말을 들었다.

어느새 잠에 빠졌다가 다음날 눈을 뜬 오토쿠는 화들짝 놀랐다. 하룻밤이 지났는데도 남편과 지배인이 돌아오지 않았던 것이다. 허둥지둥 저택에 물어본 결과, 야마코시의 수하들이 기막힌 사실을 가르쳐 주었다.

남편과 지배인은 어젯밤 야마코시의 가설 공연장에서 소란을 피운 죄로 따끔한 맛을 보았다고 한다. 성실한 지배인 신조가 가장 심하게 난리를 피웠다는 말을 듣고 오토쿠는 놀라서 눈이 휘둥그레졌다.

'대체…… 무슨 일이 있었던 거지?'

급히 주인 야마코시에게 사과하고 싶다는 뜻을 전했으나 야마코시는 이미 출타중이라고 했다. 남편 일행이 오늘 하루 폐를 끼친 공연장에서 일을 돕고 있다는 말을 듣자 한숨이 나온다.

그래도 저녁 식사 자리에는 남편과 지배인이 나타나서 겨우 마음을 놓았다. 야마코시가 방에 나타나자, 오토쿠는 양손을 바닥에 짚고 곧바로 사과했다.

"어젯밤에는 저희 남편과 지배인이 야마코시 님 공연장에서 함부로 굴었다 들었습니다. 정말 송구합니다."

주인은 대범한 태도로 신경 쓰지 말라며 웃었다. 오토쿠가 죽은 딸 오소노와 닮았다며 야마코시는 언제나 다정하게 대해 주었다.

다만 지배인에게 주먹을 날린 사람은 공연장을 돌아보던 자신이었다고 야마코시는 분명히 말했다.

오토쿠는 옥신각신한 연유를 알고 싶었지만, 무슨 까닭인지 긴지로는 눈을 마주치지 않고 이유도 말하지 않았다.

'얘기하고 싶지 않은가 본데. 어떡한담. 우리 남편은 보기랑은 좀……, 아니 상당히 다르게 완고해서.'

사이고쿠에서 긴지로는 언제나 상냥하고 온후한 작은 나리로 통한다. 그러나 아내이자 어린 시절 친구이기도 한 오토쿠는 잘 알고 있었다.

'긴지로 씨, 실은 고집이 세거든. 꽤나 무모하고, 성공이냐 실패냐에 거는 것도 정말 좋아하지.'

그런 남자이기 때문에 긴지로는 도지마 미곡거래소에서 거금을 벌어들였다.

혼자만의 생각에 빠져 있던 오토쿠의 마음속을 읽은 것처럼 야마코시가 씩 웃으며 다툼이 일어난 이유를 알려 주겠다고 말을 꺼냈다.

"얘기가 얘기인 만큼 부군이나 지배인은 오토쿠 씨에게 말하기 어려울 테니."

야마코시가 나서 주면 일이 빠르다.

"긴지로 씨 말인데, 에도에서의 용건은 나중 문제고 실은 에도에서 손위 처남 다케스케 씨를 찾고 싶다더군."

역시 그 일이었나 싶어 오토쿠는 눈이 커졌다.

"게다가 다케스케 씨를 찾으면 긴지로 씨는 후계자 자리를 돌려줄 작정이라는 말도 하던데."

긴지로는 데릴사위이면서 가게가 필요 없다고 단언한 것이다.

"어머나."

"그랬으니 지배인도 화가 났겠지."

신조는 긴지로를 때리려고 덤벼들었다. 그러나 야마코시는 자기 공연장에서 손님이 함부로 구는 걸 보고만 있지 않았다.

"그래서 내가 신조 씨를 한 대 친 거야. 어쩔 수 없었어."

오토쿠가 급히 젓가락을 놓고 다시 한 번 야마코시에게 고개를 숙인다. 그리고 아무 말도 하지 않는 긴지로를 대신하여 우선 신조를 응시했다.

"신조 씨, 당신은 유능한 일꾼이고 세이시야를 아끼는 고용인이지. 늘 고맙게 여기고 있어. 진심으로."

"아, 예."

흐뭇해하는 얼굴을 향해 오토쿠는, 그러나, 하고 말을 잇는다.

"지배인이 가게의 후계자에게 덤벼들면 곤란하지. 고용인이 제멋대로 굴면 가게를 꾸려 나갈 수 없어."

평소 오토쿠의 말이라면 대부분 듣는 지배인 신조가 오늘은 가만히 있지 않았다.

"이제 와서 다케스케 씨에게 가게를 돌려주겠다뇨. 이게 무슨 일입니까. 아가씨가 곤란해지는데 그것만은 안 됩니다."

젊은 신조는 오토쿠를 누군가 온 힘을 다해 지켜 줘야 하는 연약한 여자로 생각하는 것 같았다. 스스로는 세이시야를 지키는, 가게에서 제일가는 충성스러운 자로 여기나 보다.

오토쿠는 한숨을 쉬었다.

'고맙긴 하지만 곤란한 사람이네.'

오토쿠는 지배인에게 딱 잘라 말했다.

"남편이 그런 말을 꺼낸 건 애초에 오라버니가 잘못한 거니까."

반드시 세이시야를 자신이 잇고 싶었다면 다케스케는 주위와 소통했어야 했다. 후계자로서 실력을 보였어야 했다.

갑자기 말없이 가게에서 사라져 버리면, 남은 사람은 견디기 어렵다. 그 탓에 누이동생과 그 남편이 장남을 가게에서 쫓아냈다고 뒤에서 사람들이 수군거리고 있다.

"알겠어? 세이시야 집안 이야기에 지배인이 끼어들면 안 돼."

"……죄송합니다."

신조는 고개를 숙였지만 긴지로에게는 사과하지 않았다. 다음으로 오토쿠는 남편을 보았다.

'아아, 저이한테는 뭐라고 말하면 좋담.'

화를 낼까, 아니면 울어 버릴까. 긴지로는 미두꾼이기 때문에 그 속내를 읽기 어렵다. 무얼 생각하고 있는지 전혀 몰라서 오토쿠는 언제나 난감했다.

'우리 집과 혼담이 있을 때도 이랬지. 긴지로 씨가 왜 혼담을 받아들였는지 아직도 잘 모르겠어.'

많은 상가가 무너진 이 년 전 그 무렵, 세이시야도 꽤 기울었다. 오토쿠의 아버지 세이시야가 그 시기를 잘 넘길 수 있었던 것은 사위가 된 긴지로의 지참금 덕이 크다.

그때 긴지로가 망해 가기 시작한 가게에 데릴사위로 들어오겠다고 해서 오토쿠는 놀랐다. 원래 긴지로라는 남자는, 미두꾼에게 가게와 고용살이 일꾼은 필요 없고 무겁기만 하다고 했다.

역시 가게를 꾸려 가는 일이 성격에 맞지 않는지도 모른다. 그래서 긴지로는 다케스케를 열심히 찾고 있는 걸까.

'사이고쿠에 있는 게 싫은 걸까.'

입을 다문 채 아무 말 하지 않는 오토쿠를 야마코시가 가만히 바라보았다.

'이 에도에서 혹시 오라버니와 만난다면. 긴지로 씨는 세이시야를 돌려주겠다고 하고 우리 마을에서 사라질지도.'

지금 세이시야에는 긴지로가 필요하다. 반면 긴지로는 가게를 버리더라도 미두꾼으로 살아갈 수 있다. 이번 에도행이 끝나면 오토쿠는…… 세이시야는 대체 어떻게 되는 걸까. 고민하다 보니 다시 말을 이어가기가 두려워졌다.

그때였다. 방 바깥 복도에서 수하의 목소리가 들렸다.

"행수님, 잠깐만 드릴 말씀이 있다며 와 있는 놈이 있습니다."

야마코시가 누구냐고 묻자, 장지문이 조금 열리고 뜻밖에도 커다란 인형을 안은 남자가 나타났다. 야마코시의 눈이 휘둥그레졌다.

"이런, 쓰키쿠사 아니냐. 지금은 공연장에 손님이 모여 있는 시간일 텐데 왜 우리 집에 왔지?"

부지런한 예인이 손님을 내버려 두고 공연장을 떠나 있으니, 공연장 주인은 당연히 이유를 묻는다. 그 말에 대답한 사람은 화사한 목각 인형이었다.

"행수님, 안녕하세요. 실은 아까 오하나 추종자들이 몇 명이나 무대 뒤로 왔어요."

어제 가설 공연장 무대 뒤에서 오하나가 손님에게 신경 쓰이는 말을 했다며 오하나 추종자들이 소란을 피운 듯하다.

"공연장 벽은 거적이잖아요? 바로 바깥에 있으면 안의 목소리가 들리니까요."

드물게 무대 뒤로 손님이 들어가니 오하나 추종자들이 밖에서 흥미진진하게 엿들었나 보다. 그 후부터 지금껏 다들 사람을 찾았다고 한다.

"오하나, 어제 무슨 말을 한 거지?"

화려한 목각 인형은 긴지로를 보았다.

"행수님, 저랑 쓰키쿠사는 저기 계신 분한테 질문을 받았어요."

긴지로는 다케스케라는 손위 처남을 찾고 있다고 했다. 만날 수 있겠느냐고. 오하나는 무대 뒤에서 이렇게 대답했다.

"긴지로 씨는 분명히 다케스케 씨와 만날 수 있다고 했어요."

다만 온종일 공연을 하고 난 뒤의 일이라 오하나는 세세한 말까지는 기억하지 못한다. 그리고.

"다케스케 씨를 만나지 못한다고도 할 수 있다. 그런 말도 한 것 같아요."

"이런, 쓰키쿠사. 오하나는 왜 그런 수수께끼 같은 말을 한 거지? 뭐? 기억나지 않는다고? 오하나의 말은 인형 놀이꾼인 네가 지어내는 거잖아. 잠이 덜 깼나!"

"만날 수 있는데 만나지 못한다. 오하나 추종자들은 앞뒤가 안 맞는 두 가지 말을 훔쳐 듣고 꽤나 신경이 쓰였나 봐요."

공연장에서 나와 찻집에 모여서 머리를 맞대고 진지하게 토론한 모양이다.

하나히메가 한 말의 의미는 무엇일까.

무서운 점은 누구 한 사람, 그건 공연장에서 하는 언어유희일 뿐 의미가 없다는 말을 꺼내지 않았다는 것이다. 오하나 추종자들은 '진실의 하나히메'의 말이 진실이라고 믿어 의심치 않았다. 그뿐만 아니라 긴지로는 좌우간 다케스케를 만날 수 있을 것이라며 다 같이 그를 찾기 시작했다고 한다.

"그럼 어젯밤부터인가?"

"네, 행수님."

료고쿠에는 공연이 끝난 뒤에도 아침부터 장사할 준비를 하는 사람들이 있다. 밤새도록 장사하는 술집이나 메밀국수 장수, 몰래 여는 도박장까지 있으니 마을에서 불빛이 꺼지는 일은 없었다. 야마코시의 저택에서는 오경五更[8]까지 사람이 일하고 있다.

"오하나 추종자 오라버니들이 아까 쓰키쿠사의 공연장에 왔더라고요."

"오, 그래서?"

행수는 흥미롭다는 표정을 지은 뒤, 긴지로를 흘낏 쳐다보았다. 순간 방 안이 조용해졌다.

그러나 오토쿠의 어리둥절한 목소리가 그 긴장된 분위기를 깨뜨렸다. 오토쿠는 혼자서 살짝 어긋난 놀라움에 휩싸여 있었다.

"왜 인형이 말을 하는 거지?"

야마코시와 긴지로가 웃었다. 신조까지 웃음을 띤 것을 보니 다른 사람들은 모두 이미 알고 있는 듯해서 오토쿠는 당황했다. 사정을 알려 준 것은 당사자인 인형 오하나였다.

---

8 새벽 세시에서 다섯시.

"어머나, 고우신 마님, 놀라게 해서 미안해요. 나는 오하나라고 하는데 료고쿠 번화가에서 조금 알려진 목각 인형이에요. 인기 있지요."

"목각 인형은 많지 않으니까."

쓰키쿠사가 옆에서 말참견을 하자, 오하나가 그 무릎을 찰싹 때리고 나서 말했다.

"날 조종하는 사람은 여기 있는 인형 놀이꾼 쓰키쿠사라는 얘기죠. 가성으로 이야기하고 있는 사람도 이 예인 오라버니예요. 일단은요."

"이봐, 오하나 네가 일단이니 뭐니 하니까 이상한 소문이 나잖아. 넌 이 쓰키쿠사가 움직이고 있는 인형인데."

"예, 예."

"예, 예, 라니 뭐야, 그 대답은!"

예인과 인형이 주거니 받거니 하는 모습에 오토쿠가 눈을 휘둥그레 뜨니 옆에서 긴지로가 이건 쓰키쿠사의 예능이라고 알려준다. 그것은 사이고쿠에서 본, 대놓고 예능이올시다 하는 식의 공연과는 달랐다. 자칫하면 눈앞의 목각 인형을 살아 있다고 착각할 만한 예능이었다.

"에도는 신기한 곳이군요."

오토쿠의 말에 오하나가 살짝 웃은 것처럼 보였다. 오하나는, 어디까지 얘기했더라, 하고 중얼거리더니 다시 야마코시를 바라보았다.

"그래서요, 행수님. 오하나 추종자들이 놀라운 소식을 가지고 왔답니다."

오하나의 얼굴이 오토쿠, 긴지로, 야마코시에게 차례로 향했다.

"다케스케 씨라는 사람을 찾아냈다는군요."

"뭐라고?"

긴지로가 숨을 죽이는 것이 느껴졌다.

오하나 추종자들은 긴지로의 일행이었던 오나쓰에게 알려 주고 싶다는 뜻을 쓰키쿠사에게 전한 것이다.

"맘대로 공연장을 쉬면 벼락이 떨어질지 모른다며 쓰키쿠사는 망설였지만요."

오하나 추종자들은 찾아낸 다케스케가 진짜인지 아닌지 얼른 확인하고 싶어 했다. 쓰키쿠사는 손님들 손에 떠밀려 가설 공연장에서 쫓겨나고 말았다.

"이런, 이런, 손님들은 쓰키쿠사가 욕먹는 것도 즐기자는 심산이로군."

야마코시가 무시무시한 웃음을 띠었다.

4

"찾았다는 사람이…… 정말 우리 오라버니일까요?"

오나쓰의 눈앞에서 오토쿠는 어안이 벙벙한 표정으로 오하나에게 물었다. 오하나가 히메 인형이라는 것을 아는데도 무심결에 말을 건 듯했다.

"이렇게 간단히 있는 곳을 알다니 놀랍다고 할까."

오하나는 쓰키쿠사와 얼굴을 마주 본 뒤 조금 놀라운 대답을 했다.

"글쎄요. 하지만 다케스케 씨가 이 세상에 셋이나 있지는 않겠지요. 모두 진짜일 리는 없어요."

언젠가 야나기와라 행수가 자식을 찾았을 때도 자신이 행수의 아이라는 꼬마들이 우르르 나타났다. 부자가 사람을 찾으면 친척이 늘어난다고 오하나는 아무렇지 않게 말했다.

"응? 다케스케라는 사람이 셋이나 발견된 건가요. 뭐? 더 있을지도 모른다고?"

놀란 듯했으나 긴지로는 곧 그 세 사람과 만나고 싶다고 했다.

"몇 명이든 간에 만나 보면 알 테니까요. 하나히메, 그 사람들과 어디서 만날 수 있죠?"

오하나는 긴지로를 가만히 바라보았다.

"다케스케 씨가 있는 곳은 오하나 추종자들이 알고 있어요.

다들 야마코시 저택 앞에 와 있을 거예요.”

오나쓰는 고개를 끄덕였다.

'오하나 추종자들에게 〈진실의 하나히메〉는 진짜인걸. 진실의 우물이 가진 힘을 이어받은 히메지.'

오하나 추종자들은 오하나의 말을 진실 그 자체라고 여긴다.

'긴지로는 다케스케를 만날 수 있다.'

하나히메가 그렇게 말했기 때문에 두 사람은 당연히 만나야 하고 만나지 않으면 안 되는 것이다.

'그러나 긴지로는 다케스케를 만나지 못한다고도 할 수 있다.'

오하나의 두 번째 말은 첫 번째 말과 충돌했다. 오하나의 말은 모두 '진실'이므로 양쪽 다 맞아야 한다. 두 가지 말이 서로 부정하는 것을 어떻게 극복할 수 있을지, 오하나 추종자들은 다들 보고 싶어 하는 것이 분명했다.

“다케스케를 만나고 오겠습니다.”

긴지로가 단호하게 말하더니 방을 나가려다가 문득 발을 멈추고 앉았다. 그러고 나서 다시 한 번 어젯밤에 소란을 일으킨 것을 깊이 사과했다. 야마코시는 빨리 가라며 웃음지었다.

“죄송합니다.”

긴지로, 오토쿠, 신조가 함께 방에서 나갔다. 오나쓰도 엉거주춤 일어서서 복도를 따라 멀어져 가는 뒷모습을 바라보았다.

그러나 이상하게도 쓰키쿠사는 오하나를 안은 채 일어서지 않았다. 오나쓰는 발길을 멈추고, 쓰키쿠사가 아버지 야마코시를 바라보고 있는 것을 알아채고 고개를 갸웃거렸다.

"쓰키쿠사는 안 가? 다케스케 씨를 찾았다는데 신경 쓰이지 않아?"

"신경 쓰입니다. 나중에 긴지로 씨를 뒤따라가겠습니다. 지금은 야마코시 행수님에게 좀 묻고 싶은 게 있어서요."

뭔가 속뜻이 담긴 말투에 야마코시는 한쪽 눈썹을 치켜세웠다.

"쓰키쿠사, 무슨 말이 하고 싶지?"

인형 놀이꾼은 오나쓰를 흘깃 보고 나서 야마코시의 눈을 똑바로 바라보았다.

"오나쓰 아가씨가 어제 긴지로 씨 일행을 안내하여 우리 공연장에 오셨습니다."

쓰키쿠사는 그때 오나쓰를 보고 깜짝 놀랐다. 이미 해가 저물었다. 수하를 딸려 보냈다고는 하나, 야마코시가 소중한 오나쓰를 밤에 자신의 용건 때문에 내보낸 것이다.

"그 뒤에 오하나 추종자들이 잠깐 조사했더니 순식간에 다케스케 씨가 발견되었고요."

심지어 다케스케가 세 명이나 나타났다.

"이상하지 않습니까. 마치 미리부터 '다케스케 씨'를 준비해 둔 것처럼요."

아무래도 이번 사태는 특별한 것이 아닌가 하는 생각이 들었다. 어젯밤에 오하나가 긴지로에게 어떻게 대답했어도 똑같은 일이 일어나지 않았을까. 다케스케는 이쯤에서 때맞춰 발견되도록 정해져 있었으리라는 의심이 생긴 것이다.

"이런, 인형 놀이꾼은 묘한 사고방식을 가지고 있군. 대체 누가 뭐하러 그런 일을 한다는 거지?"

야마코시가 가까이 다가와서 묻자, 쓰키쿠사는 놀라서 황급히 몸을 뒤로 뺐다. 그렇게 엉거주춤한 자세를 취하면서도 위험한 이야기를 멈추지 않는다. 잠시 입술을 다물고 야마코시를 보더니 이렇게 단언했다.

"그런 일을 한 사람은…… 물론 야마코시 행수님이죠."

오나쓰를 밤중에 가설 공연장으로 보낼 사람은 아버지 야마코시밖에 없다.

"호오."

야마코시는 목소리를 낮추고, 급히 도망치려던 쓰키쿠사의 목덜미를 잡았다. 쓰키쿠사는 야마코시가 무엇 때문에 이런 귀찮은 일을 했는지 모르겠다고 외쳤다.

"행수님은 다케스케 씨와 긴지로 씨를 만나게 하고 싶으신 거죠?"

그렇다면 왜 일부러 오하나의 말을 이용하여 오하나 추종자들에게 다케스케를 찾게 했을까. 다케스케는 야마코시의 수하가 찾아내서 얼른 만나게 하면 될 일이다.

"행수님, 어째서 그리 하신 겁니까?"

"시끄럽다."

야마코시가 인형 놀이꾼을 걷어차려 하자, 오하나가 도움을 청하며 크게 소리 질렀다.

"오낫짱, 야마코시 행수님 무서워. 얼른 말려 줘. 살려 줘."

장지문 앞에서 인형 오하나가 양손으로 얼굴을 덮고 과장되게 몸을 떨어서, 오나쓰가 떨떠름한 얼굴로 아버지를 보았다.

"쳇, 금방 오나쓰한테 매달리는군."

야마코시는 걷어차는 것을 포기하고 조금 지겹다는 말투로 쓰키쿠사에게 말했다.

"쓰키쿠사, 진심으로 그런 이야기를 하려면 이유도 스스로 생각해 보지그래. 멋대로 깊숙이 관여해서 쉽게 답을 얻으려는 건 너무 뻔뻔한데."

쓰키쿠사는 잠시 오하나와 마주 보았다. 그러고 나서 크게 고개를 끄덕이더니, 그렇다면 이야기 예능을 생업으로 하는 쓰키쿠사가 여기에서 이야기 한 자락을 하겠다고 말을 꺼냈다.

"이것은 제가 문득 떠올린 여름밤의 짧은 이야기. 그러니 행수님 마음에 들지 않으시면 잊어 주십시오."

쓰키쿠사가 생각한, 야마코시와 세이시야에 관해 지어낸 이야기였다.

"사이고쿠의 세이시야 씨와 도고쿠의 야마코시 행수님은 젊은 시절 사이가 좋았다던가요."

살짝 귀띔하자면 시시껄렁한 못된 짓까지 했다. 특히 야마코시는 무사시노쿠니⁹를 떠나 사이고쿠에 가 있었기 때문에 그 지방에 사는 세이시야 주인에게 신세를 졌다.

"지금은 사이고쿠와 에도로 각각 떨어져 살고 있습니다."

그러던 어느 날, 세이시야가 야마코시에게 편지를 보냈다. 평소답지 않게 이것저것 의논하고 싶다는 고민이 쓰여 있었다. 후계자인 젊은 부부가 곧 에도에 간다는 이야기도 적혀 있었다.

"그래서 야마코시 행수가 세이시야의 젊은 부부를 맡게 된 거지요. 세이시야의 데릴사위 긴지로 씨는 사라진 손위 처남 다케스케 씨를 찾고 싶다는 말을 꺼냈습니다."

한데 이상하게도 야마코시는 다케스케를 찾는 데 수하들을 동원하지 않았다. 대신 오나쓰가 세이시야 사람들을 '진실의 하나히메'가 있는 쓰키쿠사의 공연장으로 데려갔다.

즉.

"행수님은 어떤 계획에 따라 움직인 겁니다."

어떤 계획이었느냐 하면.

---

9 현재의 도쿄도, 사이타마현, 가나가와현 일부에 해당하는 지역.

"오랜 벗 세이시야 씨의 바람을 이루어 주려는 것이죠."

세이시야는 편지에서 이제 와 다케스케를 찾더라도 다시 후계자로 돌려놓을 수는 없다며 고민하고 있었다. 긴지로에게 대를 잇게 하지 않는다면 거액의 지참금을 돌려줘야 친척들이 이해할 텐데 그래서는 가게가 버티지 못한다.

"아마 세이시야 씨는 오토쿠 씨 부부가 다케스케 씨 문제를 매듭짓고 사이고쿠로 돌아오기를 희망했겠지요."

행수는 그 소망을 들어 주기 위해 손을 빌려주고 있는 것이다. 그러니까,

"다케스케 씨라고 나타난 세 명은 전원 야마코시 행수님이 준비한 가짜가 아닌가 합니다."

다케스케를 여러 명 찾아내도 전부 본인이 아닌 딴 사람이라면 마음을 접을 수도 있지 않을까. 거듭 체념하다 보면 사이고쿠로 돌아가라고 재촉하기도 쉽다. 야마코시는 그 점을 노린 것이리라.

"우연한 일이지만, 세이시야의 오토쿠 씨는 행수님의 돌아가신 따님 오소노 씨를 닮았다고 들었습니다. 공연장지기인 영감이 슬쩍 알려 주더군요."

야마코시는 분명 오토쿠가 행복해지기를 원할 것이다. 그것도 야마코시가 이번 일을 도운 까닭이리라.

"그렇다면 앞으로는 어떻게 될는지요. 이것이 오늘의 이야기,

쓰키쿠사의 한 자락입니다."

말을 마친 쓰키쿠사가 야마코시를 본다.

지마와리 행수는 노려보는 듯한 눈빛을 예인에게 보냈다.

5

그때 저택에 흐트러진 발소리가 울렸다. 소리가 차츰 다가오
더니 오나쓰와 쓰키쿠사가 있는 방 앞에서 멈추고 장지문이 열
렸다. 수하 한 사람이 어깨를 헐떡이며 소식을 전했다.

"행수님, 큰일 났습니다. 다케스케 씨 일로 큰 소동이 벌어졌
습니다."

"뭐라고?"

야마코시가 놀라서 소리를 질렀다. 소동의 이유를 물었으나,
수하는 지갑이 잘못됐다는 둥 영문을 알 수 없는 말을 늘어놓았
다. 야마코시는 고개를 젓더니 자신이 그리로 가겠다며 일어섰
다. 그리고 다케스케와 긴지로 일행이 어디에 있는지 물었다.

"료고쿠바시 다리 서쪽, 다릿목 근처 선착장입니다."

여러 명을 모으기에는 조금 넓은 선착장이 알맞다. 쓰키쿠사
와 오하나도 야마코시의 뒤를 따르고, 위험하다며 야마코시가
내키지 않는 표정을 짓는 것도 아랑곳하지 않고 오나쓰도 따라

나섰다. 야마코시에게 사정을 알리러 온 수하는 길을 가며 필사적으로 상황을 설명했다.

"먼저 오하나 추종자들이 선착장으로 다케스케라는 사람들을 데려왔습니다. 거기에 긴지로 씨 일행도 도착했고요."

세이시야 부부는 함께 확인했지만 세이시야의 다케스케는 없었다.

"아쉽게도 사람을 잘못 봤다는 것을 알았습지요."

긴지로가 모인 사람 모두에게 고개를 숙임으로써 그럭저럭 자리가 수습되나 했는데 다케스케 가운데 한 사람이 화를 냈다.

사람을 불러놓고 미안하다는 한마디로 끝나다니 너무하지 않느냐.

"불러서 왔으니 얼마라도 내라고요. 돈을 원한 것 같았습니다."

거기서 긴지로가 순순히 돈을 내려고 지갑을 연 것이 화근이었다. 버틸 재간이 없다. 사람이 산처럼 모인 저녁 시간의 변화가다. 나에게도 돈을 내라고 말을 꺼내는 자, 멋대로 사례금을 올리는 자가 나오고 소란과 고함이 끝도 없이 이어졌다. 그래서 수하가 서둘러 야마코시 저택으로 달려온 것이다.

"아, 행수님, 저 근처입니다."

안내한 수하가 강가를 가리켰다. 많은 사람이 뒤섞여서 승강이를 벌이고 있는 상황이 조금 떨어진 곳에서도 보였다. 야마코시가 뒤따라온 오나쓰를 돌아보며 이 이상 선착장에는 가까이 오지 말라고 못 박았다.

"싸움으로 열 받은 멍청이한테 잘못하다 얻어맞으면 당해 낼 수 없으니까."

"행수님, 괜찮아요. 오낫짱은 이 오하나가 지켜 줄게요."

쓰키쿠사의 품속에서 오하나가 고개를 끄덕이자, 목각 인형 쪽이 짝꿍보다 든든할 것 같군, 하고 야마코시가 웃었다. 다시 소동이 일어난 곳으로 시선을 돌리더니 싸우고 있는 사람 수가 많다며 얼굴을 찌푸린다.

"많은 사람이 주장을 내세우다 보면 다들 행동이 위험해져서 못 쓴다니까."

주위에 있던 수하에게도 말을 건넨 후, 야마코시는 주저 없이 다툼을 벌이고 있는 남자들 속으로 헤치고 들어갔다. 바깥쪽에 있던 자들이 행수의 모습을 보고 놀라 그 자리에서 물러난다. 남자들의 덩어리가 갈라지고 반절은 허둥지둥 도망치기 시작했다.

"꺅."

그때 야마코시의 눈앞에서 오토쿠가 달아나기 시작한 남자들의 파도에 휩쓸려 들어갔다. 긴지로가 황급히 말리려고 하다가 웬일인지 갑자기 우뚝 멈춰 섰다.

"어……?"

보고 있던 오나쓰는 저도 모르게 소리를 냈고, 옆에 있던 쓰키쿠사는 오하나를 고쳐 안았다.

"쓰키쿠사, 긴지로 씨가 왜 저러지."

"오낫짱, 이상하다. 나한테서 떨어지지 마."

오나쓰는 오하나가 내민 나무손을 꽉 잡았다.

"오토쿠, 괜찮나?"

남자들 사이로 야마코시가 파고들어가, 넘어져서 밟힐 뻔한 오토쿠를 구해냈다. 한편 긴지로는 모여 있던 사람 중의 한 사람, 노상공연 예인인 기쓰네마이[10]에게 달려들었다.

"다케스케, 이제야 만났구나."

가면을 써서 얼굴도 보이지 않는 남자에게 긴지로가 외쳤다.

"뭐? 진짜 다케스케가 나타났다고?"

오토쿠를 받쳐 주던 야마코시가 얼떨떨한 얼굴로 긴지로를 쳐다본 것으로 보아 뜻밖의 사건임은 틀림없다. 잠시 얌전해졌던 남자들이 진짜 다케스케가 나타났다는 말에 다시 소란스러워졌다. 야마코시는 서둘러 그 자리를 떠나 오토쿠를 오나쓰가 있는 쪽으로 데려왔다. 그러나 당사자인 오토쿠는 다케스케라고 불린 남자 쪽을 필사적으로 바라보았다.

"저 사람이 오라버니? 정말 다케스케 오라버니예요?"

---

10 에도 시대에 유곽을 중심으로 하여 여우 가면을 쓰고 북을 치며 춤추고 돌아다니는 예인.

야마코시가 머리를 감싸 안고 쓰키쿠사를 보았다.

"아까 저택에서 들은 네 추측은…… 대체로 맞았다. 난 오늘 긴지로 일행이 다케스케를 찾는 일을 이제 적당히 말릴 요량이 었다."

세이시야 부부는 젊다. 앞으로도 계속 사라진 다케스케를 두고 고민하는 것은 딱한 일이다. 그렇다면 이 에도에서 단념시키는 것도 한 가지 방법이라고 야마코시는 판단했다.

이제 다케스케와는 만날 수 없다고 단념하면 부부는 세이시야의 바람대로 사이고쿠로 돌아갈 터였다.

"나도 오지랖 넓은 짓인 줄은 알았어. 아무리 세이시야에게 부탁받았다고 해도 바보 같은 짓을 했지."

그래도 내가 움직인 것은 역시 오소노의 죽음을 겪었기 때문일까, 하고 낮은 목소리로 말한다. 자식을 잃는 것이 얼마나 괴롭고 심란한 일인지, 야마코시는 몸소 겪어서 잘 알았다.

"세이시야가 보낸 편지가 내내 마음에 걸렸다."

에도에 간다고 한 딸 부부는 도망쳐서 행방을 감춘 아들에게 가게를 돌려주겠다며 돌아오지 않을 것 같은 기분이 든다, 한편 행방불명인 아들도 돌아올 전망은 없다, 라는 내용이었다.

'딸 부부만은 어떻게든 둘이 함께 사이고쿠로 돌아왔으면 하네. 힘을 빌려주겠나.'

"그 녀석, 그렇게 썼어."

야마코시가 한숨을 쉬며 선착장의 남자들을 쳐다본다. 야마코시는 힘을 빌려줬지만, 무릇 일이라는 것은 때때로 생각지 못한 방향으로 굴러가는 법이다.

"왜 이제 와서 진짜 다케스케가 나타난 거지?"

오하나 추종자들이 다케스케를 찾았기 때문에 이야기가 본인 귀에 들어간 것일까. 그때 사이고쿠에서 누이동생 부부가 일부러 에도에 왔다는 말을 듣고 한번 모습을 보고 싶어졌을까.

그러나 다케스케로 보이는 기쓰네마이는 눈물의 대면을 할 생각이 없는 듯했다. 긴지로의 손을 뿌리치고 아무 말 없이 선착장 근처에 밧줄로 묶인 배에 훌쩍 올라탔다. 그러더니 묶여 있던 줄을 잽싸게 풀고 강으로 달아나려 했다. 놀란 긴지로가 우뚝 버티고 서서 크게 소리 질렀다.

"다케스케, 사이고쿠로 돌아와 줘!"

가게는 돌려주겠다, 네가 후계자가 되어 줘, 자신은 다케스케를 사이고쿠에서 쫓아낼 생각 따위 없었다, 다음 대 세이시야가 되지 않아도 좋다, 긴지로는 그 자리에 선 채 빠른 말투로 그렇게 늘어놓았다.

선착장에 있던 사람들은 그 소리에 놀랐는지 겨우 조용해졌다. 기쓰네마이는 긴지로를 바라보았다.

"그 때문에 에도로 찾으러 온 거야. 그래, 다케스케……."

거기서 긴지로의 말이 끊어진 것은 기쓰네마이가 한숨을 쉬었기 때문이다.

"변함없이 사람만 좋군, 긴지로."

기쓰네마이는 가면을 벗지 않은 채 긴지로의 이름을 불렀다.

6

진실의 하나히메는 긴지로가 다케스케를 만날 수 있다고 했다.

만나지 못한다고도 했다.

하나히메의 이름의 유래를 아는 오하나 추종자들은 그 말이 어떻게 해서 '진실'이 될지 궁금해했다.

마침내 오늘, 긴지로는 정말 우연히 다케스케와 만났다. 아아, 우선 두 사람이 만났구나, 하고 오하나 추종자들은 만족하는 모양이다.

다케스케는 가면을 벗지 않았지만, 오나쓰의 눈에는 긴지로를 똑바로 보고 있는 듯한 느낌이 들었다. 실이 팽팽하게 당겨진 듯한 상태로 두 사람의 대화는 계속되었다.

"이봐, 긴지로. 난 세이시야의 후계자가 될 생각이 없어. 이런, 왜냐고 묻는 건가? 그건 말이지."

배에서 웃음소리가 들려온 듯했다.

"난 이미 세이시야를 이어받았었으니까."

"뭐?"

긴지로가 자기도 모르게 눈을 크게 떴다. 여우 가면으로 표정을 숨긴 채, 다케스케는 담담하게 말을 이었다.

"유행병으로 주위 가게가 몇 군데나 문을 닫았을 때, 긴지로 자넨 미두를 하러 도지마에 가 있었지. 실은 그 무렵 세이시야도 크게 기울었어."

몹시 곤란한 처지에 놓이자, 부모는 오토쿠에게 지참금을 가져올 남편을 맞아들여 급한 고비를 넘길 작정이라고 다케스케에게 알렸다. 그러니 다케스케 네게 대를 잇게 하지 못한다, 미안하다며 머리를 숙였다.

"어쩔 수 없다고 여길 수밖에 없었지."

그러나 주변에도 세이시야처럼 사정이 어려워진 곳이 많아서, 가게를 다시 일으킬 만큼의 지참금을 가지고 올 수 있는 차남이나 삼남을 좀처럼 찾기가 힘들었다.

"나는 아버지에게 부탁했어. 힘든 시기니까 표면상으로는 아버지를 주인으로 둔 채라도 좋다. 한동안 내게 세이시야를 맡겨 달라고 말이지."

"……뭐라고? 몰랐어."

그 결과는 이미 모두 알고 있다. 다케스케는 가게를 회복시키기는커녕 다시 기울게 하고 말았다. 아마 그다음 외상 대금을 지불해야 할 때까지 다케스케가 맡고 있었다면 세이시야는 가게를 접을 수밖에 없었으리라.

"그렇게 되니 내가 할 수 있는 일은 오토쿠에게 돈 있는 신랑감을 찾아 주는 것뿐이었다."

다행스럽게도 자기 옆에 큰돈을 버는 젊은 남자가 있다는 사실이 떠오른 것이다. 그는 가게가 없었고 미두의 땅 도지마에 있을 때가 많아서 아직 혼처가 정해지지 않았다.

"그래서 억지로 긴지로에게 부탁해서 오토쿠를 처로 맞아들이게 했지. 스스로 가게를 열 수 있을 만큼의 돈을 지참금이라며 친구에게서 우려냈어. 그 돈으로 세이시야를 구한 거야."

긴지로의 부모는 내키지 않는 얼굴을 했지만, 긴지로가 가진 돈은 스스로 번 돈이었기 때문에 다케스케는 친구의 부모에게 고개를 숙여서 넘겼다. 그러고 나서 고용살이 일꾼 따위는 둬 본 적 없는 긴지로가 역시 가게는 맡을 수 없다는 말을 꺼내기 전에 세이시야에서 도망쳤다.

"따로 맡을 사람이 없으면 긴지로가 가게를 내팽개치지는 않을 거라 확신했지."

무엇보다 긴지로라면 세이시야를 되살릴 수 있을 듯한 느낌이 들었다. 들었지만…… 자신이 하지 못했던 일을 지켜보는 건 고통스러우리란 생각이 들어서, 다케스케는 도망치듯 먼 에도까지 온 것이다.

"그러니 내가 가게를 나갔다고 긴지로가 괴로워할 필요는 없어."

그 말을 끝으로 다케스케는 장대를 저었고, 배는 넘실거리며 강 물결에 실려 갔다. 오토쿠는 기쓰네마이가 있는 쪽으로 달려가서 여전히 가면을 쓴 오라비를 향해 소리쳤다.

"오라버니."

기쓰네마이가 오토쿠 쪽으로 얼굴을 향한다.

"어머니가 정말 걱정하고 계셔."

부모가 매일 신단에 두 손 모아 빌고 있다는 말을 듣는 순간, 기쓰네마이는 주춤한 것처럼 보였다. 배가 강기슭에서 봐도 알수 있을 만큼 일순 크게 흔들렸다.

그래도 배는 잔교에서 멀어져 갔다. 긴지로가 서둘러 잔교 가장자리로 다가갔지만, 많이 떨어져 있지는 않아도 이미 뛰어 올라타기는 어려워 보였다.

기쓰네마이는 강기슭을 향해 조용한 목소리로 말했다.

"나는…… 사이고쿠에서 온 손님이 손위 처남을 찾고 있다는 얘기를 들었을 때 얼른 도망쳐야 한다고 생각했어."

다케스케는 이미 사이고쿠와 인연을 끊은 몸이다. 이제 와 새삼 가족과 만나 봤자 미련만 남을 뿐이다. 자신은 친구와 누이에게 가게를 억지로 떠맡기고 스스로의 실패로부터 도망친 한심한 남자니까. 다만.

"고향을 떠날 때, 나는 딱 한 가지, 긴지로에게 한 번쯤 묻고 싶은 게 있었어."

물어볼 방법도 없어 그대로 동쪽으로 오고 말았지만 지금이라도 그 답을 알고 싶다. 그 때문에 자신도 모르게 오늘 료고쿠바시 다리 선착장으로 온 것이다. 다른 '다케스케'가 여기에 온다는 말을 듣고 긴지로 일행도 오리라고 짐작했다.

배가 다시 멀어져 가는 가운데, 잔교를 향한 다케스케의 물음은 모두의 귀에도 닿았다.

"긴지로, 왜 우리 오토쿠를 아내로 삼았지?"

오토쿠는 배를 타고 멀어져 가는 오라비를 소리도 없이 보고 있다. 긴지로는 말없이 잔교 끝에 우두커니 서 있었다.

"좀더 좋은 집 아가씨를 아내로 맞을 수 있었을 텐데. 아니, 가진 돈을 몽땅 지참금으로 삼아 달라는 말을 들으면 보통은 물러나잖아."

그런데 어째서 오토쿠와 부부가 되었을까. 내내 다케스케의 머릿속에 있던 의문이었다.

긴지로는 대답하지 않았다. 오나쓰가 망연자실하여 중얼거렸다.

"그럼 이대로 생이별이 되는 거야?"

이때 오하나가 배를 향해 크게 손을 흔들었다. 이목을 모은 오하나는 잘 들리는 목소리로 강을 향해 말했다.

"다케스케 씨, 당신은 바보로군요."

오하나는, 잔교를 한번 보세요, 라며 강기슭을 가리켰다.

"답은 나와 있잖아요. 긴지로 씨는 얼굴빛이 시뻘건 흙처럼 되었는걸요."

긴지로는 대답을 피하는 것이 아니었다. 얼굴이 금붕어처럼 벌건 색이 되어 입을 뻐끔거렸지만 목소리가 나오지 않았을 뿐이다. 말을 못 하는 까닭은 필시 가까이에 오토쿠가 있기 때문이리라. 이처럼 많은 사람이 모여 있는 번화가에서 소리 내어 하기 힘든 말을 가슴에 담고 있는 것이다.

"앗, 달콤한 말일까."

열세 살 오나쓰도 알아차리고 고개를 끄덕인다.

분명 입 밖에 내면 요미우리[11]에 실려서 십 년이 지나도 사람들이 떠올릴 만한, 그런 마음일 것이다. 부끄러운 나머지, 술을 사서라도 주위의 입을 막아야 할 말을 긴지로는 마음에 품고 있었다.

오하나는 묘하게 만족스러운 듯이 끄덕이고 멀어져 가는 기쓰네마이에게 다시 크게 손을 흔들더니 주저 없이 말했다.

"다케스케 씨, 긴지로 씨는요, 부끄러운 거예요. 이미 부부가

---

11 에도 시대, 세간에 일어난 흥미로운 일을 기와판에 인쇄하여 거리에서 소리 내어 읽으며 팔고 다녔던 것.

된 사람에게 전 재산보다 당신에게 반한 거라고 말하기는 어렵
죠. 오토쿠 씨보다 중요한 건 없었다고 말하려면 쑥스러울 테고
요."

"우와."

진실의 하나히메의 말이기에 다릿목에 있던 모든 사람은 의심
도 없이 일제히 소리를 질렀다. 그 순간 오토쿠도 얼굴이 새빨개
졌다.

"뭔가 했더니…… 그게 답이었나."

배는 더욱 거리가 멀어져서 드디어 강 물살에 올라탔지만, 기
쓰네마이는 웃음소리를 내며 고개를 끄덕였다.

"아아, 그렇다면 됐어."

손을 흔들며 멀어져 간다.

"가게를 부탁해. 부모님을 부탁하네."

그제야 긴지로가 겨우 말을 꺼냈다.

"다케스케, 난…… 너한테 사과해야 해. 뭐냐면. 나는."

세이시야에 데릴사위로 들어가면 어떻겠냐는 말을 들은 긴지
로가 떠올린 것은 오로지 오토쿠뿐이었다. 미두꾼의 사고방식이
랄까, 지금 다가온 파도에 올라타면 내가 반한 아가씨와 맺어질
수 있겠다 싶자 앞뒤를 살펴볼 여유가 없었다. 그는 단숨에 혼례
를 향해 달려갔다.

어릴 적 친구인 손위 처남이 어떤 처지에 놓일까 하는 것도,

아버지가 한숨을 쉬는 것도 전혀 눈에 들어오지 않았다.

"염치없는 걸로 따지면 다케스케 못지않아."

그러니.

"후회도 비참함도 꾹 참고 속에 담아 두고 돌아와 줘!"

다케스케가 배에서 일어선 모양이다. 그러나 물결에 실린 배는 멀어져서 이미 돌아올 수도 상대의 말을 들을 수도 없다. 다만 긴지로와 오토쿠가 언제까지나 손을 흔들고 있는 것만은 배에서도 보였을 터였다.

오나쓰 일행 근처에 어느새 지배인 신조가 와 있었다. 신조는 나직이 말했다.

"사이고쿠에서 있었던 일입니다. 제가 주제넘은 말을 했습니다. 다케스케 씨가 장사에 실패해서 결국 세이시야가 기울었을 때지요."

고용살이 일꾼 주제에 다케스케에게 가게를 나가라고 고함을 질렀다. 가게를 잃고 빚만 남으면 딸인 오토쿠가 팔려 갈지도 몰랐다.

그런데.

"팔려 갈 수도 있었던 오토쿠 씨와 가게를 다시 일으켜 세운 긴지로 씨가 나란히 다케스케 씨에게 돌아와 달라고 하셨지요."

신조도 강을 향해 깊숙이 고개를 숙였다. 더 이상 이쪽은 보이지 않고 목소리조차 가닿지 않을 줄 알면서도 다케스케에게 말한다.

"사이고쿠로 돌아와 주세요, 어서."

이윽고 배가 보이지 않게 되었다. 강가에서 오하나 추종자들
이 소곤거리기 시작했다.

"역시 '진실의 하나히메'가 말한 대로야. 만날 수 있었지만 만
나지 못했다고도 할 수 있지."

다케스케는 분명히 긴지로의 눈앞에 있었지만 결국 여우 가면
을 벗지 않았다.

오나쓰 일행은 소동이 가라앉은 선착장으로 향했다. 다들 오
하나를 보았다.

"다케스케 씨, 이제 돌아올 수 있는 집이 있다는 걸 알았겠지.
언젠가 돌아올지도 모르는 건가?"

가설 공연장 단골손님이 오하나에게 물었다.

"어른이 되면."

하나히메는 그 한마디 외에 더 이상 아무 말도 하지 않았다.
오나쓰는 그것이 언젠지 알 수 없었다. 오하나 추종자들은 제각
기 멋대로 떠들어 댔다.

"어른, 이라."

"어렵구먼. 난 언제까지나 풋내기인데."

"복잡하게 생각하지 말고 빨리 돌아오면 좋겠네. 애들은 할
수 없는 판단이야. 그게 어른이지."

언젠가는 돌아올 수 있다는 말일까.

"긴지로 씨네, 에도에 와서 잘됐다."

오나쓰의 말에 오하나가 배가 사라진 곳을 보며 고개를 끄덕이는 것 같았다.

긴지로와 오토쿠는 겨우 강에서 눈을 떼더니 모여 있는 사람들과 야마코시에게 깊이 고개를 숙였다.

"아내와 사이고쿠로 돌아가서 다케스케를 기다리겠습니다. 언젠가 또 그곳에서 만날 수 있겠지요."

긴지로는 다시 지갑을 꺼내어 야마코시 행수에게 맡기겠다고 했다.

"여러분, 소란스럽게 해서 죄송합니다. 모자랄지도 모르지만 이제 지금 가진 돈 전부입니다. 이걸로 한잔하시죠."

그 자리에 즐거운 함성이 일었다.

야마코시가 고개를 끄덕인다.

"생각한 것과는 달랐지만 그럭저럭 일단락된 건가."

지갑을 든 야마코시가 가까운 선술집 이름을 말하자, 모인 이들은 선착장을 떠나 조금씩 인파 속으로 섞여 들어갔다. 이때 조금 떨어진 곳에서 긴지로 부부를 보던 쓰키쿠사가 갑자기 놀랄 만한 소리를 했다.

"아, 부럽다."

"쓰키쿠사?"

오나쓰는 순간 고개를 갸웃거렸다. 쓰키쿠사는 지금 료고쿠에서도 인기 있는 예인 중 한 사람이다. 그런데 무엇이 부럽다는 걸까?

'아, 그건가.'

쓰키쿠사 곁에는 그리운 사람이 없다. 집에서 기다려 주는 사람도 없다. 아니, 애초에 공동주택 말고는 돌아갈 집이 없어 보였다.

어렴풋이 깨달은 오나쓰는 밝게 말해 보았다.

"쓰키쿠사에게는 오하나가 있잖아. 나도 옆에 있고. 아버지도 언제든 힘이 되어 주실 거야."

그 말을 들은 쓰키쿠사는 살짝 웃고 고개를 끄덕였다.

"……그래요, 오나쓰 아가씨. 난 괜찮아요."

쓰키쿠사는 오하나의 하얀 얼굴로 고개를 돌렸다. 그러고는 누구의 얼굴을 떠올렸는지 얼른 눈을 감았다.

꿈을
사려는
사람들

まことの華姫

畠中 恵

1

"어쩌다 이렇게 된 거지?"

손님이 다 떠난 한밤중, 쓰키쿠사는 료고쿠 가설 공연장에서 한숨을 내쉬었다. 최근에 생각지도 못한 일이 연이어 벌어져서, 공연장 주인이자 이 일대 지마와리인 야마코시 행수의 심기가 언짢다는 말을 듣고 있다.

먼저 요전 날에는 오하나를 도둑맞아서 쓰키쿠사는 심장이 쥐어 짜이는 기분을 맛보았다.

그 후, 쓰키쿠사와 오하나가 몰래 '진실'을 팔고 있다고 야마코시에게 의심받았다.

게다가 오하나가 말하는 '진실'이 정말 사람의 운명을 움직이는 것이 아니냐는 말까지 들어서 두려워졌다.

하지만 그렇다면 어째서 쓰키쿠사가 원하는 일만은 '진실'이 되지 않는 것인가. 순간 그런 식으로 생각하고 말았다.

손잡이가 달린 작은 촛대의 불이 어두운 공연장 안에서 하늘하늘 흔들리는 모습이 마치 쓰키쿠사의 마음 같았다.

"제길…… 이런 때는 옛날이 떠오른단 말이지."

어떤 사람의 이름을 떠올리면 지금도 눈물이 쏟아지기 때문에 남 앞에서는 절대로 입에 담지 않는다. 오하나 앞에서도 그 이름은 되도록 부르지 않으려 하고 있다. 오하나의 얼굴은 그 사람을 닮았다.

"오하나, 왜 이렇게 진정이 되지 않을까. 이상한 소문까지 나고……."

혼자 살아서 따로 말을 걸 상대도 없으니 가끔씩 어쩔 수 없이 오하나에게 물어본다. 그러나…… 목각 인형인 하나히메가 대답해 줄 리도 없으니 쓰키쿠사는 혼자서 모든 것을 계속 떠안고 있었다.

'앞으로도 오하나와 이야기 예능을 계속하려면…… 그 소문을 해결해야 해. 손님이 관련된 분쟁하고도 작별해야 하고.'

그렇지 않으면 이제 곧 야마코시 행수가 진심으로 화를 낼 것이다. 쓰키쿠사는 머지않아 공연장에서 쫓겨날지도 모른다.

하지만 일에 대한 고민은 어떻게든 해결한다 쳐도 자신의 고민은 별 도리가 없다. 그런 생각을 하며 쓰키쿠사는 고개를 저었다.

밤이 한층 무겁게 느껴진다. 쓰키쿠사는 어두운 공연장 안에서 또 한숨을 쉬었다.

에도의 여름은 무더위와 잠 못 드는 괴로움, 거기에 즐거움으로 가득 차 있었다.

불꽃놀이를 시작한 여름의 료고쿠는 해가 져도 꿈과 환상처럼 환하다. 날이 저문 뒤에도 길에는 경단에 메밀국수, 만주에 튀김, 수박 같은 맛있는 먹을거리를 파는 노점이 줄줄이 늘어서 있다. 가설 공연장도 많아서 문지기가 재미있게 공연 줄거리를 설명하며 손님의 마음을 사로잡으니 좀처럼 집으로 돌아가기 어렵다. 료고쿠바시 다리 번화가 때문에 많은 사람이 잠이 부족한 다음날을 맞이했다.

그러나 늦게까지 번화가에 있더라도 날이 밝으면 일을 해야 한다. 어쩌다 한 번씩 드나드는 손님들이 잠이 부족한 판이니 당연히 료고쿠 번화가에서 일하는 사람들은 여름이면 날마다 하품을 달고 다녔다. 아침결에는 잠이 덜 깬 눈이 번화가 일대를 어정거렸다.

"영감, 오늘 아침도 다들 졸려 보이네."

이 일대의 지마와리 행수 야마코시의 딸 오나쓰가 그 모습을 보고 밝게 말을 건다. 공연장지기 영감은 오나쓰가 데려온 할멈의 보자기를 보고 씩 웃었다.

"아가씨, 이른 시간부터 수업을 가시는 건가요. 아, 오늘은 바느질 수업인가 보군요."

오나쓰는 고개를 끄덕인다. 벌써 열세 살이니까 기모노를 자기 손으로 짓고 머리도 혼자서 틀어 올릴 줄 알아야 한다.

할멈은 오나쓰가 이미 머리를 제대로 만질 수 있다고 흐뭇해했다. 다만.

"기모노 짓기는 조금 더 열심히 하셔야 해요. 솜을 넣거나 빼기도 하고 빨기도 하면서 기모노를 다시 바느질해야 할 일은 많으니까요."

바느질이 서툰 아가씨에게는 좋은 혼담이 들어오지 않는다.

"하지만 괜찮아요, 아가씨. 바느질 선생님과 이 할멈이 제대로 단련시켜 드릴 테니."

"……고마워."

오나쓰가 한숨과 함께 마지못해 감사 인사를 하자, 영감과 공연장 사람들이 웃었다. 평소와 다름없는 번화가의 한가로운 아침이다.

그런 번화가에 돌연 심상치 않은 비명이 울렸다.

"헉, 뭐 하는 거야."

모두 일제히 소리가 난 쪽을 쳐다보았다. 놀랍게도 어떤 남자가 화려하게 차려입은 아가씨를 안고 도망치는 중이다.

"납치범?"

거기에 필사적인 외침이 이어졌다.

"누가 좀 도와줘요. 오하나를 도둑맞았어. 오하나!"

번화가 사람들의 표정이 매서워졌다.

"이런, 쓰키쿠사의 목각 인형인가. 하나히메다."

"오하나! 누가 오하나를 좀 구해 줘요!"

오나쓰가 큰 소리를 지르자, 곧 근처에 있던 팽이 곡예 예인이 고개를 끄덕이고 파는 물건을 잽싸게 집어 들더니 오하나를 안고 료고쿠바시 다리로 달려가는 도둑에게 빨간 팽이를 휙 던졌다.

"으악."

팽이가 멋지게 다리에 명중하자 도둑이 몸을 가누지 못하고 헛발을 디디며 크게 비틀거렸다. 이번에는 역사ヵ± 아가씨가 공연에 쓰는 커다란 쌀섬을 던졌고, 등에 맞은 도둑은 기세 좋게 굴렀다.

도둑은 그래도 인형을 놓으려 하지 않았다. 일어서더니 다시 도망치려는 것을 이번에는 옆에서 곡예사가 달려들어 오하나를 빼앗았다.

"앗, 내놔."

곡예사에게 뻗은 도둑의 손을, 검술을 보여 주는 낭인 선생이 칼집으로 쳐서 막는다. 선생이 다시 등을 찌르자 도둑은 길에 납죽 엎드렸다.

"이야, 하나히메를 되찾았나? 멋지군."

길가에 있던 사람들은 이제 완전히 잠도 깬 상태여서, 훌륭한 솜씨를 보여 준 낯익은 예인들에게 갈채를 보냈다. 영감이 곧 야마코시의 수하 세 명을 보내서 순식간에 포승줄로 남자를 포박했다.

이 일대는 지마와리 야마코시가 관리하고 있다. 함부로 굴어서 일하는 사람들을 방해하는 짓은 허용되지 않는다.

"오, 오하나. 아아, 무사하구나. 다행이야."

달려온 쓰키쿠사가 곡예사에게 오하나를 건네받고 서둘러 상태를 확인했다. 그러고는 휴우 하고 숨을 내쉬더니, 도와준 사람들에게 인형과 함께 몇 번이고 깊이 머리를 숙였다.

"고맙습니다. 덕분에 살았어요. 감사합니다."

"뭘, 우린 동료 아닌가. 서로 같은 처지인걸."

검술 선생이 점잖게 말해서, 쓰키쿠사는 다시 한 번 감사의 말을 전했다. 영감과 오나쓰가 옆으로 다가왔다.

"쓰키쿠사, 아침 댓바람부터 짝꿍을 도둑맞았구나. 웬 재난이람."

영감은 도둑을 노려보았다.

"이봐, 왜 오하나를 훔쳤지?"

도둑은 입을 다문 채 고개를 숙이고 있다. 오나쓰는 옆에서 고개를 크게 갸웃거렸다.

"오하나는 분명 예쁜 히메 인형이지만 그래도 큰걸. 꽤 무겁 잖아."

부피가 커서 낚아채기 어려울 거라고 하자 주위에서 다른 예인들도 고개를 끄덕인다.

"하나히메를 가지고 달아나 봤자 멀리는 못 가지. 우릴 뿌리칠 수도 없을 테고."

"그러게."

쓰키쿠사도 끄덕였다. 솔직하게 말하면 자신도 똑같이 생각했기 때문에 공연장 입구에 오하나를 놔둘 때 어딘가에 묶어 둔다든가 하는 주의를 기울이지 않았던 것이다. 그런데 길에서 손이 뻗어 와서 오하나를 움켜쥐고 사라지다니……

"간담이 서늘해졌습니다."

번화가에서 도망쳐 에도를 벗어난 곳에서 오하나를 팔면 상당히 좋은 가격이 매겨질 것이다. 주위 사람들도 이를 노렸으리라고 입을 모았다.

남자는 야마코시의 수하들에게 끌려갔다.

쓰키쿠사는 다시금 모든 이에게 고개를 숙여 인사하고 한마디 덧붙였다.

"대단한 사례는 못 하지만 저쪽 찻집에 돈을 맡겨 두겠습니다. 경단이라도 드세요."

남의 손을 빌리면 깍듯이 인사를 하는 것이 이곳의 방식이다.

사람들에게 잘 먹겠다는 말을 듣고, 쓰키쿠사는 재차 머리를 꾸벅 숙였다.

"오하나, 괜찮아? 정말이지 왜 이런 일이 일어났담."

오나쓰가 말을 걸자, 쓰키쿠사에게 안겨 있던 오하나가 손을 작게 흔들었다. 쓰키쿠사는 오나쓰에게 또 공연장에 와 달라고 한 뒤 오하나를 소중하게 안고 공연장으로 돌아갔다.

오후에 접어들자 야마코시가 쓰키쿠사의 공연장에 간다고 말을 꺼내서, 바느질을 마친 오나쓰도 따라나섰다. 마침 쓰키쿠사의 공연장에서 손님들이 돌아가는 참이라 오나쓰 일행은 사람이 빠진 공연장으로 슬그머니 들어갔다. 쓰키쿠사는 아직 무대에 있다가 야마코시와 오나쓰를 보고 살짝 눈이 커졌다.

"쓰키쿠사, 오하나는 다친 데 없어?"

"아, 오낫짱. 난 괜찮아."

친숙한 인형이 쓰키쿠사의 조종을 받아 살아 있는 것처럼 고개를 끄덕여서 오나쓰는 안도했다.

그러나 행수인 아버지가 대낮부터 공연장에 모습을 보인 것에는 물론 다른 이유가 있을 터이다. 행수가 긴 의자에 앉자 영감이 얼른 차를 날라 왔다. 야마코시는 차를 마시며 쓰키쿠사를 향해 입을 열었다.

"쓰키쿠사, 오하나가 무사한 건 다행이다."

도둑은 야마코시의 수하들이 잡아 두었고, 쓰키쿠사는 도와
준 사람들에게 깍듯이 사례했다. 이제 도둑질한 까닭만 알면 일
은 끝난다. 야마코시는 왜 커다란 인형을 훔쳤는지 도둑을 추궁
하여 그 연유를 확인했다.

"그 도둑, 뜻밖의 말을 하더군."

야마코시가 쓰키쿠사와 오하나 코앞에 얼굴을 가져다 댔다.

"이봐, 쓰키쿠사, 너, 내게 숨기는 일이 있지 않나?"

"예? 숨기다니 뭘 말씀입니까?"

쓰키쿠사가 서둘러 반문했지만, 야마코시는, 묻고 있는 건 이
쪽이다, 라며 무서운 얼굴을 했다. 오나쓰가 쓰키쿠사의 무릎 위
에 있는 오하나를 쳐다보았다.

"오하나, 쓰키쿠사가 우리한테 숨기고 뭔가 하지 않았니?"

오하나가 제꺽 대답했다.

"물론 했지. 쓰키쿠사는 아까 나한테, 많이 무서웠지, 그러면
서 부적을 사 준다고 약속했어."

그건 오나쓰가 모르는 일일 거야, 하고 오하나가 말한다. 오나
쓰는 눈썹을 찡그리며 아버지를 보았다.

"아버지, 부적 때문에 화내는 거예요?"

"아니다! 오나쓰, 너는 끼어들지 말거라."

야마코시는 곤란한 얼굴로 딸을 말리더니 숨을 한 번 내쉬고
쓰키쿠사에게 말했다.

"도둑 말인데. 그놈은 오하나를 뺏은 이유를 이렇게 말했어."

예인 쓰키쿠사는 최근에 몰래 '진실'을 팔기 시작했다. '진실의 하나히메'는 역시 '진실'을 알고 있었다.

"예?"

"쓰키쿠사, 네가 어느 집 아가씨에게 행운이 온다고 가르쳐 줬다던데. 그랬더니 곧바로 좋은 일이 일어났다고 들었다."

도둑은 다른 행운에 대해서도 이야기했다. 쓰키쿠사에게서 진실을 산 사람에게는 모두 경사스러운 일이 일어났다고 한다.

"그 도둑도 오하나한테서 '진실'을 듣고 싶어졌다더군. 하지만 오하나의 이야기를 들으려면 꽤 돈이 많이 필요하다고. 도둑에게 그런 돈은 없었지."

하는 수 없이 오하나를 훔쳤다. 오하나가 수중에 있으면 '진실'을 듣고 싶은 만큼 들을 수 있다고 여긴 모양이다. 옆에 있던 오나쓰가 눈살을 찌푸렸다.

"아버지, 오하나는 말을 못 해요. 오하나의 이야기는 쓰키쿠사가 하는 거잖아요."

쓰키쿠사는 입을 움직이지 않고 음색을 바꿔서 이야기할 수 있다. 그것이 장기다. 즉 오하나만 가져가 봤자 아무것도 듣지 못한다.

"바보 아냐."

거침없이 말하는 딸과 그 옆에서 깜짝 놀란 얼굴로 말없이 있는 쓰키쿠사를 보고 야마코시는 한숨을 쉬었다.

"오나쓰, 아버지가 끼어들면 안 된댔지. 하긴 오나쓰의 말대로이긴 하다만."

요컨대 오하나가 '진실'을 팔기 시작했다면 그것은 목각 인형이 하는 일이 아니다. 예인 쓰키쿠사가 야마코시에게는 비밀로 하고 뒤에서 다른 돈벌이를 했다는 말이다.

"너, 나한테 얘기하지 않고 맘대로 장사를 하는 거냐?"

야마코시가 무서운 얼굴을 다시 쓰키쿠사에게 거침없이 들이댔다. 배후에는 수하들 셋이 서서 예인과 오하나를 내려다보고 있다.

쓰키쿠사는 공연장 의자 위에서 떨고 있었다.

2

하지만 쓰키쿠사는 곧 평소의 고지식한 모습으로 돌아와 야마코시에게 말했다.

"저, 행수님. 저는 '진실' 같은 건 팔지 않습니다만."

아니 그보다 애초에 파는 것이 무리다.

오하나가, 맞아 맞아, 하고 고개를 끄덕인다.

"행수님, 애당초 쓰키쿠사한테는 이야기 예능 말고는 재능이 없어요. 쓰키쿠사로 말하자면 이 공연장에 오기 전에 오랫동안 생활고를 겪었죠."

아직 오하나와 짝을 이루기 전의 일이다. 쓰키쿠사는 길가에서 혼자 이야기 예능을 보여 주고 있었다. 그러나 갓 예인이 된 남자가 혼자 길가에서 예능이랍시고 소곤소곤해 봤자 재미 있을 리 만무하다. 한심할 정도로 들어 주는 이가 없었다.

"공동주택 집세가 밀려서 쫓겨날 판이었고요. 끼니를 잇기도 힘들었어요."

그런 상황에서도 쓰키쿠사는 운세를 점치는 점쟁이는 되지 않았다. 아니, 되지 못했다. '진실'을 내다보는 재능 따위는 없었으니까.

"행수님도 알고 계시잖아요."

오하나가 딱 잘라서 말하고 그 옆에서 오나쓰도 고개를 끄덕여서, 야마코시는 팔짱을 끼고 말았다. 머리를 긁적이더니 입을 삐죽인다.

"시시하군."

야마코시가 맥이 풀린 듯 말해서 오나쓰는 눈을 크게 떴다.

"아버지, 맘대로 '진실'을 내다보았다고 쓰키쿠사에게 화낸 거 아니에요?"

놀라서 묻자, 야마코시는 입 끝을 끌어올렸다.

"그야 이곳에서 예인이 맘대로 굴면 일단 화가 나지. 하지만."

야마코시는 딱히 몰래 하던 새로운 일을 그만두라고 말할 생각은 아니었다. 소문으로는 쓰키쿠사가 시작한 '진실'을 내다보는 장사의 복채가 몹시 비싸다고 들었기 때문이다.

"이익이 왕창 남을 것 같지 않나?"

"저기…… 돈, 말씀입니까?"

"쓰키쿠사, 지금 네 이야기 예능을 보려면 한 회에 이십 문을 내지. 공연장에 마흔 명쯤 들어올 때도 많으니 한 회당 팔백 문 정도 벌게 돼."

쓰키쿠사의 공연은 한 회가 짧아서, 쉬는 시간을 사이에 넣으며 하루 종일 일하면 매상이 상당하다. 그러나 야마코시는 거기에서 쓰키쿠사의 몫을 빼고 촛값을 내고 공연장 문지기들에게도 돈을 주고 거적과 의자 수리비 등을 내야 한다. 번화가에 공연장을 가지고 있으면 나름대로 돈이 들었다.

반면.

"이야기 예능을 한 회 하는 시간에 한 사람밖에 상담을 하지 못한다 해도 말이다. 한 냥이나 두 냥 정도로 돈을 많이 받을 수 있으면 실수입이 확 늘어나니까."

요컨대 돈을 벌고 있다면 할당량을 내라는 말을 하고 싶었을 뿐인가 보다.

"어머."

행수님, 안되셨네요, 하고 오하나가 웃었다. 야마코시는 실망

한 기색이 역력했다. 오나쓰가 어처구니없다는 얼굴로 아버지를 보았다.

"아버지도 참, 많이 벌고 있으면서 돈에 까다로우시네요. 내가 만주를 살 때는 화내지 않으면서."

"오나쓰, 우리는 사람을 많이 거느리고 있는 큰 살림이란 말이다. 만주 값 정도에 떨면 야마코시의 위기지."

쓴웃음을 띤 야마코시는, 이런, 빗나갔군, 이라며 공연장에서 나가려 한다. 그러다 문득 발을 멈추더니 겨우 안심했다는 표정을 짓고 있는 쓰키쿠사에게 말했다.

"쓰키쿠사, 이번 소문 말인데 지금까지의 것과는 조금 다른 느낌이 들었다."

"예?"

"지금까지 오하나는 '진실의 하나히메'라는 말을 들었지. 진실을 내다보는 눈을 가지고 있다 믿으니까 '오하나 추종자'들이 하나히메를 받들고 있겠지."

야마코시도 그것은 알고 있다. 그런데 이제 와서 새로운 소문을 믿은 데는 까닭이 있었다.

"이번에는 상당히 구체적인 일화들이 회자됐어. 진실을 알고 싶다면 금화로 두 냥 필요하다든가, 누가 돈을 내서 뭘 얻었다든가, 여러 가지 이야기가 몇 가지나 딸려 나오더군."

그래서 야마코시는 오하나와 쓰키쿠사가 정말 새로운 돈벌이에 나섰다고 생각했던 것이다.

"적어도 반 정도는 소문을 믿었지."

"아버지, 그편이 돈벌이가 되겠다 싶으니까 마음에 들었던 거 잖아요."

오나쓰의 가차 없는 말에 야마코시는 머리를 긁적였다. 엉뚱한 헛걸음이었다. 기분 전환 삼아 돌아가는 길에 단 거라도 먹을까, 라고 하자 오나쓰가 기뻐한다. 야마코시는 공연장을 성큼 나갔다.

쓰키쿠사는 소문이 큰일로 번지지 않은 데에 가슴을 쓸어내리며 오하나를 놔둔 의자를 보았다. 그런데 거기에 아직 오나쓰가 남아 있었다.

"어, 아가씨. 행수님은 밖으로 나가셨는데요."

"쓰키쿠사, 오하나가 진실을 알고 있다는 이야기, 없어지지 않네. 되풀이해서 소문이 나고 있어."

필시 이전에 이 세상에 진실을 알려 주는 진실의 우물이 있었기 때문이다. 에도에 사는 사람은 누구든 그 일을 잊지 않는다.

"하긴 다들 알고 싶은 일이 있다는 뜻이겠지. 나도 그 마음은 알겠어."

이 세상에는 밀려왔다가 멀어지는 파도 숫자와 겨룰 만큼 많은 물음이 있고 다들 누군가 진실의 답을 가르쳐 주면 좋겠다며 남몰래 원하고 있다.

"하지만 쓰키쿠사, 아버지가 진지하게 여길 만큼 소문이 퍼져 있으면 오하나가 위험해. 당분간 조심해 줘."

또 오하나를 도둑맞으면 이번에야말로 흠집이 날지 모른다. 자칫하다가는 오하나가 사라져 버릴 수도 있다.

만일 그런 일이 일어난다면 너무나 쓸쓸해질 거라고 오나쓰는 생각했다. 언니가 세상을 떴을 무렵, 오나쓰는 오하나와 친해졌다. 오하나까지 사라지는 일은 생기지 않았으면 좋겠다.

"걱정이야. 나도 되도록 부지런히 공연장에 올게."

쓰키쿠사는 고개를 끄덕였다.

"신경 써 주셔서 다행이지, 오하나."

쓰키쿠사가 오하나를 안자, 인형은 오나쓰를 향해 부드럽게 고개를 숙였다. 오나쓰도 고개를 끄덕이고 아버지를 쫓아서 공연장에서 나갔다.

오하나의 소문이 예상보다 널리 퍼졌다는 사실을 안 것은 사흘 뒤였다. 바느질 연습에 애먹은 오나쓰가 오후에 할멈과 공연장에 가 보니, 무대 위에 쓰키쿠사가 굳은 얼굴로 서 있었다.

'어? 무슨 일이 있었나.'

오하나에게 손을 흔들어 봤지만 여느 때 같으면 태연하게 응해서 그것을 예능으로 만드는 오하나가 왠지 말이 없었다. 오나쓰는 단골손님인 오하나 추종자들이 이번 공연에 한 명도 오지 않았음을 깨달았다.

'웬일이람.'

고개를 갸우뚱했지만 쓰키쿠사의 예능이 갑자기 서툴어졌을 리는 없기에 공연장은 손님으로 꽉 찼다. 아니, 영감이 들어갈 수 있는 데까지 들여보냈는지 긴 의자에 다 앉지 못한 손님이 뒤에도 꽤 서 있어서 오나쓰도 앉을 곳이 없었다.

다만…… 오늘 온 손님들은 쓰키쿠사의 이야기를 들으러 왔는지 아닌지 참으로 애매했다. 쓰키쿠사가 무대에서 공연을 시작하자 곧 누군가 끼어들었다.

"그런 걸 들으러 온 게 아니야. '진실' 이야기를 해 줘."

"하지만 이 공연장은 점을 치는 데가 아닙니다. 그러니 오늘은 여우 이야기를……."

"예인 양반, 난 여우 따위 흥미 없다고."

"그럼 극장에서 큰 인기를 모으고 있는 기모노 무늬에 대해 이야기할까요. 세련되어서 분명 유행할 거고요."

그 얘기도 듣고 싶지 않다며 손님들은 쓰키쿠사에게 딱 잘라 고했다. 오나쓰는 객석을 천천히 둘러보았다.

'오늘 온 손님들은 다들 〈진실〉을 원하네. 어쩌면…… 오하나가 〈진실〉을 판다는 소문을 듣고 온 사람들일지도.'

그 소문에 따르면 '진실'을 사는 데는 금화가 필요하다고 했다.

'지난번 도둑이 그 돈을 마련하는 건 무리였어. 그래서 오하나를 훔친 거였지.'

공동주택에 사는 사람 대다수는 금화하고는 인연이 없다. 그렇다고 야마코시의 수하에게 잡히는 것도 싫다.

'이 손님들은 무모한 짓을 하는 대신에 가설 공연장에 온 걸까. 입장료 이십 문으로 싸게 〈진실〉을 손에 넣고 싶은가 봐.'

이때 토방에서 한 여자가 벌떡 일어섰다. 삼십대 중반으로 보이는 여자는 우선 오몬이라고 이름을 댔다. 공연장이 쓰키쿠사가 예능을 펼치는 자리라는 것 따위는 아랑곳하지 않고 막무가내로 말을 시작한다.

"예인 양반, 난 말이죠, 아까부터 이야기를 방해하는 다른 손님들하고는 좀 달라요. 오늘은 댁한테 감사 인사를 하러 왔어요."

그 때문에 이십 문이나 내고 이 공연장에 들어왔다는 말에 쓰키쿠사가 물었다.

"무슨 감사 인사인가요?"

오몬은 어디에서부터 시작하면 좋을까, 라고 중얼거리더니 금방 싱긋 웃으며 입을 열었다.

"나는 얼마 전에 오토쿠 씨와 하나히메의 소문을 들었어요."

오토쿠는 드문 이름이 아니라서 쓰키쿠사가 고개를 갸웃거리자, 하나히메 덕분에 생이별한 오라버니와 해후한 '오토쿠'라고 오몬이 말했다. 그 말에 오나쓰는 눈을 크게 떴다.

'오토쿠 씨라면 사이고쿠에서 왔던 세이시야의 작은 마님 얘기야.'

세이시야 부부는 확실히 요전에 이 에도에서 '진실'을 알아내어 고민의 실마리를 풀고 고향으로 돌아갔다.

'하지만 행방불명된 오라버님을 찾아낸 사람은 오하나가 아니었는데.'

고민거리에 관련된 자들이 스스로 결론을 찾아내서 매듭을 지은 사건이었다.

'왜 쓰키쿠사에게 감사 인사를 하지?'

오나쓰가 놀라는 사이에 오몬은 말을 이었다.

"그래서 알았지요. 하나히메의 힘은 틀림없는 진짜라고요."

이미 공연장 안 손님들은 완전히 조용해져서 오몬의 말에 귀를 기울이고 있었다. 아무도 무대의 쓰키쿠사와 오하나를 보지 않았다.

"진짜라고 믿는 순간 나도 하나히메 님께 의논하고 싶은 일이 떠올랐어요."

"예? 마님, 그게 뭔가요?"

"딸의 혼담에 대해서예요. 하나히메 님께 묻고 싶은 게 있거든요."

오몬은 자랑스럽다는 듯이 가슴을 쫙 펴더니 딸 오마치에 대

해 구구절절 늘어놓기 시작했다. 오마치는 소문난 미인이라고
한다. 어여쁘고 상냥하고 예능도 익혔으며 자태도 아름다운 데
다가 아직 열다섯이었다.

"그런 아이라 혼담이 많이 들어오니까 하나히메 님께 좋은 혼
처를 골라 달래려고요."

하지만 의논하고 싶어도 오하나는 공연장에 나가 있으니 어떻
게 부탁하면 될지 몰랐다. 오몬은 일단 이십 문을 내고 요전에
이 공연장에 와 보았다. 정말 하나히메가 '진실'을 들려주는 고
마운 인형이라면 오몬이 뭔가 묻기 전에 답을 줄 것 같았다.

"난 분명히 이 귀로 들었어요. 하나히메 님은 그날 젊은 아가
씨의 출세에 대해 이야기했어요."

"아가씨의, 출세?"

내가 그랬던가 하는 표정을 지으며 쓰키쿠사가 몹시 곤혹스러
워했다. 무대 뒤에서 영감의 목소리가 들렸다.

"이봐, 전에 연극 이야기를 했잖은가."

"앗."

쓰키쿠사가 짝 하고 손뼉을 쳤다. 전에 나카무라좌에서 시작
한 신작 연극에 대해 무대에서 이야기했다고 한다.

"그래, 그 이야기에서 딸 역이 출세했지."

인형이 옆에서 맞아, 맞아, 하고 고개를 끄덕였다. 연극 속에
그런 줄거리가 있었다. 오하나를 흉내 내듯 오몬도 끄덕였다.

"예, 예, 내 말이 맞죠? 그걸 듣고 딸의 앞날을 어떻게 할지 정했어요."

"예?"

"딸은 무가에 고용살이를 나가기로 했어요."

오마치는 예쁜 처녀인 만큼 무가에 고용살이를 나가면 평범하지 않은 운을 잡을 터였다. 하나히메 님의 인도를 받은 오마치는 오몬이 생각한 대로 곧 행운을 만났다. 오몬은 눈 깜짝할 사이에 좋은 무가 고용살이처를 찾았다.

"스지카이바시고몬에서 그리 멀지 않은 곳에 있는 다이신 하타모토[1] 삼천 석의 저택에서 고용살이를 시키려고 합니다. 그 댁 나리께는 아직 후계자가 없거든요."

오몬은 가슴을 젖혔다.

"오마치에게는 하나히메 님이 내리신 행운이 함께하고 있어요. 그 아이는 이제부터 정말 출세할 거예요."

요컨대 하타모토 나리가 오마치에게 첫눈에 반해서 이윽고 아들을 낳으면 후계자의 모친이 될 가능성도 있다는 것이 오늘 이렇게 감사 인사를 하러 온 이유라고 한다.

---

[1] 하타모토는 오백 석 이상 만 석 이하를 받는 쇼군 직속 무사로 쇼군을 알현할 수 있는 자격이 있었다. 그중 삼천 석 이상을 받는 상급 무사를 다이신 하타모토라고 한다.

오몬은 마술이라도 하듯 보랏빛 보자기로 싼 꾸러미를 내놓고 그 안에서 유명 과자집의 값비싼 과자를 꺼내 보였다. 진심이 담긴 인사이지, 입에서 나오는 대로 말하며 쓰키쿠사를 놀리고 있는 것은 아니었다.

공연장 안에 있던 손님들이 큰 함성을 지르더니 일제히 떠들어 댔다.

"미인 아가씨가 대출세! 역시 하나히메의 소문은 진짜였어."

"하나히메의 말은 대충 듣고 넘기면 안 돼. 아니, 하나히메 님인가."

쓰키쿠사가 어리둥절해 있는 사이에 분위기가 묘한 쪽으로 흘러가서 손님들이 흥분한다.

"오마치 씨가 앞으로 어떻게 출세할지 기대되는군."

그때 공연장 안에서 한 손님이 벌떡 일어섰다.

3

그 남자는 무사로 마흔이 넘어 보였다.

"이보게, 잠시 기다리게."

남자는 오몬을 응시하더니 침착하게 말했다. 딸의 앞날을 기대하고 싶은 심정은 이해하지만 오마치는 하타모토 나리와 연이 닿지 않을 거라고 한다. 왜냐하면 오마치가 고용살이를 원하는 삼천 석 하타모토에게는 자신의 딸이 측실로 들어갈 것이 분명하기 때문이란다.

"요전 날 하나히메의 이야기, 실은 이 사람도 들었네."

무사 또한 자기 딸을 떠올렸다. 무가의 딸의 출세라면 역시 좋은 인연을 얻는 것이라는 생각이 들었다.

"지난 번에는 상대 이름을 못 들어서 오늘 하나히메에게 물어보러 온 것이네."

하나히메에게 답을 물을 것까지도 없이 여주인의 이야기를 들은 무사는 이해했다. 그 삼천 석 다이신 하타모토야말로 하나히메가 내 딸을 위해 준비해 주신 인연이 분명하다고.

"조닌²인 댁의 따님이 애써 봤자 소용없네. 포기하시게."

무사가 말을 마치자 오몬은 그 모습을 날카롭게 노려보았다.

"무사 나리, 남의 인연을 훔치려 하지 마세요. 하나히메 님은 우리 딸을 위해 그 이야기를 하신 거예요."

"그건 자네 혼자만의 판단이지!"

어느새 가설 공연장에서 상가 여주인과 무사가 말다툼을 시작했다. 어느 쪽도 쓰키쿠사의 이야기 예능을 들을 생각 따위는 없

2 도시에 살며 활동하는 상인과 직인 계층.

어 보였다.

공연장 안의 손님들은 두 사람의 다툼을 구경하며 들끓었다. 두 사람의 말다툼에는 젊은 아가씨의 출세와 오하나의 말이 관련되어 있었다. 따라서 다들 몹시 재미있어하며 흥미진진하게 눈을 빛냈다.

"그래, 그래, 이런 이야기가 듣고 싶었다고. 하나히메가 진실을 말해 주는지 사실을 알고 싶었어."

난 한밑천 잡고 싶은데, 하고 어느 남자 손님이 말한다. 옆자리 노파는 손주가 아들인지 딸인지 오하나에게 물어보고 싶다고 한다. 어떤 젊은이는 옆에 있던 단골손님인 직업소개꾼에게 지금 싸우는 여주인과 무사 나리 두 사람에 대해 캐묻고 있었다.

"헤에, 오몬 씨는 큰 기름집 안주인이고 고케닌[3] 나리는 스가이 님이라고요. 과연 소개인님, 잘 아시네요."

그 대화에 다른 손님들도, 그리고 무대에 있는 쓰키쿠사도 귀를 기울였다.

"쓰키쿠사, 이번 공연에 예능을 선보이는 건 무리인 것 같아."

오하나는 웃더니 그렇다면 우리도 사람들과 함께 여주인과 고케닌의 이야기를 들어 보자고 말을 꺼냈다. 오나쓰는 그 말에 한

---

3 에도 시대 쇼군 직속의 하급 무사로 쇼군을 직접 알현할 수 없었다.

숨을 쉬었지만, 확실히 아무도 스가이와 여주인의 말다툼을 말리지는 못하고 있었다.

'오하나는 오몬 씨하고도 스가이 님하고도 직접 대화한 적은 없는 것 같은데. 손님 가운데 한 사람을 위해 무대에서 〈진실〉을 이야기했다고 생각하기는 어렵지.'

오나쓰는 스가이에게 눈길을 보냈다. 고케닌이라고 해도 무사가 번화가에 오는 일은 드물지 않다. 다만.

'번화가에서 무사 나리가 상가 여주인과 입씨름이라니. 이건 보기 드문 일이라고.'

객석에 있는 직업소개꾼이 이상하게도 여러 가지를 알고 있다는 점에도 오나쓰는 고개를 갸우뚱했다.

'저 사람은 두 분의 일을 왜 저렇게 잘 알고 있을까?'

여전히 오몬과 스가이 두 사람은 각각 자기 딸이야말로 행운을 잡을 거라며 물러서지 않는다.

"하나히메가 그렇게 말했으니까요."

오몬이 하나히메의 이름을 되풀이하자, 스가이가 그건 혼자 맘대로 한 판단이라며 코웃음 쳤다.

"오몬 님, 마음대로 지어내는 것도 이해는 하네. 확실히 오마치 님은 용모가 뛰어나지만 그렇다고 우리 딸의 출세를 방해하면 쓰나."

"방해라고요? 그건 이쪽이 할 말이에요. 오코 님은 용모가 평범하지 않습니까."

두 사람의 말다툼을 듣고 오나쓰는 더욱 혼란스러워졌다.

'어…… 이 두 사람은 혹시 전부터 상대를 알고 있었나?'

아무래도 오늘 처음 만난 사람끼리 하는 대화 같지는 않았다. 요전에 이어 오늘, 두 번이나 같은 시간에 이 공연장에 와 있다는 것도 묘하다.

"정말 우연의 일치일까."

오나쓰가 무심결에 중얼거렸을 때, 오나쓰와 함께 온 할멈이 옆에서 웃어넘기듯이 말했다.

"어느 쪽이나 필사적이긴 한데 그렇게 큰 출세를 가설 공연장 입장료 이십 문으로 사려는 건 좀 뻔뻔스럽지 않나요."

그 목소리는 좁은 공연장 안에 의외로 또렷하게 울려서 사람들은 다들 와르르 끓어올랐다.

"아니, 듣고 보니 그 말이 맞네."

"어머나…… 그렇긴 하군요."

"이십 문으로 다이신 나리의 측실이 되는 건 확실히 무리일 것 같군. 상가 아가씨든 무가의 따님이든."

와하하하 하는 손님들의 웃음소리와 함께 지금까지 한껏 고조되었던 공연장 안이 차분해진다. 말다툼을 벌이던 오몬과 무사는 험한 눈빛으로 오나쓰네 할멈을 쏘아보았다.

"우리가 기름집이라고 우습게 보는 거예요? 하나히메 님의 말을 깔보는 거냐고요."

"우리 딸이 후계자의 친어머님이 되어 크게 출세하는 건 무리라는 말인가."

두 사람이 나란히 할멈을 몰아대니 오나쓰가 혼비백산했다. 무대에서 오하나가 황급히 두 사람을 말렸다.

"그만들 하세요. 애초에 이 오하나는 두 분의 따님이 출세한다는 말은 한마디도…… 아얏, 뭐 하는 거예요."

두 사람의 말을 부정하려는 찰나, 오몬이 가져온 과자를 무대를 향해 쏟아 버렸다. 얇은 종이로 싼 마른 과자가 오하나와 쓰키쿠사를 맞혀서 말이 끊겼다. 좀처럼 먹기 힘든 비싸고 맛있는 과자 꾸러미가 뿌려진 것을 보고 손님들이 앞다퉈 줍기 시작했다. 공연장 안에서 대소동이 벌어졌다.

"이봐요, 그건 내가 주운 과자라고요."

"밟지 마요. 하지 말라고."

"뭐 하는 거야. 이봐, 누르지 마. 이거 소매치기라도 있는 거 아냐?"

"아가씨, 위험합니다, 이쪽으로."

쓰키쿠사가 어느새 옆으로 오더니 오나쓰와 할멈을 무대 뒤로 데려갔다. 공연장 쪽을 보니 나가는 손님도 많다. 그러나 무슨 까닭인지, 스가이와 오몬 이외에도 화내는 손님이 나오기 시작하여 그것이 다시 새로운 불씨가 되었다. 외치는 소리가 몇 개나 겹쳤다.

"이 소란은 뭐야. 우리도 이십 문을 냈는데 왜 하나히메랑 얘기를 못 하냐고."

"내가 먼저예요. 하나히메 님, 전 앞으로 어떻게 되지요? 이대로인 건 아니겠지요."

공연장 안이 큰 소리에 휩싸여 갔다.

"으아, 일이 왜 이렇게 됐지."

오나쓰는 넋이 나가 있었다.

쓰키쿠사가 얼굴을 찌푸리더니 이제부터 손님들을 말리러 가겠다고 한다.

"앗, 괜찮겠어?"

"아가씨랑 할멈은 얼른 뒤쪽으로 해서 공연장 밖으로 나가세요."

오나쓰는 고개를 끄덕이고 쓰키쿠사의 짝꿍을 보았다.

"쓰키쿠사, 그럼 오하나를 이리 줘."

쓰키쿠사라면 조금 맞거나 긁혀도 다시 원래대로 돌아가겠지만 목각 인형 오하나는 그렇지 않다.

"아가씨, 부탁드립니다."

쓰키쿠사는 거적을 들추고 두 사람을 내보내더니 오하나를 오나쓰에게 맡겼다.

"쓰키쿠사도 되도록 다치지 말고."

"후후, 되도록 다치지 마."

웃는 듯한 목소리가 났을 때, 거적 한 장으로 막아 놓은 무대 쪽의 소란은 한층 더 심각해진 듯했다. 쓰키쿠사가 서둘러 공연 장으로 돌아간 뒤, 영감이 불렀는지 야마코시의 수하들도 몇 명 공연장으로 들어갔다.

오나쓰는 커다란 오하나를 꽉 껴안고 인형에게 말을 걸었다.

"괜찮아, 오하나. 쓰키쿠사는 젊은 남자인걸. 분명 괜찮을…… 까."

보통 때는 평온한 쓰키쿠사의 공연이 왜 이런 소동이 됐는지 도무지 까닭을 알 수 없었다. 할멈에게 물어도 옆에서 말없이 고 개를 가로젓는다.

그러는 사이에 공연장 안에서 유난히 큰 소리가 났다. 곧 영감 이 끼어들어 말리는 소리가 들리고 거기에 "헉" 하는 쓰키쿠사 의 짧은 목소리가 겹쳤다.

거적을 씌워 만든 공연장 옆면에서 갑자기 날카로운 소리가 났다. 벽 대신 쳐 둔 거적이 찢어진 것이다.

"꺅."

누군가의 외침과 함께 거적은 순식간에 위쪽까지 크게 찢어졌 다. 뭔가 우지끈 부러지는 소리까지 났다.

이렇게 되면 고치는 데 돈이 드니 야마코시 행수의 기분이 언 짢아지리라. 틀림없었다.

"이거 큰일이네."

오나쓰가 저도 모르게 중얼거렸을 때, 안색이 바뀐 수하들이 다시 대대적으로 공연장에 뛰어들었다. 가설 공연장은 대소동의 장으로 변했다.

4

"쓰키쿠사, 너 최근 들어 이 야마코시의 저택에 오는 일이 많 아졌군."

저택 주인 야마코시에게 그런 말을 듣고 쓰키쿠사는 부엌 옆 봉당에서 목을 움츠렸다.

조금 전 공연장 안에서는 쟁반과 담배쌈지가 날아다녔고, 쓰 키쿠사는 거기 붙어 있던 금속 장식에 눈썹 언저리가 찢겼다. 상 처에 비해 피가 많이 나서, 쓰키쿠사는 야마코시의 연고를 얻으 러 와 있었다.

대소동이 일어난 공연장에서는 갖가지 물건이 부서졌다. 촛대 가 부러지고 찻종이 몇 개나 깨졌으며 공연장 옆면 거적까지 찢 어지고 말았다. 공연장 주인 야마코시는 예상대로라고 할까, 대 단히 기분이 안 좋은 얼굴을 예인 쓰키쿠사에게 보이고 있었다.

한편 그 자리에 있던 오나쓰도 아버지가 궁금해하는 걸 물으시면 대답하겠다면서 봉당 옆 마루방에 와 있었다. 다만 오하나가 고생했다며 아까부터 인형 머리를 매만지고 한에리를 자신의 새것과 바꿔 주느라 분주했다.

"왜 손님이 날뛴 거지, 쓰키쿠사? 너, 오늘 무슨 얘기를 했어?"

쓰키쿠사는 얼른 답하려고 했지만 영감이 야마코시의 특제 연고를 발라 주자 "아야얏" 하고 신음을 흘렸다.

먼저 입을 연 건 오나쓰의 무릎 위에 앉아 있던 오하나였다.

"행수님, 실은 아까 무대에서 쓰키쿠사는 거의 얘기하지 않았어요."

"응? 이야기 예능을 파는 예인이 잠자코 있었다고? 손님은 많이 있었지? 오하나, 그럼 다들 어쩌고 있었지?"

"손님들이 자기들끼리 떠들었죠."

입을 다물지 않는 손님이 두 명 있어서 쓰키쿠사가 이야기 예능을 보여 줄 처지가 아니었다고 오하나는 설명했다.

"뭐냐. 무대를 뺏긴 거야?"

야마코시가 어이없다는 표정을 짓자. 오나쓰가 만면에 웃음을 띠고 재미있다는 듯 중얼거렸다.

"신기하다. 오하나는 내 무릎 위에 있어도 얘기할 수 있구나."

"그야 아가씨, 제가 바로 옆에 있으니까요."

이야기하고 있는 사람은 쓰키쿠사이지만, 평소의 오하나 목소리가 나니까 아무래도 오나쓰가 안고 있는 오하나가 이야기한 것처럼 느껴졌다.

"재미있어, 이거 무척 좋은데. 정말 오하나가 살아 있고 내 품에서 이야기하는 것 같아."

이따금 오하나를 안고 있을 때 이야기해 달라고 조르자, 쓰키쿠사는 살짝 웃었다.

"좋습니다. 하지만 오나쓰 아가씨, 행수님이…… 화난 얼굴을 하고 계시는데요."

그 말을 듣고 아버지 얼굴을 보니 확실히 얼굴을 찌푸리고 있었다.

"아버지, 오하나가 내 무릎에서 이야기하는 게 싫어요?"

"오나쓰, 그게 아니야. 다만 아버지가 지금 쓰키쿠사와 중요한 이야기를 하고 있잖니."

한동안 좀 조용히 있어 주면 좋겠다는 말에 오나쓰는 할 수 없이 끄덕인다. 야마코시는 조금 지친 표정을 지은 채 쓰키쿠사 쪽을 보았다.

"쓰키쿠사, 공연장을 운영하는 건 상당히 힘든 일이다."

이번처럼 갑자기 공연장이 부서지기라도 하면 공연장 주인은 수리하기 위한 돈을 내야 한다. 그렇지 않아도 이 에도에는 화재가 많다. 불이 나면 거적을 씌운 공연장 따위는 순식간에 타 버린다.

"평소 수입 중에서 새로 짓기 위한 돈도 저축해 놓아야 하지. 그러니 말이다."

공연장을 망가뜨리는 예인은 미움을 받는다. 돈이 드니까.

"그 점은 알겠지?"

"……예."

그 순간 오나쓰가 마루방에서 외쳤다.

"아버지, 쓰키쿠사를 공연장에서 내쫓을 거예요? 싫어요. 오하나랑 만나지 못하게 되잖아요."

쓰키쿠사가 공연장에서 쫓겨났다는 소식이 전해지면 분명 우에노나 에도바시 다릿목의 공연장에서 그를 부를 것이다. 그러나 어느 쪽이든 이 료고쿠에서는 좀 떨어져 있다. 적어도 열세 살 오나쓰의 발로는 다니기 어렵다.

"돈이 없는 쓰키쿠사에게 일하지 말라고는 할 수 없고. 어쩔 수 없지. 우에노와 에도바시, 어느 쪽이 가까울까? 쓰키쿠사, 가까운 쪽으로 옮겨 줄래?"

오나쓰가 멋대로 질문을 던지자, 어쩐지 부친이 몹시 곤란한 표정을 짓는다. 영감이 입가를 실룩거리며 웃는 듯한 목소리로 오나쓰에게 말했다.

"아가씨, 행수님은 쓰키쿠사에게 다른 곳으로 옮기라는 게 절대 아닙니다."

다만 매번 오늘 같은 소동이 일어나면 공연장 주인이 곤란하다는 말을 하고 싶었던 것뿐이다.

야마코시가 고개를 들고 끄덕였다.

"쓰키쿠사, 공연장을 부수는 싸움은 이제 사양이다."

실제로 거적 등을 고치는 데도 시간이 필요하다. 아무리 싸구려 거적이라고는 해도 손님을 들이는 공연장이다. 게다가 하늘을 보니 이제 슬슬 한바탕 비가 쏟아질 듯한데 그러면 비계공이나 목수들은 일을 쉰다.

"다시 무대를 열 때까지 사흘 정도는 걸리겠지. 쓰키쿠사, 너도 장사가 안돼서 곤란했던 적이 있을 테니 그 정도 지낼 돈은 대통에라도 넣어 놨겠지?"

야마코시는 그렇다면 공연장을 수리하는 동안 오하나의 '진실'이 이제와 시끄러워진 이유를 밝혀내서 두 번 다시 공연장이 망가지지 않도록 처리하고 오라고 말했다.

"오몬이라는 여주인과 스가이라는 무사 나리는 내 수하들이 공연장에서 내쫓았다. 하지만 당사자들은 아직 속이 시원하지 않을 터."

어쨌든 야마코시는 딸이 다니는 공연장에서 위험한 일이 일어나기를 바라지 않았다.

"쓰키쿠사, 그 두 사람의 분쟁이 끝났다는 것을 입증해라. 알겠지."

"……알았습니다."

쓰키쿠사로서는 그렇게 대답할 수밖에 없었으리라. 오나쓰에게서 오하나를 받아들고 소란을 일으킨 것을 다시 한 번 사죄한 뒤 금방이라도 비가 내릴 듯한 하늘 아래로 조용히 나갔다.

반각[4] 후.

주홍색 우산을 쓴 오나쓰는 고개를 갸웃하며 옆을 걷는 쓰키쿠사를 보았다.

"쓰키쿠사, 꼭 아기 보는 사람 같아."

료고쿠에서도 이름을 날리는 예인은 오하나를 업고 그 위에 하오리[5]를 걸친 뒤에 조금 찢어진 우산을 쓰고 있었다.

오나쓰가 구멍을 가리키자 쓰키쿠사는 웃었다.

"종이를 다시 바른 우산이에요. 구멍이 좀 있어서 훨씬 쌌지요. 예인이 되고 처음 손에 넣은 우산인데 이걸 살 수 있었을 때는 무척 행복했답니다."

우산은 새것이면 한 주*, 즉 육백 문 전후는 한다는 비싼 물건이다. 헌 우산을 새로 바른 물건이라도 이백 문은 하니까, 돈이 없던 쓰키쿠사는 좀처럼 사지 못했나 보다.

"그럼 비 오는 날은 어떻게 했어?"

4 약 한 시간.
5 짧은 겉옷.

오나쓰가 묻자, 쓰키쿠사는 오하나를 고쳐 업으면서 그때는 도롱이를 입고 삿갓을 썼다고 가르쳐 주었다.

"오늘은 하루 종일 밖에서 조사하러 돌아다닐 작정이니까 오하나는 두고 오는 편이 나았겠지만요."

보다시피 비가 내린다. 그러나 지난번 도둑 사건에 데기도 했고 아이들이 못된 장난을 할까 두려워서 오하나를 공동주택에 둘 수 없다. 멍청한 짓을 한 직후라 지금은 야마코시에게 맡기기도 어려웠다. 그래서 쓰키쿠사는 우산을 쓸 수 있도록 오하나를 업고 온 것이다.

"쓰키쿠사도 소심하네. 영감한테 맡기면 좋았을걸."

두 사람은 빗속을 걸으며 료고쿠의 서쪽 다릿목에서 간다 쪽으로 가는 중이었다. 쓰키쿠사는 빗속에서도 또렷이 들리게 한숨을 쉬었다.

"오나쓰 아가씨, 역시 돌아가시는 편이 좋겠어요. 둘이서 제 고충을 조사했다는 걸 행수님이 아시면 큰일입니다. 야마코시 행수님은 버럭 화내며 저를 거적에 말아 강에 던져 버리실걸요."

야마코시에게 오나쓰는 귀하기 그지없는 딸이다. 그 예쁜 딸이 빗속에서 예인을 돕느라 돌아다니다니, 도저히 허락할 것 같지 않았다.

그러나 오나쓰는 고개를 젓고 돌아가려 하지 않았다.

"쓰키쿠사한테 맡겨 두면 아무것도 알아내지 못할 것 같은걸 뭐. 그럼 우리 공연장에서 쫓겨나서 정말로 우에노에서 일하게 되겠지."

오나쓰는 아버지 야마코시가 뭐라 해도 오하나가 멀리 가는 것은 싫다.

"아가씨를 데리고 돌아다니면 그것만으로도 야마코시 공연장에서 쫓겨날 것 같은데요."

그래도 오나쓰는 완고했다.

"오늘만 해도 내가 말하지 않았으면 쓰키쿠사는 오몬 씨를 찾으려고 료고쿠바시 다리에서 가까운 기름집부터 물으며 돌아다녔을 텐데."

그 방법은 시간이 걸린다. 오몬의 기름집을 발견해도, 여주인이 료고쿠에서 소동을 일으켰으니 별다른 것을 가르쳐 주지 않을 것이다. 그다음에 스가이라는 무사 나리를 찾을 때도 쓰키쿠사는 다시 바보같이 착실한 방법으로 찾을 것이 틀림없다.

"오낫짱, 박정하게 말하는구나."

쓰키쿠사의 등에서 친숙한 목소리가 들려와서 오나쓰는 생긋 웃었다. 오하나와 셋이서 있는 편이 좋았다.

"어머, 오하나, 난 상냥하다고. 아까 가르쳐 줬잖아? 오몬 씨네 일을 알고 싶으면 간다로 가야 한다고."

오나쓰는 아직 그 이유까지는 가르쳐 주지 않는다. 전부 말해

버리면 쓰키쿠사가 혼자 간다에 갈 것 같아서였다. 오하나가 웃으며 말했다

"오낫짱, 쓰키쿠사보다 훨씬 든든해 보여."

그 말에 쓰키쿠사는 두 손 들고 이런 빗속에 오나쓰와 간다로 향하는 중이다. 여름이라 다리가 좀 젖어도 오나쓰가 감기 걸릴 걱정이 없어 그나마 다행이라며 쓰키쿠사는 영감 같은 소리를 했다.

간다에는 상가가 많기 때문에 이런 날씨에도 사람들의 왕래가 꽤 있었다. 동쪽으로 걸어가다 이윽고 목적지인 가게가 보이자 오나쓰는 그제야 그 가게 이름을 말했다.

"쓰키쿠사, 먼저 저기 가려고. 저기 보이지? 아키마쓰야."

"아키마쓰야? 무슨 가게죠?"

오나쓰는 웃었다. 쓰키쿠사도 주인 얼굴은 알고 있을 터였다. 공연장에 자주 오는 단골이니까.

"아키마쓰야 씨는 직업소개꾼이야."

가설 공연장에 난리가 났던 아까 전에도 그 자리에 있었다.

"오몬 씨가 기름집 안주인이라는 것과 스가이 님의 이름을 얘기한 사람이 있었지?"

오나쓰의 말에 쓰키쿠사는 그제야 누군지 알았는지 "앗" 하는 소리를 냈다.

5

직업소개소 아키마쓰야에 가니 주인이 만나 주기는 했다. 그러나 쓰키쿠사는 처음부터 대뜸 이런 말을 듣고 말았다.

"오몬 씨랑 스가이 님의 일을 듣고 싶다고요. 아니, 쓰키쿠사 씨, 손님에 대해 다른 사람한테 이러쿵저러쿵하기는 좀 그렇죠."

그 말에 납득한 쓰키쿠사가 입을 다물어 버리자 옆에 있던 오나쓰가 끼어들었다.

"쓰키쿠사, 제대로 물어보지 않으면 아버지가 지금 있는 공연장에서 쫓아낸다고."

"예? 그 말씀인즉 이쪽 아가씨는 야마코시 행수님의 따님이신가요."

직업소개꾼은 쓰키쿠사보다 훨씬 상황을 잘 파악하는 남자였다. 얼른 오나쓰에게 인사를 하더니, 야마코시 일가라면 그 두 사람의 일을 알고 싶겠지요, 하고 고개를 끄덕여 주었다.

"오몬 씨도 스가이 님도 그러면 안 돼죠. 두 사람이 말싸움하다가 큰 소동이 일어났잖아요. 그래서 공연장이 부서졌는데 한 푼도 내지 않고 료고쿠에서 돌아와 버린 것 같더군요."

누구 편을 들어야 할지 잘 아는 남자는 쓰키쿠사보다 오나쓰에게 내내 싱글거리는 얼굴을 보였다. 아키마쓰야는 기름집과 스가이가※가 있는 장소를 가르쳐 준 뒤, 놀랄 만한 정보까지 전해 주었다. 자신은 쓸모 있는 남자라는 걸 잊지 않고 덧붙이면서.

"그 두 분이 싸우실 줄은 몰랐습니다."

양가는 인연이 깊은 사이였다. 한때 인척이 될 뻔했다고 한다.

"허, 혼담이라도 오갔나요."

쓰키쿠사의 눈이 휘둥그레진다. 될 뻔했다, 라고 예전 일로 말했다는 것은 그 이야기는 허사가 되었다는 뜻이리라. 오하나 건으로 다투기 전부터 싸움의 원인이 있었던 것이다.

아키마쓰야는 고개를 저었다.

"확실히 양가 혼담은 없던 일이 되었지만 그 까닭은 다퉜기 때문이 아닙니다."

아키마쓰야에 따르면, 이전에 다섯째 아들로 태어난 어느 무가의 자제가 무사라는 신분을 포기하고 기름집 딸과 혼인 약속을 했다고 한다. 녹봉이 많은 무가에서도 다섯째 아들쯤 되면 양자로 갈 집을 찾기가 어려웠던 듯하다. 지참금도 그리 많이 준비하지는 못했을 것이다. 다섯째 아들은 새로운 길을 선택했다.

다만 그 무사는 신분이 높았기 때문에 갑자기 상가에 들어가서 본가에 지장을 주어서는 곤란하리라 여겼다. 따라서 일단 신분이 좀 낮은 고케닌 스가이가에 양자로 가고 그 후에 조닌 신분이 되기로 했다.

"예, 제가 중개했지요. 다들 이해한 가운데 일사천리로 잘 진행이 됐습니다."

그러나.

"무사 나리의 본가에서 병환과 사고가 이어졌습니다. 다른 형제는 이미 양자로 가셨지요. 갑자기 그 다섯째 아드님이 집안을 잇게 된 겁니다."

기름집과 고케닌에게는 사죄를 하고 돈도 돌려받아서 전부 없던 일이 되었다.

"당시에는 양가 모두 이해했을 텐데."

지금 와서 그 양가가 서로 으르렁대는 것은 알 수 없는 일이라고 아키마쓰야는 말한다.

"정실 마님에게서 자제분이 태어나지 않는 탓일까요? 하지만 이제 와서 오몬 씨 따님이 측실이 되리라고는 생각하기 어려운데 말입니다."

하물며 스가이의 딸이 다이신 하타모토 나리와 이어질 리도 만무하다고 직업소개꾼은 말했다.

"어, 지금 이야기와 측실이 어떻게 이어지는 거죠?"

진짜로 이해를 못 했는지 쓰키쿠사가 직업소개꾼에게 물었다. 오나쓰는 이미 전체 흐름을 파악했기 때문에 쓰키쿠사의 무릎을 찰싹 때렸다.

"쓰키쿠사도 참 둔하네. 이제 와서 혼담은 무리라고 생각한다는 말은…… 이번에 기름집 오마치 씨가 고용살이를 원하는 무사 나리가 누군지 알 수 있잖아."

그 사람은 한때 혼담이 깨진 상대인 무가의 다섯째 아들이다. 지금은 신분 높은 다이신 하타모토, 녹봉 삼천 석을 받는 나리가 되어 있는 분이 틀림없다.

"과연 야마코시 댁 아가씨군요. 잘 아시네요."

"그 혼담은 없던 걸로 됐잖아요? 아, 그래서 이번에는 측실로 간다는 얘기가 나왔나."

그러나 정실이 이미 있는데다, 무가에 고용살이를 간다고 해서 측실이 될 수 있는 것일까.

"게다가 스가이가 따님까지 그 나리와 혼담을 원하다니. 어째서지요?"

직업소개꾼과 오나쓰가 얼굴을 마주 본다.

"한번 가족이 될 뻔했던 분이 지금은 녹봉 삼천 석을 받는 어르신입니다. 끊긴 인연이 너무 아까운 게지요."

"혼례를 마쳤다면 어떻게 됐을까 하고 몇 번이나 상상했을지도."

오나쓰는 신분 높은 무사 나리의 부인이 입는다는, 자수로 뒤덮여 반짝거리는 우치카케[6] 같은 것에는 흥미가 없다. 무거워 보이는 데다 옷자락이 흐트러지지 않게 움직이는 것도 힘들어 보여서다.

그러나 바느질 교습소에도 옷자락을 질질 끄는 그 기모노를 동경하는 아가씨가 있다. 아니 그런 아가씨가 훨씬 많다.

"그래서 기름집에서는 무리인 줄 알면서도 어떻게든 옛날의 연을 다시 이을 수 없을지 시도해 본 건가."

쓰키쿠사의 말에 오나쓰가 고개를 끄덕인다. 그 뜻을 이루기 위해 이용한 것이 오하나일 것이다. 오하나가 말한다는 '진실'의 소문이다.

"오하나의 말은 진실이 되지. 요컨대 기름집 딸 오마치를 측실로 삼으면 아들을 얻을 수 있다. 이야기를 그렇게 끌고 가서 나리와의 혼담을 성사시키려 했을 거야."

그러자 기름집만 인연을 회복하려 한다는 사실을 알아차린 스가이가 납득하지 못했을 것이다. 어쩌면 스가이가 먼저 인연을 되찾으려 움직이고, 이를 안 기름집에서 오하나의 이야기를 엮어 움직였는지도 모른다.

어쨌든 기름집은 천연덕스럽게 오하나의 소문을 퍼뜨렸다. 다른 사람도 그 소문을 듣고 움직였다. 앞서 오하나를 채간 남자도 그런 종류가 분명하다. 야마코시도 그때 쓰키쿠사의 공연장에

6 옷 위에 걸쳐 입는 겉옷.

찾아왔었다.

"오하나와 '진실'을 엮은 소문은 모두에게 때마침 적절한 것이었지. 그래서 그 소문을 들은 사람은 자신을 멈추지 못하게 되었는지도."

오나쓰가 그런 결론으로 끝맺자, 직업소개꾼은 야단스러우리만치 칭찬해 주었다.

"전체 줄거리를 멋지게 꿰뚫어 보셨군요."

오나쓰는 상냥하게 웃었다. 그러나…… 금세 다시 쓰키쿠사와 얼굴을 마주 본다. 분명 지금 오나쓰가 한 얘기는 대체로 맞았으리라.

"기름집 오몬 씨도 스가이 님도 분명히 아직 삼천 석 다이신 나리와의 인연을 단념하지 않았을 거야."

'진실'의 말을 구실로 내걸 정도이니 오하나가 말리더라도 순순히 듣지 않으리라.

"누구 말이라면 들을까?"

"아가씨, 그야 다이신 나리의 말씀이라면 따르겠지요."

쓰키쿠사가 그렇게 말하고 고개를 끄덕였다.

"나리께서 양가에 이제 와서 인연을 회복하지는 못한다는 뜻을 전해 주시면 일은 끝나겠지요. 야마코시 행수님도 이해해 주실 거고요."

듣고 있던 아키마쓰야의 눈썹이 축 처졌다.

"그거, 어려울 겁니다. 아직 대를 잇기 전이었던 시절이라면 몰라도 지금은 다이신 나리니까요."

만나서 부탁하는 일부터 가능할 리가 없다. 아키마쓰야는 쓰키쿠사와 오나쓰가 하타모토 저택의 대문에서 안으로 들어가지도 못할 것이라고 한다. 녹봉 삼천 석이라면 그 저택에는 분명 커다란 대문이 있고 문지기가 있다.

"그런가, 쉽게 만나지 못하는 분이구나."

오나쓰는 갑자기 신분의 벽이라는 것을 느껴서 놀랐다.

"쓰키쿠사, 우리 어떡하면 좋지."

직업소개소에 있던 세 사람이 얼굴을 마주 봤지만 얼른 입을 여는 사람은 없었다.

"행수님, 큰일 났습니다. 엄청난 일입니다요, 정말. 아아, 어떡한담."

저택으로 달려 들어온 영감이 평소와 다른 기세로 떠들어서, 야마코시는 그렇지 않아도 언짢아 보이는 얼굴을 한층 더 찌푸렸다.

"무슨 일이지? 애들이 오나쓰를 찾아냈나?"

소중한 딸이 영감도 동반하지 않고 빗속에 외출을 했다. 행선지는 좋아하는 인형을 조종하는 예인의 집일 테지만, 쓰키쿠사는 오늘 분부받은 조사를 하러 나갔을 것이다.

"오나쓰가 얼른 돌아오지 않으면 걱정된다고."

야마코시는 아까부터 불쾌함을 얼굴에 써 붙이고 수하들을 겁먹게 하고 있었다.

영감은 왠지 기묘한 표정을 짓고 야마코시에게 다가왔다.

"저, 행수님. 아가씨는 역시 쓰키쿠사의 집에 가신 것 같습니다."

찾으러 간 수하가 금세 쓰키쿠사의 공동주택에서 소식을 알아내 왔다.

"역시 그런가. 이런, 이런."

오하나가 보고 싶어서 들이닥쳤겠지, 쓰키쿠사도 곤란했겠군, 하고 야마코시는 입 양끝이 축 처졌다.

"쓰키쿠사는 오나쓰에게 약해서 말이야. 오나쓰가 우기면 말리기 힘들 게다."

늘 보는 예인과 함께 있다는 것을 알고 야마코시는 조금 마음을 놓았다. 쓰키쿠사는 온화한 남자라서 오나쓰를 위험에 처하게 하지는 않을 터였다.

"그래서 오나쓰는 돌아왔겠지? 어디 있지?"

딸의 얼굴이 보이지 않자 야마코시가 영감의 뒤쪽에 눈길을 주며 고개를 갸웃거렸다. 영감은 굳은 얼굴로 지금 두 사람이 어디에 있는지 야마코시에게 알렸다.

"쓰키쿠사와 아가씨는 간다에 있는 직업소개소 아키마쓰야로 향한 것 같습니다.”

그곳에서 오몬과 스가이의 집을 알아내어 더 이상 오하나와 관련하여 시끄럽게 굴지 않도록 못을 박을 생각인 듯하다고 덧붙인다.

“뭐? 같이 나간 건가? 비가 오는데 직업소개소에 갔다고?”

“거기에서 직업소개꾼이 쓸데없는 소릴 했다고 합니다.”

아무래도 기름집과 스가이가 다툰 것에는 소문에 등장하는 삼천 석 다이신 하타모토 나리가 관련되어 있는 듯하다. 그 나리가 제대로 상황을 정리해 주지 않으면 기름집도 고케닌도 오하나를 다시 말려들게 할 것 같다.

“말하자면 쓰키쿠사는 공연장에서 쫓겨날지도 모르는 사정이 있었잖습니까. 그래서…… 그러니까.”

“어쨌단 말이냐.”

야마코시는 목소리를 낮췄다. 영감은 주인을 치떠 보며 그 후 쓰키쿠사와 오나쓰가 무엇을 했는지 알렸다.

“엉뚱하다고 할지 바보라고 할지. 그 녀석, 아가씨를 데리고 녹봉 삼천 석 우메카와 님의 하타모토 저택으로 갔답니다.”

애초부터 불가능하다고 여겼기 때문에 아무런 방법도 없이 갔다고 직업소개꾼이 말했다. 하타모토의 이름과 저택이 있는 장소를 가르쳐 준 이유는 쓰키쿠사가 더 이상 방법이 없다는 것을 확실히 하고 싶다고 했기 때문이다.

"하타모토 나리가 상대해 주지 않았다, 그걸 확인하면 행수님에게 솔직히 고하고 사과할 수 있으니까요."

그렇게 해서 일을 끝낼 수밖에 없다고 쓰키쿠사는 생각한 것이다. 그래서 직업소개꾼은 두 사람에게 삼천 석 저택이 어디인지 가르쳐 주었다고 한다.

"마침 그 저택은 간다에 있어서요. 직업소개소에서 그리 멀지 않았습니다."

직업소개꾼은 수습 일꾼에게 안내시켜 두 사람을 보냈다. 곧바로 문지기에게 쫓겨나서 수습 일꾼과 함께 돌아오리라, 직업소개꾼은…… 아니, 쓰키쿠사와 오나쓰도 그렇게 생각했다.

"그래서?"

야마코시가 재촉했다. 영감은 참으로 말하기 어렵다는 듯이 입을 뗐다.

"행수님, 실은…… 쓰키쿠사와 아가씨는 지금 하타모토 저택 안에 있다고 합니다."

수습 일꾼이 직업소개꾼에게 알려 왔다.

"어떻게 들어갔지?"

깜짝 놀란 야마코시가 물었다. 영감은, 들여보내 주셨으니까요, 라고밖에 대답하지 못했다.

6

오나쓰는 이렇게 큰 저택에 들어와 본 적이 없었다.

다이신 우메카와 님의 저택에 와 보니, 흔히 보는 공동주택 한 동보다 큰 건물 한가운데에 문이 있었다. 나가야몬[7]이라는 것이라고 쓰키쿠사가 오나쓰와 직업소개소 수습 일꾼에게 가르쳐 주었다.

이 문에서부터는 들어가지 못할 것을 알고 있었지만 일단 문지기에게 말을 걸어 보았다. 역시 전혀 상대해 주지 않았다. 쓰키쿠사는 이제 야마코시 행수에게 변명할 말이 생겼다고 했다.

오하나가 흘러내릴 것 같아서 쓰키쿠사는 빗속에서 하오리 아래 있는 인형을 고쳐 들었다. 이때 쓰키쿠사가 오하나의 손을 조금 움직이자, 문지기가 놀란 얼굴로 쳐다보았다. 거기에 신바람이 났는지 오하나는 스스럼없이 문을 향해 이야기를 시작했다.

"난 료고쿠바시 다리에서 쓰키쿠사라는 예인과 짝을 지어 이야기 예능을 보여 주고 있는 오하나라고 해요. 보시는 대로 목각 인형이지만 꽤 인기 있답니다."

오하나는 간략하게 최근에 자신이 '진실'을 팔고 있다고 오해

---

7 문 양쪽이 공동주택(나가야) 구조로 된 대문. 무사 저택 대문으로 쓰였으며 공동주택에는 가신이나 하인들이 살았다.

하는 자가 나타난 일에 대해 이야기했다. 그 소문에 이 댁 나리와 인연이 있는 기름집과 고케닌 무가가 관련된 사실도 말했다.

누군가 저택 안에서 그 모습을 보고 있었나 보다. 문 옆에 있는 작은 창이 조금 열렸다가 다시 닫혔다.

"그래서요, 우메카와 님, 더 이상 이상한 소문이 나지 않도록 그 사람들을 말려 주시면 안 될까요. 난 그 소문 때문에 도둑맞을 뻔해서 고생했다고요."

오하나가 몸짓까지 곁들여 이것저것 이야기하는 모습을 문지기는 눈이 왕방울만 해져서 보고 있다. 아마 료고쿠바시 다리의 공연장에 와 본 적이 없는 사람일 것이라고 오나쓰는 생각했다.

그러나 오하나가 계속 이야기해도, 문지기는 저택에 들어가도 좋다는 말은 하지 않았다. 그러리라고 짐작은 했고, 쓰키쿠사도 우산을 들고 오하나를 움직이는 것이 힘들어 보였다.

"이제 돌아가자."

오나쓰의 말에 쓰키쿠사도 고개를 끄덕였다.

그때였다. 큰 문 옆에 있는 쪽문이 열리더니 쓰키쿠사보다 연상으로 보이는 무사가 나타났다.

"잠깐 기다리게. 거기 목각 인형, 그대가 '진실의 하나히메'이지?"

"예? 뭐, 그렇게 부르는 단골손님도 있지요. 본명은 오하나고요."

오하나가 부드러운 몸짓과 함께 대답하자 무사는 조금 징그럽다는 눈빛으로 오하나를 보았다.

드디어 쫓겨나는 걸까. 오나쓰가 조마조마해하는데 무사는 쓰키쿠사와 오나쓰에게 저택으로 들어오라고 했다.

"나리가 만나시겠단다."

"예에?"

일부러 나리를 만나러 왔으면서도 두 사람 다 정말 만날 수 있으리라고는 전혀 기대하지 않았기 때문에 당황하고 말았다.

쓰키쿠사가 수습 일꾼에게 혼자서 돌아갈 수 있느냐고 묻자 고개를 끄덕였다.

오나쓰와 쓰키쿠사는 분부대로 쪽문을 통해 하타모토 저택으로 들어갔다.

우산을 맡기고 넓은 현관이 아니라 옆 건물의 툇마루를 통해 방으로 올라가자, 쓰키쿠사, 오나쓰, 오하나는 곧 안쪽 방으로 안내되었다. 오나쓰는 문 안에 또 담장이 있는 것을 보고 놀랐다. 마루방으로 나가서 뜰에 면한 복도로 나아갔다. 방 맞은편에도 방이 있었다.

그 끝에서 꺾어지고 새로운 방으로 나가서 다시 꺾어지자 이미 자신이 어디에 있는지 알 수가 없어져 버렸다. 오하나도 마찬가지인지 자꾸만 고개를 갸웃거렸다.

곧 중정中庭에 면한 어느 방에 도착하자 쓰키쿠사와 나이대가 비슷해 보이는 무사가 당당한 모습으로 기다리고 있었다.

오나쓰와 쓰키쿠사가 황급히 자리에 앉아 고개를 숙이자 무사가 점잔 빼지 않고 선뜻 우메카와라고 이름을 댄다. 문 앞에서 있었던 이야기는 전해 들었다며 곧바로 본론으로 들어갔다.

"기름집 오몬과 스가이 님이 민폐를 끼치고 있는 것 같더구나. 당가当家에도 양가에서 서장書状이 와서 곤란하던 참이다."

"아, 이 댁에서도 곤란하셨습니까."

쓰키쿠사가 놀란다. 우메카와는 그 서장을 읽고 진실의 하나히메의 일을 알게 된 모양이다.

"하나히메의 말은 진실이 된다. 그리고 하나히메는 오마치를 측실로 삼으면 아들이 태어난다고 했다더군."

한편 정실 마님에게는 아직 아이가 없다. 그럴 때 다른 처녀를 맞아들이면 후계자가 생긴다는 말을 들었으니 견딜 재간이 없었으리라. 마님은 그 편지 내용을 알고 몹시 울적해했다고 한다.

"기름집 오몬에 따르면 아무튼 그 '하나히메'의 '진실'은 옳다고 하니까."

세간에서도 그렇게 말한다고 들었다며 우메카와는 가만히 오하나를 들여다보았다.

"이 목각 인형이 진실의 하나히메인가?"

질문을 받고 오하나는 예의 바르게 대답했다.

"그렇습니다, 나리. 하지만 저는 오마치 씨에게서 도련님이 태어난다는 말을 한 기억은 없습니다."

"이런, 인형이 말했어."

무사 나리가 놀랐기 때문에 오나쓰가 옆에서 쓰키쿠사의 예능에 대해 들려주었다. 그 김에 하나히메의 내력을 덧붙였더니, 우메카와는 일단 고개를 끄덕였다. 그러나 정말 오하나가 말하고 있는 것 같다며 놀란 얼굴로 덧붙였다.

"이상한 느낌이다. 그래서 하나히메는 '진실'을 안다고 다들 이야기하는군."

우메카와는 오하나 앞에 오더니 잠시 오하나의 눈을 가만히 바라보았다. 그러고 나서 쓰키쿠사에게 시선을 향하고 말했다.

"하나히메는 자네의 인형이지. 그렇다면 자네, 내 아내의 우울한 마음을 어떻게 좀 해 주게."

그것이 가능하다면 우메카와가의 요닌[8]을 시켜, 끝난 이야기를 다시 문제 삼지 말라고 기름집과 고케닌에게 못을 박겠다고 한다. 우메카와의 제안을 들은 쓰키쿠사는 잠시 미소를 지었다.

그러나 곧 눈썹이 힘없이 처졌다.

"저, 마님을 만나 뵙는 건…… 무리겠지요?"

---

8 무가에서 금전 출납과 기타 잡무를 맡아 하는 직책.

"물론 안 되지. 낯선 조닌을 안채에 들일 수는 없다."

요컨대 만나지도 못하는 사람을 능숙하게 위로하여 우울한 기분을 풀어 주라는 것인가. 쓰키쿠사는 말문이 막혔다. 그래도 나리가 오늘 만나 주신 것 역시 하나히메의 일을 들으셨기 때문에 생긴 특별한 일이라는 것을 오나쓰도 이해했다.

'…… 쓰키쿠사는 어떻게 할까.'

오나쓰가 옆을 보자, 오하나는 고개를 기울이고 생각에 잠긴 모습이었다. 나리와 수행하는 가신인 듯한 무사가 흥미진진한 얼굴로 오나쓰를 바라보았다.

그러다 오하나가 갑자기 짝 하고 손뼉을 쳤기에 두 사람은 깜짝 놀라서 순간 몸을 뺐다. 오하나는 '진실'의 물로 만들어졌다는 눈으로 우메카와의 얼굴을 바라보았다.

"오나쓰. 아아, 어떻게 무사 나리한테서 구해낸담."

아까부터 야마코시는 중얼중얼하면서 저택 안을 돌아다니고 있다. 그 모습이 어지간히 무서운지, 수하들이 곰이라도 쳐다보는 듯한 얼굴로 보고 있었다.

"쓰키쿠사 이 바보 같은 놈이랑 같이 가게 하는 게 아니었어. 모두 모아서 저택으로 몰려가 볼까? 아냐, 그런 짓을 하면 오나쓰가 위험해."

그렇다면 돈을 내고 딸만이라도 돌아오게 할까. 물론 멍청한 예인은 내버려 두고. 야마코시는 쓰키쿠사에 대한 불평을 열 번은 되풀이하며 봉당에서 객실로, 다시 현관으로 걸어갔다.

그때 야마코시 저택 현관 앞에 가마가 두 대 도착했다. 비를 맞지 않도록 현관 가까이에 댄 가마에서 먼저 오나쓰가 내린다.

"오나쓰, 무사했니!"

야마코시가 달려갔을 때, 다음 가마에서 쓰키쿠사가 내렸다. 야마코시가 눈썹을 치켜세우자 오하나가 기분 좋게 손을 흔들었다.

"어머, 행수님. 웬일이세요? 얼굴이 무서워요."

오하나의 말에 야마코시는 오나쓰를 바라보고 걱정하고 있어서 그렇다고 순순히 대답했다. 오나쓰는 혀를 쏙 내밀고, 하지만 이 각[9]밖에 나가 있지 않았다며 아버지에게 선물을 내밀었다.

"하타모토 나리에게 과자를 받았어요. 맛있었어. 아버지도 같이 들어요."

게다가 좋은 소식도 있다.

"우메카와가의 요닌 님이 기름집하고 스가이 님에게 한마디 해 주신대요. 이제 오하나 일로 이상한 소문은 나지 않을 거예요. 쓰키쿠사의 공연장을 열어도 괜찮아요."

---

9 약 네 시간.

그렇게 말하더니 차를 마시고 싶다며 얼른 부엌이 있는 토방으로 가 버린다. 빨리 어떻게 된 일인지 알고 싶은 야마코시는 현관 앞에서 들어오지 못하고 있는 쓰키쿠사에게 떨떠름한 목소리로 말했다.

"안에서 이야기를 듣지. 상황에 따라서는 때릴 수도 있다."

"행수님, 그러시면 쓰키쿠사가 무서워서 들어오지 못합니다요."

영감이 야마코시 뒤에서 슬며시 말했다.

7

오나쓰는 마님에게 애써 준 대가로 하나모토 나리가 요닌을 움직이겠다고 약속한 사실을 야마코시의 방에서 털어놓았다.

"그러니까 쓰키쿠사는 료고쿠에서 잘 지낼 수 있어요. 잘됐어. 오하나랑 같이 있을 수 있어."

오나쓰는 그렇게 말하고, 선물로 받은 '보로'라는 과자를 기뻐하며 먹었다. 야마코시도 과자는 맘에 든 것 같았지만 쓰키쿠사를 보는 눈이 조금 냉랭했다. 오나쓰가 맘대로 외출을 했기 때문이다.

"아버지, 같이 갔으니까 일이 잘 마무리된 거예요. 그럼 됐잖아요."

오나쓰가 그렇게 말했지만, 야마코시는 떨떠름한 표정을 풀지 않는다. 일단 쓰키쿠사의 설명을 듣겠다고 해서 오하나가 이야기하기 시작했다.

"행수님, 오낫짱한테 들으셨죠. 나리는 마님이 신경 쓰던 소문을 어떻게든 해결해 달라고 하셨어요."

즉 우메카와는 측실을 맞을 생각 따위는 없다. 쓰키쿠사는 그렇게 이해했다.

"마님의 상태를 시시각각 살피고 신경을 쓰시는 걸로 보아, 나리는 마님을 소중히 여기고 계신 것이지요. 그러니 마님은 사실 애태울 필요가 없었어요."

하지만 다른 여자의 그림자가 어른거리면 마음에 걸리는 법이다. 게다가 여자는 한 번은 남편과 인연이 있었던 상대다.

"남은 건 어떻게 하면 마님을 안심시킬까 하는 점이었죠."

문득 오나쓰가 야마코시에게, 아버지라면 어떻게 했겠냐고 물었다.

"어머니가 살아 있고 다른 사람 때문에 고민한다면 어떻게 하실 거예요?"

야마코시는 말문이 막혔다.

"그건, 그러니까…… 음, 걱정하지 마라, 날 믿으라고 했겠지."

"아버지, 그건 적절한 방법이 아니에요. 어머니야 물론 믿는다고 했겠지만 그래도 남몰래 한숨 쉬었을걸요."

야마코시는 지마와리 행수라서 말을 붙여 오는 여자도 많다. 어머니가 살아 있었다면 그 마님과 마찬가지로 고민했을까, 하고 오나쓰가 말을 꺼내자, 야마코시는 다급하게 오하나에게 그 다음 이야기를 하라고 재촉했다.

오하나는 소리 내어 웃었다.

"행수님, 전 마님에게 편지를 썼어요. 하나히메가 '진실'의 말을 선물한 거죠. 괜찮습니다, 나리는 마님의 상태를 걱정하고 계셔요, 라고요."

그 말은 사실이었다. 그리고 다시 우메카와의 마음을 실제 형태로 만들어 건넨 것이다.

"전에 저를 도둑맞았다가 되찾았을 때, 쓰키쿠사가 저한테 부적을 사 준 거 기억하세요? 그걸 편지와 함께 마님께 건네 드렸어요."

나리가 드리는 선물로 해서.

조그만 부적 하나지만, 하타모토의 부인이 되면 남편과 함께 신사에 참배를 가기도 어려우리라. 혼인한 상대에게 부적을 받을 기회도 별로 없을 게 분명하다. 그러니까.

"서방님에게 받는다는 것이 중요하다고 생각했죠."

오나쓰가 고개를 끄덕이고 적어도 믿으라는 말만 듣는 것보다 낫다고 했기 때문에 야마코시는 못마땅한 얼굴을 했다.

하타모토 저택에서 쓰키쿠사가 오하나의 대필을 해서 쓴 편지는 부적과 함께 안채로 사라졌다. 그렇게 하여 일이 끝나자, 오나쓰와 쓰키쿠사는 그 댁에서 불러 준 가마를 타고 돌아온 것이다. 되도록 빠른 시일 내에 이상한 소문이 사라지기를 빌면서.

쓰키쿠사가 자기 목소리로 돌아와 말한다.

"혹시 일이 무사히 끝나고 후계자를 얻으신다면 오하나에게도 선물을 내리시겠다, 나리는 그리 말씀하셨습니다.

"호오. 그건 잘된다 해도 장래의 이야기가 되겠군. 헌데 무얼 주시는 거지?"

야마코시가 흥미를 보여서, 공연장 수리에 사용할 수 있는 물품인 거적을 내리시기로 했다며 쓰키쿠사가 웃는다.

"거적? 그건 감사하지만…… 묘한 하사품이군."

오하나도 웃음소리를 냈다.

"행수님, 내용물이 딸려 있는 것 같아요."

"아…… 술통[10]인가."

그렇다면 이 야마코시에게도 가져오라고 행수가 말했다. 야마코시의 공연장에서 일하는 예인이라면 당연한 일이라고 한다.

---

10 술통을 운반할 때 파손을 막기 위해 거적을 둘렀다.

쓰키쿠사가 씩 웃음을 띠었다.

"그 말씀은…… 다시 그 공연장에서 공연을 해도 된다는 거군요."

이것으로 일은 마무리된 듯하다. 쓰키쿠사가 휴 하고 안도의 한숨을 쉬었다.

그러나 야마코시가 오나쓰에게 맘대로 외출하지 말라고 못을 박는 바람에 오나쓰는 뾰로통해지고 말았다.

과거에서
온 죽음

○華姫

畠中恵

1

에도 전체가 타 버릴 뻔한 화재를 겪은 뒤 스미다가와 강에 놓인 료고쿠바시 다리 양쪽에는 화재 방지용 공터가 만들어졌다. 그곳은 지금 가설 공연장과 찻집 등이 줄줄이 늘어선, 에도에서도 가장 왁자지껄한 번화가가 되었다.

얼마 전에도 번화가에 큰 불이 났지만 빠르게 복구되어, 오늘도 많은 사람을 즐겁게 해 주고 있다.

밤이 되어 오나쓰가 할멈과 함께 예인 쓰키쿠사의 공연장에 가니, 히메 인형 오하나는 손님들을 향해 태연하게 입이 험한 모습을 보이고 있었다.

"어머나, 이번 공연도 만원이네."

오하나가 성대모사도 하는 예인 쓰키쿠사에게 안겨 무대에서 이야기를 시작하자, 단골 관객들이 일제히 오하나의 이름을 부른다. 마흔 명만 들어오면 꽉 차는 공연장 객석을 향해 오하나가 붙임성 있게 손을 흔들었다.

"오늘도 쓰키쿠사의 예능 따위에 이십 문을 내려 온 사람 좋은 손님 여러분, 안녕하세요. 어, 오낫짱도 있구나. 바느질 선생님이 홑겹 옷 만든 거, 합격이라고 하셨어?"

오하나가 객석 뒤쪽에 있던 오나쓰에게 특별히 말을 걸었지만 거기에 불평하는 손님은 없었다. 오나쓰는 공연장 주인이자 이 일대 유지인 야마코시 행수의 딸이기 때문이다.

"아가씨, 야마코시 행수님이 매일 공연장에 와도 된다고 하셨나?"

밝은 목소리로 물어본 손님에게 오나쓰는 반짇고리와 기모노를 가지고 왔으니 괜찮다고 대답했다. 그 순간, 즐거운 웃음소리가 공연장 안에 울린다.

오하나는 바느질이 서툴러서 자기 방에 있으면 금세 바느질감을 내팽개쳐 버린다. 그래서 자주 야마코시 소유의 공연장에 와서 바느질을 하고 있다.

오늘도 반짇고리를 들고 쓰키쿠사의 공연장에 나타나 조금 전까지 무대 뒤에서 부지런히 기모노를 지었다. 적당히 완성해 놓지 않으면 할멈에게 공연장 오는 것을 금지당할지도 모른다.

공연장은 료고쿠의 가설 공연장이 흔히 그렇듯 얇은 거적을 둘러친 건물이라 무대 뒤에 있으면 쓰키쿠사의 이야기가 그대로 들렸다. 지금 쓰키쿠사와 오하나가 있는 무대도 촛불만 켜 놓은 좁은 장소로 병풍 하나 없다.

그래도 예능이 재미있으면 손님은 와 준다. 특히 오하나는 히메 인형이라 그 자리에 있기만 해도 무대가 한층 화려해졌다. 그 기모노와 비녀에 촛불 빛이 비쳐서 반짝이면, 단골손님들은 고조되어 노래하듯 이야기하기 시작한다.

"하나히메, 진실의 하나히메, 오늘도 아름답군."

"하나히메, 오늘은 어제 선물한 비녀를 꽂지 않는 거야? 하루만 꽂아 주면 좀 섭섭한데."

"후후후, 미안해요, 오라버니. 요즘 빗이나 비녀를 주시는 분이 많아서 순서대로 꽂고 있어요. 다들 오하나의 웃는 얼굴을 보고 싶대서요."

오하나가 목각 인형이라고는 믿기 어려울 만큼 부드러운 몸짓을 보여 주니 객석이 들끓는다. 오하나를 움직이고 있는 쓰키쿠사가 짐짓 한숨을 쉬었다.

"오하나, 바보 같은 소리 하지 마. 목각 인형인 네가 웃으면 이상하잖아. 손님들이 오늘 밤 무서운 꿈을 꿀걸."

"어머나, 쓰키쿠사도 참, 재미없는 소리를 하네. 내가 웃으면 물론 다들 기뻐할 거라고."

오하나가 그렇게 단언하자, 오하나 추종자들은, 그럼 당연하지, 쓰키쿠사는 시끄럽다, 라며 무대에 대고 불평을 쏟아낸다.

"진실의 하나히메는 이 세상의 진실을 알고 전해 주는 고마운 히메 님이라고. 환하게 웃어 주면 좋은 일이 생길 것 같단 말이야."

오하나 추종자들의 말에 공연장 안의 손님들도 고개를 끄덕였다.

이런 분위기에서 오늘 처음 온 듯 보이는 잘생긴 젊은이 하나가 엉뚱한 소리를 중얼거렸다.

"어라, 이 인형 아가씨는 별명으로 불리는 건가. 진실을 알려준다니 무슨 뜻이지?"

그 말에 공연장 안이 일순 조용해졌다가 갑자기 이쪽저쪽에서 소리가 높아졌다. 너도나도 남자에게 설명하려 했기 때문에 오히려 무슨 말을 하는지 알아들을 수가 없다.

오하나가 "좀 부탁할게" 하고 오나쓰를 가리키자 객석이 조용해지고 오나쓰가 일어섰다. 오나쓰는 웃으면서 남자에게 말을 걸었다.

"오라버니, 가미가타 말씨를 쓰시는데 에도는……이라고 해야 하나, 료고쿠는 처음이신가요. 오하나는 꽤 유명한 인형이에요."

오나쓰는 진실의 우물과 오하나에 대해 남자에게 간단히 설명했다. 이전에 에코인 근처에 덕이 높은 스님이 계셨고, 그분이 판 우물은 질문한 사람에게 진실을 알려 주었다, 쓰키쿠사는 그 우물에서 길은 물속에서 나온 구슬 두 개를 오하나의 눈으로 사용했다……고.

"그래서 오하나는 진실의 하나히메로 불리고, 진실을 이야기한다고들 하지요."

우물은 이미 말라 버렸다. 그래서 사람들은 한층 더 오하나의 말을 고마워하는 것이다. 남자는 기쁜 표정으로 웃었다.

"오, 아사쿠사에서 들은 소문이 진짜였군. 내겐 서쪽에 있을 때부터 난감한 고민이 있었거든. 무슨 수를 써서라도 하나히메에게 진실을 가르쳐 달라고 해야겠어."

남자의 말에 오하나가 살짝 고개를 저었다.

"오라버니, 지금 오낫짱이 말한 소문이 있는 건 맞아요. 하지만 그런 별명이 붙은 것과 내가 진짜 천리안인가 하는 문제는 별개지요."

애당초 오하나는 목각 인형이다. 쓰키쿠사도 점쟁이가 아니었다. 그런데 손님들이 자꾸만 자신이 처한 문제의 답을 가르쳐 달라고 졸라대는 통에 둘은 줄곧 난처해했다.

"가미가타에서 오신 오라버니, 이 오하나에게 고민거리를 이야기하러 오면 안 돼요. 질문에 대한 대답 같은 건 모르니까."

오하나가 무대에서 그렇게 말하자 손님들은 웃으면서, 그래, 어쩔 수 없다고, 하며 다른 이야기를 시작한다. 언제나 벌어지는 광경이었다.

이쯤 되면 알아들었으련만 무슨 연유인지 오늘 가미가타에서 온 남자는 가만히 있지 않았다. 천천히 긴 의자에서 일어서서 한 손을 들었기 때문에 공연장 안이 조금 조용해졌다. 남자는 쓰키쿠사와 오하나에게 뜻밖의 말을 꺼냈다.

"이 무대는 쓰키쿠사 씨와 오하나 씨가 손님에게 주는 이십 문어치의 즐거움. 나도 예인이니 그런 사정은 알지."

그러나.

"지금 내가 가지고 온 고민은 특별한 거야. 쓰키쿠사 씨가 어떻게 해서든 해결해 줘야 한다고 정해져 있는 일이지."

때마침 오늘 이 공연장에 계셨던 손님들은 하나히메가 진실의 답을 말하는 데 힘을 빌려주었으면 좋겠다고 남자가 말하자 손님들은 얼굴을 마주 보았다.

"이봐 형씨, 특별히 돈을 더 낸 것도 아니면서 그런 억지소리는 그만두지그래?"

오하나 추종자 중 한 명이 미간에 주름을 잡으며 말한다. 이에 아랑곳하지 않고 남자는 자기 이름이 이치스케라며 곧바로 고민을 털어놓기 시작했다.

쓰키쿠사는 할 수 없이 말리려다가…… 뜻밖의 이름을 듣고 말을 잃었다.

"쓰키쿠사 씨, 당신 아직 오미치라는 이름을 기억하나?"

쓰키쿠사가 눈을 크게 뜨자 그 모습을 본 이치스케가 고개를 끄덕인다. 서쪽에서 온 남자는 입가를 일그러뜨리고 뭔가 속뜻이 담긴 말투로 이야기를 계속했다.

"쓰키쿠사 씨는 기억하지 못하나 본데 난 전에 당신과 만난 적이 있어."

사이고쿠에서다. 이치스케는 오미치도 쓰키쿠사도 잘 알고 있었다.

"사 년 전, 사이고쿠에서 일어난 화재도 알고 있지."

그 화재로 쓰키쿠사는 큰 부상을 입고 더 이상 인형 제작자로 일할 수 없게 되었다. 그 후 서쪽 땅을 떠나 아득히 먼 에도까지 흘러온 것이다.

쓰키쿠사의 얼굴이 굳었다.

2

손님 중 한 명이 이치스케에게 물었다. 공연장 안이 조용해졌을 때라 그 목소리는 또렷하게 울렸다.

"오미치 씨가 누군데?"

이치스케는 쓰키쿠사를 보고 잠시 뜸을 들인 뒤에 대답했다. 오나쓰는 쓰키쿠사가 서쪽에 있을 때의 일을 들은 적이 있다. 그러나 공연장 안에서 다시 들으니 왠지 가슴이 빨리 뛰었다.

"오미치 씨는 사이고쿠에서 쓰키쿠사 씨와 혼인하기로 약속했던 사람이지."

인형 제작자인 스승의 딸이라고 하자 손님들이 술렁거린다. 이치스케는 다시 놀라운 소식을 알려 주었다.

"오미치 씨가 요전에 남편을 잃었어."

"뭐."

죽은 사람은 쓰키쿠사와 헤어진 뒤에 혼인한 마사고로라는 말을 들으며, 쓰키쿠사는 무대 위에서 힘없이 서 있었다.

"마사고로 씨는 아직 젊을 텐데…… 왜."

"살해당했어."

주위가 놀라서 숨죽인 가운데, 날붙이에 찔렸다고 이치스케는 조용한 목소리로 덧붙였다. 그러고 나서 쓰키쿠사를 한 번 보고 다시 진실의 눈을 가졌다는 오하나를 바라보았다.

"찌른 사람은 오미치 씨라고들 하고 있어."

"뭐, 뭐라고?"

하마터면 오하나를 떨어뜨릴 뻔한 쓰키쿠사가 굳은 얼굴로 큰 목각 인형을 다시 안아 들었다. 기묘한 것이라도 보는 눈빛으로 이치스케를 바라보며 조용히 묻는다.

"이치스케 씨, 당신 왜 그런 거짓말을 나한테 하는 거지?"

"거짓말이라고 했나?"

"오미치 씨는 자기 남편을 죽일 사람이 아니야. 아니, 벌레 한

마리 죽이는 것도 싫어하는 다정한 사람인데."

그 오미치를 살인자 취급한 것이다. 뭔가 의도가 있어서 한 일이겠지, 라며 쓰키쿠사가 보기 드물게 무서운 얼굴로 말한다. 그러나 이치스케는 고개를 살짝 저었다.

"쓰키쿠사 씨, 난 오미치 씨가 살인자라고는 하지 않았어. 남편이 죽은 뒤에 그렇게 소문이 났다고 했을 뿐이야."

실은 의심을 산 이유가 있다고 이치스케가 말을 잇는다. 마사고로가 죽은 뒤, 주위가 당혹스러워할 만한 소문이 퍼졌다.

"쓰키쿠사 씨가 큰 부상을 입은, 사 년도 더 된 화재 소동에 대해 지금 새삼 소문이 들려왔어. 오미치 씨가 말했다고 다들 그러더라고."

그 화재는 마사고로의 소행이라고 오미치가 말했다고 한다.

"방화라니? 왜 지금 와서 그런 말을."

이치스케는 고개를 저었다. 이치스케가 그 소문을 들은 것은 극단과 함께 에도로 오는 도중이었던 모양이다. 직접 사이고쿠에서 들은 것이 아니다.

그러나 마사고로가 죽기 전에 부부가 말다툼하는 모습을 목격한 사람이 있었다. 오미치가 마사고로를 방화범이라고 한 것은 그때인 듯하다.

"그 후 마사고로 씨가 살해되었을 때 범인으로 오미치 씨 이름이 나온 거야."

오미치는 사 년 전 화재로 언니를 잃었다. 약혼자였던 쓰키쿠
사가 크게 다쳐서 오미치와 혼인하지 못한 것도 그 화재 탓이다.

인형 제작자인 아버지는 저택과 인형을 잃고 든든한 제자들을
잃고 돈 때문에 어려워졌다. 언니의 죽음으로 대를 이을 딸이 된
오미치가 제자로서는 이름이 나지 않았던 마사고로와 혼인한 것
은 마사고로가 거액의 지참금을 냈기 때문이라 했다.

"그런 마사고로 씨를 가리켜 오미치 씨가 방화범이라고 했나
보더군. 원한을 품고 죽인 게 아니냐고 소문이 날 만도 하지."

오미치는 지금 사이고쿠에서 어려운 처지에 놓여 있다. 쓰키
쿠사가 무대에 있다는 사실도 잊고 중얼거린다.

"그 화재. 벌써 사 년도 더 된 일이잖아."

오미치는 고향에서 다른 사람과 혼인하여 지금쯤 아이 엄마로
마음 편히 살고 있으리라 짐작했다. 쓰키쿠사는 무대에서 그렇
게 말하고는 매달리듯이 오하나를 껴안았다.

이치스케가 말했다.

"하여간 이대로 가면 위험해. 오미치 씨가 언제 체포될지 모
른다는 소식을 들었어."

죽은 마사고로는 인형 제작자였지만 닌교조루리[1]의 다유 등

---

1 분라쿠. 닌교조루리가 정식 이름이며, 분라쿠는 유명 조루리 극단의 이름이
었다.

이름 있는 친척이 있는 듯하다. 고명한 조루리카타리[2]의 말 한마디면 오미치는 제대로 된 증거도 없이 잡혀갈지도 모른다고 했다.

그러니까. 이치스케의 눈이 쓰키쿠사를 똑바로 본다.

"쓰키쿠사 씨, 아니 진실의 하나히메, 당신이 어떻게든 오미치 씨를 구해 줘. 진실을 알고 있지?"

당연하다는 듯 하는 말에 공연장 안이 웅성거렸다.

"당신 왜 그렇게 오미치 씨라는 사람을 걱정하는 거지?"

남이잖아, 라고 손님 한 사람이 물었다. 이치스케는 자신이 일하는 극단이 오미치의 집에서 인형을 구입하고 있다고 했다.

"그 집하고는 오랫동안 친교가 있지. 대를 이을 따님이 걱정이야."

그러나 쓰키쿠사는 아무 대답도 하지 않았다. 오나쓰는 이치스케와 마주 보았다.

"오라버니, 여긴 에도예요. 쓰키쿠사는 서쪽 출신이지만 이 공연장에서 쭉 일하고 있고요."

그런 쓰키쿠사가 최근 사이고쿠에서 일어난 분쟁에 대해 알리 없다.

---

2 다유와 동의어.

"쓰키쿠사에게 성가신 일을 강요하지 마세요."

무엇보다 오하나에게 매달려 어떤 답을 얻어 봤자 소용없다고 생각했다. 오하나는 분명히 이 료고쿠에서는 조금 알려진 인형이지만,

"사이고쿠 사람들이 본 적도 없는 목각 인형의 말을 믿을 거라는 생각은 안 드는걸요."

오나쓰의 말을 듣고 손님들도 일제히 고개를 끄덕인다.

이치스케는 빙긋 웃었다.

"아, 좋은 점을 지적해 줬군, 아가씨."

오나쓰의 말처럼 하나히메가 아무리 에도에서 오미치를 감싸더라도 사이고쿠 사람들은 그 말을 고맙게 여기지 않으리라.

"아무튼 살인자 이야기니까. 쓰키쿠사 씨, 당신이 오미치 씨가 무죄라는 증거를 찾아내야 해."

이치스케는 지금 쓰키쿠사에게 마사고로를 죽인 살인범이 누구인지 밝혀내라고 하는 것이다. 사이고쿠 사람들이 오미치에게 죄가 없다고 인정할 증거를 에도에 있는 쓰키쿠사에게 찾으라 요구하고 있다.

"마, 말도 안 돼요, 그건!"

오나쓰가 저도 모르게 소리쳤다. 공연장 안 손님들도 이치스케를 노려본다. 그러나 이치스케는 물러서지 않고, 망연자실한 듯 서 있는 쓰키쿠사를 쳐다보았다.

"물론 여긴 에도니까 오미치 씨의 사정을 모르는 척하는 건 간단한 일이지."

예전 일이다. 너무 멀어서 증거가 손에 들어올 리 없다. 옛 약혼녀라 해도 다른 남자에게 시집간 여자가 아닌가. 주위 사람은 모두 어쩔 수 없는 일이라고 말해 줄 것이다.

그러나 쓰키쿠사가 내버려 두면.

"오미치 씨는 죽게 되겠지."

살인자로 체포되든지, 주위의 차가운 시선을 견디지 못하고 병에 걸리든지, 아니면 자살하든지. 어차피 남과의 교제가 에도보다 훨씬 밀접한 사이고쿠에서 오미치가 오래 버티리라고는 생각되지 않는다. 이치스케는 그렇게 단언했다.

"쓰키쿠사 씨, 당신은 화재가 난 날에 이미 한 번 오미치 씨보다 그 인형, 오하나를 선택했어."

이치스케는 그 이야기를 오미치의 부친에게 들었다고 한다. 이번에도 또 오미치를 버릴 거냐고 쓰키쿠사에게 물었다.

"……이치스케 씨, 당신 누구지? 난 아직 기억이 안 나는데."

"그래? 뭐, 그리 깊은 연은 아니었으니까."

씨익 하고 무서운 웃음을 띤 이치스케는 도망치지 말아 달라는 말을 남기고 의자에서 일어섰다. 그새 벌써 즐거운 시간은 끝났는지, 얼굴을 찌푸린 영감이 공연장 가장자리에서 팔짱을 끼고 사람들을 보고 있었다.

말없이 서 있는 쓰키쿠사와 오하나의 시선을 등에 받으면서 이치스케는 공연장 밖의 어둠 속으로 사라졌다.

3

"흑, 오하나가 죽을 것 같아. 이제 오하나랑 얘기도 못 하겠어."

이튿날 정오가 지날 무렵, 오나쓰가 울먹이는 소리를 냈다.

어젯밤 이치스케의 얘기에 어지간히 충격을 받았는지, 쓰키쿠사는 간만에 일어나지 못할 정도로 열이 났다.

아침에 쓰키쿠사가 공연장에 오지 않으니 우선 영감이 공동주택으로 상태를 보러 왔다가 허둥지둥 야마코시의 저택으로 향했다. 한심한 예인이 자리에 누웠다는 소식은 곧 공연장 주인 야마코시 행수에게 전해졌다.

야마코시가 벌이가 좋은 예인의 상태를 보러 가자, 오나쓰도 오하나를 걱정하며 따라갔다. 그리고 자리에 누운 쓰키쿠사보다 그 옆에 누워 움직이지 않는 오하나를 보고 큰일이라며 울음을 터뜨린 것이다.

야마코시 행수는 깊이 한숨을 쉬더니, 따라 온 수하들에게 두 가지 일을 분부했다.

하나는 먼저 쓰키쿠사와 오하나를 덧문짝에 실어서 야마코시 저택으로 운반하라는 것이다.

"혼자 사는 자가 자리에 누우면 끼니를 챙길 처지가 못 되니 위험해. 뭐, 밥이나 물은 공동주택 사람들이 그럭저럭 챙겨 줄 테지. 하지만 쓰키쿠사가 움직이지 못하는 사이에 오하나가 사라지면 위험하니까."

아니, 인형을 도둑맞지 않더라도 쓰키쿠사가 저세상에 가기라도 하면 오하나는 당연히 말을 하지 못하게 되니 오나쓰가 또 울 것이다. 그건 사양이라고 야마코시는 말했다.

"그리고 어제 쓰키쿠사의 공연장에 온 이치스케라는 손님. 사이고쿠에서 온 그 남자를 우리 집으로 데려와."

행수는 두 가지 일을 간단히 입에 담았다. 그러나 에도에는 사이고쿠에서 낸 가게의 분점이 상당수 있다. 게다가 서쪽에서 장사를 하러 오는 사람도 많으니 서쪽 지방 사투리로 말하는 남자가 의외로 많았다.

"아버지, 그 사람은 찾기 힘들지 않을까요?"

오나쓰는 걱정했지만, 수하들은 웃으며 괜찮다고 말하고 쓰키쿠사의 공동주택에서 흩어졌다. 이치스케는 자신을 예인이라고 했다. 따라서 곧 찾을 수 있을 것이라 한다.

일 각쯤 뒤, 부리나케 돌아온 수하들이 오하나와 쓰키쿠사가 누워 있는 방과 가까운 뜰에 사이고쿠에서 온 남자를 멋지게 데려다 무릎을 꿇렸다.

"세상에, 대단하다."

오하나의 곁에 붙어 있는 김에 쓰키쿠사를 간병하던 오나쓰가 눈을 휘둥그레 뜨고 뜰을 보았다. 곧 야마코시 행수가 바깥 복도에 나타나자, 오나쓰가 아버지에게 고개를 끄덕인다.

"아버지, 틀림없어요. 이 사람이 어제 쓰키쿠사의 공연장에 온 이치스케 씨예요."

영감이 뜰에서 이치스케는 최근 서쪽 지방에서 아사쿠사로 온 닌교조루리 극단 사람이라고 아뢨다.

"닌교조루리라면…… 분라쿠 말이야?"

"아가씨, 이 이치스케의 조루리는 분라쿠 극단이 아닙니다. 조루리에도 여러 가지가 있지요. 좀더 부담 없는 조루리랍니다."

예를 들어 분라쿠를 가부키에 빗댄다면, 이치스케가 있는 극단 슌라쿠좌春楽座는 미야치시바이[3] 같은 위치라며 영감은 자신의 말에 끄덕였다.

"확실히는 모르지만 극단의 인형 중에 무척 감동을 주는 것이 몇 개나 있다던가요. 아사쿠사에서는 인기가 많습니다."

---

3 에도 시대에 임시 허가를 얻어서 신사나 절에서 대중을 상대로 공연하는 연극.

목각 인형이라도 오하나처럼 남 못지않게 인기를 얻는 인형이 있다며 영감은 웃었다. 저택 바깥 복도에 앉은 야마코시는 이치스케에게 엄한 얼굴로 말했다.

"이치스케 씨, 당신 어제 쓰키쿠사의 공연장에 나타났다더군. 가미가타에서 벌어진 살인을 어떻게든 하라고 쓰키쿠사를 닦달했다지?"

그 때문에 어지간히 고민했는지 날마다 착실하게 돈을 버는 야마코시의 예인은 열이 나서 오늘 쓸모가 없어졌다. 이래서는 야마코시 몫의 수입이 들어오지 않는다. 야마코시는 예인을 빨리 낫게 할 셈으로 자기 집에서 돌보기로 한 것이다.

"당신, 무슨 생각으로 이 야마코시를 곤란하게 할 마음을 먹었나."

그 말을 듣고 이치스케가 허둥댔다.

"이런, 왜 잡혀 왔나 했더니. 행수님, 전 행수님께 폐를 끼칠 생각은 없습니다."

다만 사이고쿠에 있는 오미치라는 아가씨가 위험한 지경에 처해 있다. 쓰키쿠사는 이전에 오미치의 약혼자였다.

"일 때문에 에도에 왔는데 번화가에서 쓰키쿠사 씨의 이름을 들었어요. 이건 인연이다 싶었습니다. 쓰키쿠사 씨가 오미치 씨를 위해 움직이는 것이 도리라 여겼지요."

조곤조곤 말하기는 하지만 이치스케는 야마코시의 수하에게

둘러싸인 지금도 쓰키쿠사를 움직이게 할 작정인 듯했다. 야마코시가 눈썹을 치켜세웠다.

"흥, 우리 예인을 맘대로 써 먹으려는 건가? 배짱 한번 좋군."

야마코시는 이치스케를 노려보더니 무서운 말을 했다. 저택에서 그리 멀지 않은 곳에 스미다가와 강이 흐르고 있다, 멍청한 사이고쿠 놈 따위 멍석에 말아서 강에 던져 버릴까 하고 중얼거린 것이다.

"네놈이 방해하면 벌이가 줄어드니까."

이치스케는 작게 "켁" 하는 소리를 내더니 황급히 떠들기 시작했다.

"저기 나리, 그게 말이죠, 제 얘기를 자세히 들어 주시지 않겠습니까."

원한다면 이 뜰에서 행수님이 서쪽에서 일어난 살인 사건의 진실을 꿰뚫어 봐 주셔도 좋다, 그러면 쓰키쿠사가 고민할 일도 없어진다, 이치스케는 그렇게 말을 꺼냈다.

"이 남자, 이번에는 나한테 바보 같은 소리를 할 셈인가 보군."

야마코시가 복도에서 불쑥 일어섰다. 무서운 얼굴로 내려다보는데도 이치스케는 대담하다고 할까, 여전히 말을 멈추지 않았다.

"쓰키쿠사 씨를 지금 이 저택의 방에서 재우고 계신다는 것은 행수님이 쓰키쿠사 씨와 상당히 친하다는 뜻이겠죠."

그렇다면 이미 쓰키쿠사가 사이고쿠에 있었을 때의 사건은 들었을 것이라고 이치스케는 말했다.

"그러니 쓰키쿠사 씨가 사이고쿠를 떠난 직후부터 시작하겠습니다. 알 수 없는 내용이 많기 때문에 전부 듣는 것이 좋습니다."

오미치를 구하려면 많은 수수께끼에 답이 필요했다.

사이고쿠에서 마사고로를 죽인 사람은 누구인가.

만일 오미치가 마사고로를 죽이지 않았다면 그 증거는 있는가. 이 에도에서 과연 그 증거를 알아낼 수 있는가.

오미치는 정말 마사고로가 사 년 전에 불을 질렀다고 말했는가. 그런 소문이 난 것은 왜인가.

마사고로가 방화를 했다면 무엇 때문에 그런 짓을 했는가.

수수께끼는 본오도리[4]의 원처럼 빙글빙글 돌고 있다고 이치스케는 말한다.

사이고쿠에서 일어난 사건이 야마코시의 뜰에서 되살아났다.

---

4 음력 7월 15일 밤 백중절 때 남녀가 모여서 추는 윤무.

4

"쓰키쿠사 바보. 무리하다 넘어져서 오하나한테 흠집이라도 나면 어떡하려고."

오나쓰는 쓰키쿠사의 열이 내리자 심기가 불편해졌다. 쓰키쿠사가 병석에서 일어나자마자 공연장을 열고 손님들을 불렀던 것이다.

그리고 놀랍게도 이치스케에게 들은 사이고쿠의 살인 이야기를 손님들에게 오하나의 목소리로 들려줬다. 물론 사건에 관련된 사람 이름은 바꾸고 장소는 생략하는 등 여러 가지를 고려하기는 했다. 쓰키쿠사는 서쪽에서 대체 무슨 일이 일어났을지 손님들의 생각을 물어보았다.

병석에서 막 일어난 예인이 오하나를 떨어뜨리지 않을까 걱정이 되어 오나쓰는 반짇고리를 안고 쓰키쿠사의 공연장에 왔다. 무대에서 이야기하는 오하나의 목소리가 평소보다 조금 잠긴 듯한 느낌이 들었다.

"몇 년 전 일이에요. 사이고쿠의 인형 제작자 집에서 화재가 일어났어요."

오하나의 이야기가 평소와는 달라서인지, 오늘 온 손님들은 모두 진지한 얼굴을 하고 있는 것 같았다.

"인형 제작자에게는 딸이 둘 있었는데 그 화재로 큰딸이 죽었어요. 많은 인형도 불타 버렸죠. 인형 제작자의 집은 망할 위기에 처했어요."

그 사이고쿠의 화재로 인형 제작자의 제자 세 사람도 화상을 입었다. 큰 화상을 당한 한 사람은 곧 일을 그만두었다. 남은 두 사람은 금방 나을 줄 알았는데 역시 화상이 원인이 되어 나중에 세상을 떴다. 큰딸의 약혼자이자 실력 있는 수제자까지 잃자 스승은 정말로 곤경에 처했다.

'사형이 죽은 걸 쓰키쿠사는 몰랐나 보구나.'

야마코시의 뜰에서 이치스케가 한 말을 들었을 때, 쓰키쿠사가 눈물을 글썽거리는 걸 오나쓰는 옆자리에서 지켜보았다.

오하나는 술술 이야기를 해 나갔다.

"빚더미에 앉은 인형 제작자는 혼자 남은 작은딸의 남편으로 제자 중 한 사람을 들였어요. 사위의 친척은 훌륭한 극단의 다유로 유복한 집안이었대요."

그 친척이 돈을 마련해 주어 인형 제작자는 고비를 넘겼다. 야반도주를 하지 않고 끝나서 사위에게 깊이 감사했다고 한다.

이 대목에서 오하나가 뜸을 들이자 듣고 있던 손님들이 고개를 갸웃했다.

"그래서? 무슨 일이 있었어?"

"인형 제작자는 작은딸의 남편을 분명히 후계자로 삼을 요량이었다고 해요. 하지만 좀처럼 첫선을 보이지 않았다나요."

자식도 집도 제자도 잃어 화려한 일을 할 여유가 없어서라고 인형 제작자는 말했다. 그러나 이 년이 지나고 삼 년이 지나도 사위를 후계자라고는 부르지 않았다. 그리고…… 믿을 수 없게도 지난 봄, 인형 제작자가 친척뻘 되는 젊은 제자를 양자로 들인다는 소문이 퍼졌다.

이때 손님이 이상하다는 듯이 물었다.

"왜 그렇게 됐지? 사위가 인형 제작자랑 싸우기라도 했나?"

오하나 추종자 중 한 사람이 갑자기 "알았다!" 하고 외쳤다. 의자에서 일어서더니 의기양양하게 말한다.

"그야 그 사위가 직인으로서 실력이 없었던 게 아닐까?"

"어머, 대단하네요. 어떻게 알았을까."

오하나가 손뼉을 치며 칭찬하자, 남자는 점점 더 으스댔고 다른 오하나 추종자들은 우연히 맞혔을 뿐이라며 분해했다. 남자는 깊이 생각한 것이었다며 자랑스럽게 말을 이었다.

"그 사위에게는 훌륭한 친척이 있었잖아?"

돈도 있고 조루리에 연줄도 있을 만한 친척이다. 후계자로 맞아들이면 스승에게는 당장 큰 도움이 됐을 터이다.

"하지만 사위를 후계자로 삼지 않았어. 즉 후계로 삼기에는 실력이 너무 나빴다, 그렇게 생각했지."

"정말 제대로 꿰뚫어 봤군요."

오하나가 또 칭찬하며 만주를 상으로 내밀었더니, 오하나 추종자들끼리 쟁탈전이 벌어졌다.

오하나가 조금 곤란한 듯 말한다.

"사위는 노력하는 사람이었어요. 성실했죠. 다만 그, 뭐랄까."

열심히 만들었는데 사위의 인형은 이상하리만큼 두드러지지
않았다.

"두드러지지 않는다고?"

"연극에서도 가끔 있죠? 잘하고 못하고에 상관없이 무대에서
빛나는 배우가 있나 하면 재미없는 사람도 있고요. 화려함이 없
으면 인기 배우는 되지 못하죠."

"확실히 그래. 지금은 하리마야가 좋지."

"나리타야라고!"

오하나는 고개를 저었다.

"스승님은 다른 제자보다 서툰 사위를 그래도 어떻게든 후계
자로 삼고 싶어서 수련을 시켰나 봐요."

돈을 빌렸고 은의恩義도 느끼고 있다. 무엇보다 이미 작은딸의
남편이었다.

"하지만 이것만큼은."

기묘하게 아무리 정진해도 사위의 인형을 칭찬하는 사람은 도
무지 늘지 않았다. 주문은 스승에게만 들어온다. 그러니 매상을
올리지도 못했다.

"빚도 많은데 이래서는 계속 해 나갈 수가 없잖아요. 그래서

머지않아 스승이 양자를 들이지 않을까 하는 소문이 났어요. 친척의 아들이 제자가 되어서 재능을 보였던 거예요."

소문을 듣고 마사고로는 더욱 노력했다. 스승에게도 이번에야말로 배수진을 치고 좋은 인형을 만들겠다고 다짐했다. 스승의 주선으로 어느 조루리 극단에 사위도 인형 두 개를 납품하기로 정해졌다.

극단은 에도에서 한동안 조루리를 공연하기로 해서 멀리 떠나기 전에 인형을 몇 개 주문한 것이다.

"사위가 완성한 인형은 아주 잘 만들어졌대요."

스승이 손을 많이 봐 준 게 아니냐는 소문이 날 정도였다. 마사고로의 인형을 시험 삼아 극단 무대에 올려 본 결과, 화려하게 돋보이고 손님의 평판도 최고였다. 오하나 추종자 하나가 고개를 끄덕였다.

"사위가 막다른 곳에 몰리자 한계를 넘어선 건가."

인형 제작자는 크게 기뻐하며 사위를 후계자로 삼고 가까스로 첫선을 보이기로 했다.

"오오."

"다만 이 이야기, 지금부터는 소문으로 미루어 짐작할 수밖에 없어요."

이야기를 들려준 이는 인형을 사위에게 주문한 조루리 극단에 있는 사람이었다. 극단은 사위가 첫선을 보이기 전에 에도 여행

길에 올랐다.

인형을 실은 짐수레를 밀며 극단 사람들이 모두 동쪽을 향해 가도街道를 내려가고 있는데, 여행에 나선 그날 어떤 소문이 들려왔다.

"첫선을 보일 예정이었던 사위가 살해되었다는 소식이었죠."

예전 화재 때 타다 남은 인형 제작자의 창고 안에서 사위가 정면으로 찔려 죽어 있었다고 한다. 창고에 날붙이는 없었다고 극단 사람들은 들었다.

"지나가던 누군가가 들어올 만한 장소가 아니에요. 그래서 인형 제작자와 안면 있는 사람들은 얼굴이 굳어졌다고 해요."

그러나 아는 이가 죽었다고 해서 극단이 돌아갈 수는 없다. 이미 에도에서 공연하기로 정해져 있었다. 가지 않으면 이쪽이 돈을 지불하고 의리를 지키지 않은 것을 벌충해야 한다.

"그래서 여행을 계속하고 있으니 다음 소문이 따라왔어요. 이번에는 사위와 혼인한 작은딸이 사위를 죽인 게 아니냐고 의심받고 있다는 얘기였죠."

"뭐라고."

"작은딸이 죽은 남편을 가리켜 방화범이라고 했다는 거예요. 그것도 몇 년 전에 일어난 화재 때 불을 질렀다고요."

그런 소문이 남편이 죽은 직후에 들려왔기에 작은딸이 의심을 샀다.

"세상에, 무슨 그런 일이."

객석이 크게 들끓었다. 촛불 빛이 흔들려서 오하나가 마치 고민하고 있는 것처럼 보였다.

"극단 사람들은 작은딸과 사위를 알고 있었어요. 그래서 이 새로운 소문에는 모두 눈살을 찌푸렸죠."

소문은 소문일 뿐 작은딸은 살인과 관계없다, 무죄겠지, 라며 극단 사람들은 아사쿠사까지 여행을 계속했다.

"왜냐하면 사위는 무척 키가 컸거든요. 작은딸은 평범한 여자였고요. 키가 작고 몸도 가냘팠어요."

창고 안에서 찔렸다면 자고 있는 상황에서 습격당한 것이 아니다. 여자가 정면에서 날붙이를 휘둘렀다고 해서 사위를 죽일 수 있다고 보기는 어려웠다.

"그래서인지 작은딸은 아직 체포되지 않은 것 같아요. 누가 사위를 죽였는지에 관한 새로운 소문은 전해지지 않았어요."

지금까지는 아무도 진상을 모르는 것이 틀림없다. 하지만 그렇게 되면 역시 가장 위험한 처지에 놓이는 사람은 작은딸이다.

이동중이던 극단은 아사쿠사에 도착했지만 다들 개운치 않은 얼굴이었다. 마침 근처 공연장 사람이 어떤 소문을 알려 주었다. 에도 료고쿠의 번화가에 지금 '진실의 하나히메'라는, 진실을 보는 눈을 지닌 인형이 있다고.

"내 이름도 꽤 널리 퍼져 있더라고요."

"하나히메는 아름다우니까."

"어머나, 기뻐라."

극단의 한 남자가 진짜 천리안이 있을 수 있는지 수상하게 여긴 모양이다. 쓰키쿠사의 이야기 예능은 한 회 이십 문으로 경단 다섯 꼬치분인데, 그 정도쯤은 낼 수 있기에 남자는 료고쿠까지 왔다. 그리고 오하나에게 사이고쿠의 살인 건을 어떻게 좀 해 달라고 매달렸다.

"자, 여러분. 에도에 있으면서 사이고쿠에서 일어난 살인에 대한 진실을 알 수 있다고 생각하세요?"

오하나가 묻자, 무대 위의 그 얼굴을 흔들리는 촛불 빛이 비춘다. 오하나 추종자 중 한 사람이 이상하다는 듯 말했다.

"하나히메, 평소 같으면 누가 그런 이야기를 들고 와도 내버려 두잖아. 왜 이번에는 우리에게 물어보는 거지?"

단골인 목수가 쓰키쿠사를 보았다.

"이봐, 지금 이야기, 쓰키쿠사랑 관계있는 거 아니야? 요전에 이 공연장에서 사이고쿠의 지인을 도와 달라고 쓰키쿠사에게 억지를 쓴 손님이 있다고 들었는데."

그 손님은 쓰키쿠사가 이전에 인형 제작자였다고 했다. 쓰키쿠사는 부상으로 일을 계속할 수 없게 되었고 좋아하던 아가씨하고도 맺어지지 못했다고도 했다.

"어, 그럼 혹시."

그 사건을 모르던 손님들도 쓰키쿠사에게 눈길을 모았다.

"당치 않은 의심을 사고 있는 작은딸이라는 사람이 혹시 쓰키쿠사의 옛 약혼녀……."

공연장 안이 소란해진다.

"그 작은딸을 구하고 싶은 건가?"

그런가.

작은딸이 있는 곳은 아득히 먼 서쪽 지방이다.

그리고 오하나 자신이 몇 번이나 이 공연장에서 말했듯이 오하나는 천리안이 아니다.

공연장에 모이는 단골 관객들은 살해당한 남자를 모르고, 그가 쓰러져 있던 장소조차 보지 못했다. 아는 사실이라고는 서쪽에서 전해진 소문뿐이다.

이런 상황에서 사건이 난 곳의 오캇피키도 모르는 살인범을 에도에 사는 사람이 알아맞힐 수 있다는 말인가.

"오하나, 그 이야기, 정말로 어떻게든 해 보려는 게야?"

영감이 공연장 구석에서 묻는다. 오하나는 고개를 끄덕이더니, 힘을 빌려주는 사람이 있으면 기쁘겠다고 했다. 실은…… 솔직히 아주 불안하다고 말을 이었다.

"혹시 이게 아닐까 싶은 생각을 말해 주는 손님이 있으면 쓰키쿠사가 감사의 선물을 드릴 거예요."

쓰키쿠사는 부상에서 점점 회복되어 현재 조금씩 인형을 만들고 있었다. 한 척⁵도 되지 않는 인형 하나를 이미 완성했다.

"날 닮았어요. 그게 감사의 선물이에요."

"오하나를 닮은 인형! 대단한데. 탐나는군."

손님들이 투지를 불태우며 격하게 웅성거렸다.

살인범은 누구인가.

작은딸은 남편을 죽이지 않았는가.

이 에도에서 답을 알 수 있는가. 다들 생각에 잠긴 것을 보고 오나쓰가 중얼거린다.

"아무리 봐도 신기해. 에도 번화가에서 머나먼 서쪽 지방의 살인에 대해 생각하고 있다니."

만일 이 자리에서 살인의 답을 알 수 있다면, 오하나가 아니라 진상을 꿰뚫어 본 그 사람이야말로 천리안이다.

"그 사람의 신사가 생길지도 모르겠네."

그러나 다들 의욕이 넘치기만 할 뿐 좀처럼 이렇다 할 대답은 나오지 않는다. 누군가 생각을 말하면 다들 고개를 갸웃거린다. 완전히 포기할 수는 없으니 또 생각한다. 하지만 답이 나오지 않는다. 몇 번이나 그렇게 반복하는 사이에 쓰키쿠사도 오하나도 관객도 머리를 싸안고 말았다.

---

5 약 삼십 센티미터.

"사이고쿠는 멀어. 너무 멀어. 아무것도 보이지 않는다고."

오나쓰는 쓰키쿠사가 그렇게 중얼거리는 것을 들었다.

5

이틀 뒤. 아직 답은 찾지 못했을 텐데 쓰키쿠사가 갑자기 움직이기 시작했다. 병이 나은 지 얼마 지나지 않았는데도, 공연장을 하루 쉬고 아사쿠사의 절에 쾌유를 빌러 참배를 가고 싶다고 영감에게 부탁한 모양이다.

저택에서 영감에게 그 말을 전해 들은 야마코시는 졸지에 공연장을 쉬어도 좋다고 말해야 할 처지에 놓였다. 옆에 있던 오나쓰가 아버지는 자비심 깊고 도량 넓은 남자니까 참배 정도는 허락해 줄 거라고 영감에게 말했기 때문이다.

"이 기회에 나도 할멈을 데리고 함께 아사쿠사에 신심을 위해 참배하러 가고 싶어요."

오나쓰는 덧붙여 이렇게 말했다.

"병석에서 일어난 지 얼마 안 되는 몸으로 쓰키쿠사 혼자 커다란 오하나를 안고 아사쿠사의 인파 속을 걷는 건 위험해요. 오하나를 또 도둑맞을지도 모르는걸요."

아사쿠사에는 오하나를 되찾아 줄 동료도 없다.

"그러니까 내가 같이 갈게요. 아버지, 뱃삯과 가마삯 내 주세요."

"이런, 이런."

야마코시는 한숨을 쉬고 영감도 데려간다면 허락하겠다고 했다.

"아, 쓰키쿠사가 공연장을 열지 않으면 영감도 공연장 문지기 일을 쉬는구나."

오나쓰는 순순히 고개를 끄덕이며 웃었다.

"예전 이야기를 들은 정도로 열이 나면 예인으로 오래 일할 수 없어. 오하나를 위해서도 쓰키쿠사는 굳세게 살아갈 수 있는 남자가 되도록 신불에게 기도하는 게 좋을 것 같아."

쓰키쿠사의 공연장에서 이런 자신의 생각을 전하며 오나쓰는 슬쩍 덧붙였다.

"지금 급히 휴가를 청한 거 말이야. 쓰키쿠사, 이치스케 씨를 만나러 아사쿠사에 가려는 거지?"

쓰키쿠사가 고개를 끄덕였다.

"예, 실은 어제 집에 있을 때 떠오른 게 있어서요."

늦은 시간에 돌아온 쓰키쿠사는 방 한구석에 오하나를 두려다가 다다미에서 미끄러졌다. 오하나를 떨어뜨리지 않으려고 허둥대다, 목각 인형의 손이 쓰키쿠사의 머리를 세게 쳤다. 눈앞에 하얀 불꽃이 번쩍였다.

순간.

"번뜩였어요, 이치스케 씨에 관한 단서가."

어디의 누군지는 여전히 생각나지 않았다. 그러나 서쪽에 이치스케와 닮은 사람이 있었던 것이 떠올랐다.

만나서 확인하면 그게 누군지 오나쓰에게도 말하겠다고 한다. 그러나 만일 잘못 생각했다면 오나쓰의 생각까지 틀린 쪽으로 끌고 갈지 모르니 아직 말하지 않겠다고 덧붙였다.

"알았어. 내일까지 기다려 볼게."

"잘난 척하는 것 같아서 죄송합니다."

쓰키쿠사는 오하나와 함께 오나쓰에게 깊이 머리를 숙였다.

다음날 오나쓰와 할멈, 쓰키쿠사, 영감, 이렇게 넷은 료고쿠에서 배에 올라 간다가와 강을 따라 서쪽으로 간 뒤 가마를 타고 아사쿠사의 번화가로 향했다. 오나쓰가 함께 있으니 가능한 사치였다.

번화가에 도착하자 영감이 밝게 말한다.

"아아, 이쪽도 북적거리는군요. 사람들이 엄청 나와 있네요."

센소지 절의 본당 뒤쪽, 오쿠야마라고 불리는 곳 근처에는 수많은 사람이 낮부터 모여 있었다.

삼사권현三社權現[6] 부근의 벌판부터 와카미야 이나리의 공터에 이르는 넓은 장소에 가설 공연장 등이 잔뜩 늘어서 있다고 영감이 말한다. 활터에 찻집, 경단가게에 과일가게 등이 있는 풍경은 오나쓰에게도 낯익은 것이었다. 다만 신기하게도 아사쿠사에는 길가에 사람들이 큰 원을 그리고 서 있는 곳이 많았다.

쓰키쿠사가 옆에서 웃는다.

"이쪽 번화가는 료고쿠보다 길가에서 예능을 보여 주는 예인이 많은 느낌이네요."

그 말을 듣고 눈을 돌려 보니 가까이에 사람들로 이뤄진 원에서 와 하고 함성이 일었다. 원 안에 있는 것은 동냥아치였고 으스대는 얼굴로 칼과 가느다란 담뱃대, 거기에 큰 밥공기를 콩주머니처럼 허공에 번갈아 던지고 받기를 반복했다.

"와, 잘한다."

오나쓰가 저도 모르게 한 말에 쓰키쿠사도 고개를 끄덕였지만, 영감은 살짝 웃었다.

"확실히 멋진 곡예이긴 한데 비슷한 곡예를 하는 동냥아치는 료고쿠에도 있습니다."

쓰키쿠사처럼 이야기 예능과 히메 인형을 조합한 예능을 하는 자는 지금으로서는 달리 없다. 아니, 흉내 낼 수 없는 예능이라고 영감은 흐뭇하게 말했다.

---

6 센소지 본당 옆에 있는 아사쿠사 신사의 통칭. 센소지 절의 관음상을 강에서 건진 어부 형제와 집을 절로 만들어 그 불상을 모신 승려, 이렇게 셋을 말한다.

"쓰키쿠사가 오랫동안 공연장에 나올 수 있었던 이유이기도 하죠."

이때 오하나가 공연장이 성황인 것은 자신이 예뻐서라고 말해서 오나쓰가 웃었다.

"그럼 오하나는 몸단장을 해야겠네. 돌아가는 길에 유리구슬 비녀라도 사 줄게."

"아이, 좋아라. 나, 물에서 나온 구슬처럼 파란 유리가 좋아."

"오하나, 아가씨한테 조르지 말고."

쓰키쿠사가 못을 박았을 때, 할멈이 북적거리는 저쪽에 천을 매단 장대를 주위에 많이 세워 둔 조루리 극단 슌라쿠좌의 공연장을 발견했다. 상당히 큰 공연장으로 출입구 위에는 멋진 간판 그림이 장식되어 있다.

입장료를 낸 뒤, 영감이 문지기 젊은이에게 료고쿠의 지마와리 야마코시 댁 사람이라고 이름을 대고 이 극단의 이치스케와 만나게 해달라고 부탁했다. 그러자 안에서 나이 든 남자가 나타나서 네 명을 공연장 안으로 들여보냈다.

곧 무대 뒤로 안내받았지만, 슌라쿠좌 사람들은 네 명에게 수상한 자라도 보는 듯한 눈빛을 보냈다. 그러나 이치스케가 나타나서 쓰키쿠사에게 웃으며 손을 흔들자 사람들의 어깨에서 힘이 빠지는 게 보였다.

"뭐야, 이치스케, 아는 사람이었어? 아, 거기 형씨, 사이고쿠

출신이군. 뭐, 예전 인형 제작자?"

"그러고 보니 예쁜 인형을 안고 있었어."

"히메 인형인가. 오, 하나히메 님이라고."

슌라쿠좌는 에도에서 반각가량 하는 공연을 하루에 몇 차례씩 하고 있다. 이치스케는 그렇게 말하고 쓰키쿠사 일행에게 웃어 보였다.

"쉬는 시간이 사이에 있긴 하지만."

가미가타의 분라쿠는 좀더 길게 공연을 하고 있다.

"아사쿠사는 부담 없는 공연이 많은 번화가니까. 짧은 편이 손님이 많이 들어와."

마침 자신의 차례가 끝난 참이라 다행이라며 이치스케는 또 웃었다. 그러더니 쓰키쿠사 일행에게 일부러 아사쿠사까지 조루리를 보러 온 거냐고 물었다.

"아니면…… 사이고쿠 건으로 뭔가 알아냈나?"

오하나가 이치스케에게 은밀히 하고픈 얘기가 있으니 조용한 곳으로 가고 싶다고 작은 소리로 말했다.

이치스케가 눈을 가늘게 뜨고 오하나를 보았다.

"아아, 쓰키쿠사 씨의 예능, 멋지군. 이만큼 가까이에서 들어도 꼭 오하나 씨가 이야기하는 것 같아."

이치스케는 고개를 끄덕이고 손짓을 하여 인형과 도구들을 둔 헛간으로 모두를 데려갔다. 공연장 안의 소리가 멀리서 들려서,

확실히 비밀 이야기를 하기에 적당한 장소였다.

"쓰키쿠사 씨, 뭘 알아냈지?"

모두 나무 상자에 걸터앉자 이치스케의 눈이 반짝인다. 오나쓰는 그 말을 듣고 조금 불안해졌다.

'쓰키쿠사도 공연장 손님도 아무것도 알아내지 못해서 난감했지.'

적어도 오나쓰는 아직 확실한 건 아무것도 듣지 못했다.

'그 후, 뭘 생각해 낸 걸까.'

쓰키쿠사가 안고 있는 오하나가 이야기하기 시작한다.

"저, 사실대로 말하자면 누가 마사고로 씨를 죽였는지는 지금도 전혀 모르겠어요."

쓰키쿠사는 많은 손님과 야마코시의 수하들에게도 생각해 봐 달라고 했으나, 전혀라고 해도 좋을 만큼 아무런 실마리도 나오지 않았다. 이치스케가 고개를 끄덕였다.

"이런, 그거 아쉽군."

이때 목각 인형 오하나의 눈이 긴 의자 위에서 번득인 것처럼 보였다. 진실을 말한다는 오하나의 진언의 눈. 그 눈의 구슬이 나온 진실의 우물은 묻는 자에게 진실을 알려 주었다.

'예컨대 이해할 수 없는 답이라 해도, 물어본 사람에게는 진실만을 이야기했어.'

번쩍이는 듯한 그 눈빛으로 이치스케를 바라보며 오하나가 말했다.

"쓰키쿠사는 오미치 씨를 진심으로 돕고 싶어 해요. 한때는 손이 닿지 않는 언니 오이치 씨를 동경하긴 했지요. 그러나 혼인할 사람은 오미치 씨라고 쭉 마음속에 정해 놨으니까요."

그런 오미치 씨가 지금 위태로운 처지에 놓여 있다. 쓰키쿠사는 이번 건을 필사적으로 고민했다. 손님들도 공연장에서 수많은 생각을 펼쳐 보였다.

예를 들면.

"살해당한 마사고로 씨는 오미치 씨와 부부 싸움을 하면서 오미치 씨를 겁주려고 방화를 저질렀다는 거짓말을 했어. 그런데 우연히 그 말을 듣고 마사고로 씨를 악인이라고 믿어 버린 누군가에게 살해당했지."

이런 생각도 나왔다고 오하나는 말했다.

"아무리 부부 싸움중이라고는 하지만, 마사고로 씨가 하지도 않은 방화를 했다고 말하다니 이상한걸."

방화는 중죄다. 에도에서는 체포되면 화형에 처해질 정도의 죄였다. 농담으로 입에 담을 만한 말이 아니라고 손님들은 고개를 저었다.

다음으로.

"마사고로 씨가 방화를 한 게 아니다. 사 년 전, 마사고로 씨가 누군가가 불을 지르는 것을 본 게 아니냐는 이야기도 나왔어요.”

그래서 방화범을 협박하여 돈을 뜯어내기 위해 자신이 방화범
이라고 모두에게 말하고…….

“그건 너무 기이하다는 결론이 났어요. 사 년이나 지난 이제
와서 예전 이야기를 하는 것도 이상하고요.”

이번에는 예전 이야기가 아닐지도 모른다고 어느 손님이 말했
다.

“마사고로 씨는 최근에 누가 불 지르는 현장을 본 거야. 그래
서 방화범에게 살해당했지.”

살인자는 죽은 마사고로가 불을 저지른 것을 보았다고 거짓
소문을 퍼뜨렸다. 그 김에 사 년 전의 화재도 마사고로의 방화였
다고 한 것이다.

이 이야기라면 마사고로가 살해당하고, 부부 싸움을 한 오미
치가 소문을 냈다고 생각해도 이상하지 않다. 다들 고개를 끄덕
였다고 했더니, 이치스케가 눈살을 찌푸렸다.

“뭔가 잘 안 맞아. 사이고쿠에서 극단이 여행을 나설 때 화재
는 없었을 텐데.”

“이치스케 씨, 그래요. 가장 중요한 화재가 일어나지 않았죠.
왜 사 년이나 지난 이야기까지 들먹였는지 이유도 모르겠고요.”

역시 그 생각도 틀렸다고 오하나가 말했다.

당시 쓰키쿠사는 오기를 부리듯 이틀에 걸쳐 공연장에서 누가

마사고로를 죽였는지 손님들과 문답을 계속했지만 답례품인 만주를 손에 넣은 손님조차 없었고 결국 오미치 건을 꿰뚫어 본 자는 나오지 않았다.

오하나가 한숨을 쉬었다.

"이렇게 많은 사람이 머리를 모아 봐도 알 수가 없었어요. 보지도 않은 사이고쿠의 살인 사건을 멀리 떨어진 에도에서 꿰뚫어 보는 것은 역시 무리예요."

아사쿠사의 공연장 안이 잠시 조용해졌다. 이치스케는 발밑에 시선을 떨어뜨리고 몹시 낙담한 목소리로 말했다.

"그런가. 역시 불가능한 거였나."

쓰키쿠사가 이치스케의 얼굴을 가만히 바라보고 있었다.

오하나는 공동주택으로 돌아간 쓰키쿠사가 바보짓을 한 얘기를 꺼냈다. 좁은 방 안에서 넘어질 뻔했고 그때 오하나의 손으로 자기 머리를 세게 쳤다.

"너무나 아픈 탓이었을까요. 쓰키쿠사의 생각이 잠시 사이고쿠의 살인자에게서 멀어졌어요."

덕분에 약간 다른 방향에서 바라본 의문이 쓰키쿠사의 머리에 떠올랐다.

"이치스케 씨는 전에 쓰키쿠사에게 사이고쿠의 살인 사건의 진상을 알아내라고 윽박질렀지요."

오미치를 살리기 위해 억지라는 것을 알면서도 부탁했으리라고 쓰키쿠사는 짐작했다. 오미치에게 반하기라도 했는지 이치스케는 필사적이었다.

그러나 오하나에게 얻어맞은 쓰키쿠사는 이상한 점이 있다는 것을 깨달았다.

"에도에 와서 이렇게까지 오미치 씨 일을 걱정할 거였다면 말이죠. 이치스케 씨는 왜 오미치 씨를 지키기 위해 극단에서 빠져나와 사이고쿠로 돌아가지 않았을까요?"

상연 일정이 정해져 있는 극단이 사이고쿠로 돌아가지 않은 것은 이해한다. 에도로 가지 않으면 극단이 곤란해진다.

"하지만 이치스케 씨 한 사람이 사이고쿠에 남았어도 별일 없었을 거예요. 여행을 하다 보면 병자가 생길 때도 있겠죠. 한 사람쯤 없어졌다고 곤란한 극단이 있을 리가요."

소문이 들려왔을 때는 여행을 막 시작한 참이었다. 이제 와서 쓰키쿠사에게 무리한 말을 할 정도라면, 이치스케 본인이 도중에서 되돌아갔으면 좋았을 것이다.

듣고 있던 오나쓰가 고개를 갸웃거렸다.

"이치스케 씨는 돌아가지 않았어. 이상하긴 이상한데……."

오나쓰가 그렇게 말한 순간.

오하나가 눈을 빛냈다. 진실을 꿰뚫어 본다는 말을 듣는 눈으로 이치스케를 똑바로 보았다.

6

"나, 이치스케 씨가 돌아가지 않은 까닭을 한 가지 생각해 냈어요. 아니, 돌아가지 못한 이유랄까요."

오하나가 이치스케를 보며 천천히 말한다.

"이치스케 씨는 마사고로 씨가 살해당했다고 들었을 때, 이미 사이고쿠를 떠나 에도로 가는 여행길에 나섰다고 했지요."

마사고로가 살해당했다는 소문은 여행 첫날 극단에 전해졌으니 마사고로가 죽임을 당한 시점은 극단이…… 아니, 이치스케가 아직 사이고쿠에 있던 때였어도 이상하지 않다.

"만일…… 마사고로 씨를 죽인 사람이 이치스케 씨라면. 그야 사이고쿠로는 돌아가지 못하겠죠?"

오나쓰가 눈을 크게 뜬다. 오하나 이외에 입을 여는 사람은 아무도 없었다.

"자신이 살인범이라면. 이치스케 씨는 오미치 씨가 살인을 저질렀다는 소문이 거짓임을 알고 있겠지요."

이치스케는 안면 있는 젊은 아가씨에게 자기 죄를 덮어씌우고 편히 지낼 수 있을 만큼 악인이 아니었다.

오하나와 이치스케가 마주 본다. 이치스케는 웃었을 뿐이다.

"지나친 상상이야. 왜 내가."

"여기까지 생각했더니 쓰키쿠사에게 또 다른 기억이 떠올랐어요."

이치스케와 어디에서 만났는지 그제야 떠올랐다.

"아니, 이치스케 씨가 잘 아는 사람의 친척이라는 것을 알았다고 해야 할까."

쓰키쿠사가 떠올린 것은 이치스케와 닮은 사람의 얼굴이었다. 사 년이란 세월은 추억 속의 인물을 부쩍 희미하게 만들었던 것이다.

"사형의 얼굴이었어요. 화재가 나고 얼마 있다 죽었다고 들은 수제자의 얼굴이죠."

분명히 형제가 있었다.

"사 년 전 화재가 원인이 되어 사형은 세상을 떴어요."

수제자는 오이치의 약혼자였으니 살아 있었다면 언젠가 인형 제작자의 대를 이었을 터다. 그러나 화재는 그 꿈뿐만 아니라 생명까지 앗아갔다.

화재가 일어난 지 사 년이나 지난 지금 와서 뜻밖의 소문이 퍼졌다. 사 년 전 화재가 방화로 일어났고 마사고로가 그 범인이라는 것이다.

"만일 마사고로 씨가 정말로 불을 질렀다면."

사형을 죽인 끝에 친척이 빌려준 돈의 힘을 업고 인형 제작자의 자리를 이어받은 것이 된다.

"이치스케 씨는 마사고로 씨를 죽이고 싶어 했을지도 모르죠."

이것은 오하나가 생각해 낸 이야기일 뿐이다. 그러나 오미치가 살인자라는 소문보다 훨씬 깔끔하게 앞뒤가 들어맞는다.

"증거는 없어요. 그러니 목각 인형의 말을 사이고쿠에 전해도 오미치 씨는 구하지 못해요."

즉 이치스케가 부탁한 일을 쓰키쿠사는 해내지 못한 것이다. 그렇더라도.

"이 오하나는 이것이 진실이라고 생각해요."

진실의 하나히메의 눈이 이치스케를 바라보았다. 실을 팽팽하게 당긴 듯한, 두렵기까지 한 고요함이 오래 이어졌다. 오나쓰는 그 긴장을 이기지 못하고 자기도 모르게 소리를 지를 것 같았으나 그러기도 무서웠다.

나무 상자에서 일어선 이치스케가 오하나에게 닿을 만큼 얼굴을 가까이 하고 말했다.

"마사고로를 죽인 누군가가 에도로 도망쳤다면. 이제 와서 잡힐 생각은 없겠지."

그렇게 단언한 것이다. 무사였다면 적에게 원수를 갚았다며 칭찬받을 일인데 조닌이라고 해서 죄를 묻는 것은 우습다고 이치스케는 잘라 말한다.

다만 이렇게 말을 이었다.

"지금 그 이야기가 진실이라면 증거를 찾아 주지 않겠어?"

방화범은 마사고로라고 사이고쿠의 모든 이가 이해할 그런 증거를.

"혹시 그걸 찾는다면…… 방화범을 죽인 자는 분명 그 증거와 함께 사이고쿠로 편지를 보낼 거야."

"예를 들면 어떻게?"

쓰키쿠사가 묻자, 이치스케는 무서운 눈빛으로 그쪽을 응시하고 나서 말했다.

"그래…… 우선은 자신이 마사고로를 죽인 일을 적을까."

그 이유는 마사고로가 사 년 전 방화를 저질러서, 자신을 길러 준 부모나 다름없는 형이 죽임을 당했기 때문이라는 것. 마사고로가 오미치와 싸웠을 때 불을 질렀다고 말한 것을 자신이 들었다는 것.

"그때 창고에는 마사고로 혼자 남았어. 나는 방화에 대해 물어 봤지."

자백은 시켰지만 그래도 마사고로는 인형 제작자 가문을 잇겠다며 말을 듣지 않았다.

이치스케의 시선이 고정되지 않고 흘끔 움직인다.

"그래서 죽였다."

그 말투가 잠시 오한이 들 정도로 냉랭했다.

살인범은 사연을 전부 적어서 쓰키쿠사에게 건넬 것이라고 이치스케는 말했다.

"마사고로가 사 년 전에 방화를 했다면 그놈은 형님뿐 아니라 오이치 씨를 죽게 한 적이야. 인형 제작자로서의 쓰키쿠사 씨를 죽인 남자이기도 하지."

즉 살인범은 쓰키쿠사의 원수를 갚은 남자이기도 하다.

"그놈을 오캇피키에게 넘기는 것보다 오미치 씨를 살리는 게 먼저잖아? 그러니 쓰키쿠사 씨, 다시 분발해 줘."

이치스케는 마사고로가 방화를 했다는 증거가 남아 있을 것이라고 확신했다.

"사이고쿠의 창고에서 날붙이를 들고 따지며 덤볐을 때, 마사고로는 내가 그 증거를 발견했다고 잠시 믿었지."

그래서 곧바로 죄를 자백했던 것이다.

"안타깝게도 난 그게 뭔지 몰랐어."

이를 안 마사고로가 갑자기 돌변하여 인형 제작자의 대를 잇겠다고 지껄이는 바람에 자기도 모르게 찌르고 말았다.

마사고로가 죽은 후 뜻밖에도 오미치가 살인자인 것처럼 소문이 돌아서, 이치스케는 난감해하고 있었다.

이치스케는 오하나를 가만히 바라보았다.

"진실의 하나히메. 지금 한 이야기는 훌륭했어."

그러니까.

"그 김에 오미치 씨도 구해 줘. 당신, 역시 죽은 오이치 씨보다 오미치 씨를 닮은 것 같군."

이치스케는 이제 슬슬 무대에 나갈 차례라며 헛간에서 나가 버렸다. 쓰키쿠사는 그를 붙잡지 않고 그저 중얼거렸다.

"증거, 라고……."

분명히 하나히메의 말만으로는 사건이 끝나지 않는다. 쓰키쿠사가 아직껏 난처해하고 있다는 사실을 오나쓰는 어스름한 공연장 뒤 헛간에서 뼈저리게 느꼈다.

"오나쓰 아가씨, 정말 슌라쿠좌의 조루리를 보고 가실 겁니까?"

영감은 아까 이치스케와 나눈 대화를 들은 뒤 쓴 것이라도 깨문 얼굴로 얼른 조루리 공연장에서 나가고 싶어 했다. 그러나 오나쓰는 나중에 틀림없이 아버지 야마코시에게 이치스케가 출연하는 슌라쿠좌에 대해 질문을 받을 테니 보고 가겠다고 했다.

"물론 오미치 씨 일이 말끔히 밝혀지면 아버지에게 다 털어놓겠지만, 이런 어중간한 이야기를 하기도 좀 그렇잖아."

야마코시는 힘을 가지고 있기 때문에 괜히 어중간하게 알리면 종종 터무니없는 일이 벌어진다. 특히 오나쓰가 관련된 일이라면 가끔 이상한 판단을 한다.

"오늘은 일단 얌전히 조루리를 보고 참배를 한 걸로 해 두려고. 쓰키쿠사, 그러면 되지?"

"예. 죄송합니다, 아가씨."

난처해 보이는 얼굴이긴 했지만 쓰키쿠사는 오랜만에 조루리를 봐서 그런지 공연장으로 들어가자 앞쪽에 자리를 잡았다. 짤막한 조루리는 이것저것 보고 돌아가고 싶은, 참배를 겸하여 온 사람들이 좋아하는 공연인지 자리가 금세 찼다. 그것을 본 영감은 료고쿠에서도 조루리를 하지 않겠냐고 야마코시와 상의해 봐야겠다고 말을 꺼냈다.

머지않아 다유의 이야기가 시작되고 샤미센 소리가 공연장을 채웠다. 단원들이 인형을 조종하기 시작하자, 쓰키쿠사는 집어삼킬 듯이 그 모습을 쳐다보았다. 오나쓰는 쓰키쿠사의 모습을 보며 조금 놀랐다.

'아, 쓰키쿠사는 역시 인형을 좋아하는구나.'

앞서 료고쿠의 공연장에서 사이고쿠의 수수께끼를 손님과 풀고 있을 때, 오하나는 쓰키쿠사가 작은 인형을 만들고 있다고 했다. 인형 제작을 포기했다고 들었지만, 쓰키쿠사가 부상을 당한 지 벌써 사 년이나 지났다.

'조그만 인형이라면 만들 수 있게 됐구나.'

이번 일을 혹시 매듭지을 수 있다면.

증거를 사이고쿠에 보내면, 남편을 잃은 오미치라는 사람은 몇 년 만에 쓰키쿠사의 이름을 듣게 된다. 또다시 제자를 잃은 스승은 부상이 나은 쓰키쿠사를 어떤 식으로 떠올릴까.

'쓰키쿠사는…… 사이고쿠로 돌아가고 싶은 걸까.'

아리따운 오하나와 닮았다는 오미치라는 사람에게로.

공연장 안에 웃음소리가 가득 찼다. 무대에서 노인 인형이 얼굴을 가리고 있는 모습이 보였다. 옆에서 영감도 웃고 있었다. 그러나 이때 쓰키쿠사가 작은 소리로 중얼거린 말은 무대하고는 관계없는 이야기였다.

"마사고로는 사 년이나 지났는데 왜 죄의 증거를 남겨 뒀을까."

위험한 뭔가가 남아 있지 않았다면 시치미를 뗄 수도 있었을 것이다.

"그러고 보니…… 그러네."

오나쓰가 저도 모르게 옆을 본다. 쓰키쿠사는 오하나를 안은 채 미간을 찌푸리고 있었다.

증거는 사 년이 지나도 사라지는 종류가 아니다. 증거라고 사람들 앞에 내놓으면 많은 이가 이해할 물건일 것이다.

"처리하지 않은 건 어째서지?"

쓰키쿠사의 작은 목소리는 객석의 웃음소리에 뒤섞여 옆에서 듣고 있는 오나쓰조차 알아듣기 어려웠다.

"……모르겠어."

쓰키쿠사가 쥐어짜내는 듯한 소리로 말한 그때. 객석의 분위기가 끓어올라서 오나쓰가 다시 무대에 눈길을 주었다. 어느새 장면이 바뀌어 있었다.

오하나처럼 아름다운 히메 인형에게 늠름한 수행원 인형이 말을 걸고 있다. 오나쓰는 저도 모르게 방긋 웃었다.

"어머나, 잘생긴 남자다."

장면으로 보아하니 히메 님의 상대는 아니겠지만, 인형을 보고 있으니 지금 상연중인 가부키 나카무라좌의 미남 역이 떠올랐다.

이때 오나쓰는 눈을 휘둥그레 뜬 채 말을 잃었다. 쓰키쿠사가 오나쓰의 손을 꽉 잡은 것이다.

"어? 저기, 어?"

깜짝 놀라서 말이 나오지 않아 살짝 옆을 보았다. 쓰키쿠사는…… 굳어진 얼굴로 무대를 노려보고 있었다.

"이봐, 쓰키쿠사. 너 뭐 하는 거냐."

곧 영감이 알아차리고 쓰키쿠사의 손을 억지로 떼어냈다. 무서운 표정을 짓던 영감의 얼굴이 금방 원래대로 되돌아왔다.

쓰키쿠사는 눈을 무대로 향한 채 온몸을 부들부들 떨고 있었다. 오나쓰의 손을 잡은 것도 모르는 듯했다.

무대가 끝나자 쓰키쿠사는 다시 이치스케를 불러냈다. 오나쓰가 놀란 것도 무리는 아니다. 한참 동안 모두를 고민하게 만든 이번 사건은 눈 깜짝할 사이에 결말을 맞았다.

7

아사쿠사에서 돌아온 뒤 며칠이 지났다. 공연장을 쉴 수 없기에 쓰키쿠사는 매일 부지런히 일하느라 좀처럼 야마코시의 저택에 오지 못했다. 따라서 일이 끝났다고 야마코시에게 먼저 전한 사람은 오나쓰였다.

그러나 오나쓰의 설명만으로는 이해되지 않는 부분이 너무 많아서 야마코시는 더 이상 참을 수 없었다. 아침 일찍 쓰키쿠사를 억지로 깨워 저택으로 부르고 함께 아침을 먹기로 했다.

아침 밥상에 달걀말이와 낫토 된장국이 오른 것을 보고 쓰키쿠사는 뿌듯한 표정으로 젓가락을 들었다. 채소 절임을 곁들여 밥을 급히 먹으며, 쓰키쿠사는 먼저 이치스케가 이미 슌라쿠좌를 떠났다는 사실을 알렸다.

"하지만 일은 결말이 났습니다. 이치스케는 극단을 나가기 전에 약속을 지켜 줬습니다."

사이고쿠로 보낼 증거에 덧붙이라며 자신이 마사고로를 죽인 범인이라고 자백한 편지를 넘겨주었다. 편지에는 어째서 이런 것을 보내는지 그 사정도 적혀 있었다.

"그래, 그랬군."

"진심으로 안도했습니다. 이걸로 오미치 씨가 이상한 소문에 시달리는 일은 없어지겠지요."

"음, 그래서…… 쓰키쿠사, 네가 아사쿠사 조루리에서 발견한 증거라는 것은 뭐였지? 오나쓰는 쓰키쿠사가 인형극에서 표지를 발견했다, 이치스케도 알아들었다고밖에 말하지 않아서 말이야."

그 말만으로는 사정을 알 수 없다. 야마코시는 요 며칠 동안 내내 기분이 개운치 않았다.

달걀말이를 입에 문 채 쓰키쿠사가 끄덕인다.

"행수님, 제가 사이고쿠를 떠날 때까지의 사정은 알고 계시지요?"

마사고로가 살해되고 오미치가 의심받은 사연도 알고 있다.

"그러면 마사고로가 방화를 저지른 이유, 그리고 '증거'에 대해 말씀드리겠습니다."

겨우 만족한 얼굴로 야마코시가 끄덕인다.

"요약하면…… 일의 열쇠는 인형이었습니다."

"인형? 조루리 인형 말이냐?"

"예, 앞서 오나쓰 아가씨와 함께 아사쿠사에서 본 인형입니다. 나카무라좌의 미남 역이 연상되는 잘생긴 인형이었습니다."

그 인형을 본 쓰키쿠사는 있을 리 없는 것을 본 느낌에 순간 온몸이 떨렸다. 인형의 등장이 끝나자 곧바로 이치스케를 불러 인형을 보여 달라고 했다.

"그 인형은 정말로 환상이 에도에 나타난 것이었습니다."

쓰키쿠사는 젓가락을 놓더니, 뒤에 놓아 둔 오하나를 끌어당겨서 머리카락을 헤치고 맨살을 보여 주었다. 쓰키쿠사의 인형은 머리카락을 머리에 심는다. 그 때문에 그것은 일부러 머리카락을 헤치고 찾지 않으면 알 수 없었다.

"어, 풀＃ 무늬 위에 '월月' 자가 새겨져 있군.⁷ 그건 네가 새긴 표지냐?"

"예. 스승님에게 받은 일감에는 이 표지를 남기지 않았습니다. 하지만 오하나는 제가 정진을 위해 만든 것이었으니까요."

사형이 자신의 인형에 표지를 남기는 것을 보고 쓰키쿠사도 흉내 낸 것이었다.

"제자로 들어가면 물론 스승님이 분부하신 일이 우선입니다. 게다가 수업중인 몸이니 일감은 고르지 못하지요."

또한 쓰키쿠사의 스승은 분라쿠 극단 전속 직인도 아니었다. 제자들에게는 큰 인형이나 히메 인형을 만들 기회가 별로 없었다.

그런 것을 만들어 보고 싶다고 생각하는 사람들은 많았다. 그래서 제자들은 어느 정도 인형을 만들 수 있게 되면 자기 돈을 들여 가며 집에서 오하나 같은 자신의 인형을 만들었다. 스승의

---

7 쓰키쿠사(月草)의 이름에서 따온 것.

일과 별개로 그런 일을 할 만큼 돈을 마련할 수 있는 제자는 세 명 정도였다고 쓰키쿠사는 말했다. 세상을 떠난 수제자와 쓰키쿠사, 그리고 마사고로였다.

"그렇게 만든 인형은 대부분 사 년 전 화재로 불타 버렸습니다."

사형의 작품은 불 속에서 사라졌다. 모두 그렇게 생각했다.

"저는 아사쿠사의 조루리에서 존재할 리 없는 인형을 본 겁니다."

바로 불타서 사라졌다고 생각했던, 사형이 만든 인형이었다.

"시험 삼아 머리카락 속을 뒤져 보니 사형의 이름이 새겨져 있었습니다. 잘못 본 것이 아니었어요."

즉 그 인형은 원래 주문을 받아서 만들어진 것이 아니었다.

"그런데 조루리 극단에 납품되었습니다. 이치스케에게 물어보니 인형이 극단에 온 것은 에도로 여행을 떠나기 직전의 일이었다고요."

사형이 인형에 표지를 남긴 사실을 몰랐던 누군가가 자신이 만들었다고 속여 인형을 보낸 것이 틀림없다. 알았다면 먹이라도 칠해서 자신의 이름이 아닌 다른 이름을 지웠으리라.

야마코시는 오하나에게서 쓰키쿠사 쪽으로 시선을 옮겼다. 그리고 크게 끄덕인다.

"그 인형은 분명, 갑작스럽게 사람들에게 인정받은 마사고로가 만들었다는 인형이었겠지? 마사고로는 수제자의 인형을 화재 때 가로채서 숨겨 두었을 테고."

"예, 그렇게 된 겁니다."

마사고로가 사 년 전에 불을 지른 이유는 아마도 그 인형을 가로채려는 목적이었으리라고 쓰키쿠사는 말했다. 불타 버렸다며 숨기는 것이다.

"물론 그대로 마사고로의 작품이라고 내놓으면 사형이 알아보겠죠. 마사고로는 교묘하게 인형의 얼굴을 베끼고 옷과 머리 모양을 바꿔서 자기 작품으로 세상에 내놓을 작정이었겠지요."

그러나 그 화재로 사람을 몇 명이나 죽게 하고 말았다. 야마코시가 얼굴을 찌푸렸다.

"이봐, 쓰키쿠사. 너는 여전히 사람이 너무 좋아."

야마코시는 그 이야기에서 조금 다른 것이 떠오른다고 했다. 마사고로는 처음부터 사형을 저세상으로 보낼 속셈이었는지도 모른다.

"오이치 씨가 죽은 것도 마음에 걸리지 않나?"

대를 이을 아름다운 딸은 인형 제작 실력이 서툰 제자에게는 하늘의 별이나 다름없는 존재다. 그러나 마사고로는 훌륭한 집안 출신이니 주위 사람들의 생각보다는 자신이 있었나 보다.

허나 오이치가 마사고로에게 끌리는 일은 없었다. 그래서 두 사람을 장사 지내고 그 김에 사형의 인형을 손에 넣으려 했을 수도 있다.

"그건…… 그야말로 증거 없는 이야기군요."

그 화재 때문에 사형들은 죽고 인형도 불탔다. 큰 부상을 입은 쓰키쿠사까지 사라져서, 마사고로는 오이치를 꼭 닮은 오미치와 혼인했다. 방화는 아주 잘 마무리된 셈이다.

"그러나 마사고로에게는 뜻대로 되지 않는 일도 생겼습니다."

그 후 사형의 인형을 제대로 베끼지 못했다.

아니, 열심히 만들기는 했다. 그랬는데 그 인형은 역시 눈에 확 들어오지 않았다. 사형은 이미 없으니, 남겨진 인형을 자기 작품으로 내놓으면 된다는 생각도 해 봤을 것이다.

그러나 만에 하나 누군가 일을 알아차리면 목숨이 위험해진다. 방화가 탄로 나면 이는 죽을죄에 해당한다. 그래서 마사고로는 사 년 동안 인형을 계속 숨겨 왔다.

오나쓰가 한숨을 쉬었다.

"마사고로 씨가 스스로 만든 인형은 사 년 동안 내내 눈길을 끌지 못했구나. 그 사이에 다른 제자가 양자가 된다는 말이 나왔고."

결국 마사고로는 사형의 인형을 자기 손으로 만든 것이라고 속여 조루리 극단에 보냈다. 인형은 대번에 인정을 받았고, 마사고로는 경사스럽게 후계자 자리를 손에 넣을 수 있었다.

"하지만 마사고로에게는 생각했던 것보다 어려운 일이 있었던 겁니다, 분명."

그것은 당당하게 칭찬의 말을 듣는 일이었을 거라고 쓰키쿠사는 말했다.

"처음으로 칭찬받은 인형은 자신의 작품이 아니었습니다."

아내 오미치에게 칭찬을 받아도 순순히 받아들이지 못했음이 분명하다. 그러다가 아내의 칭찬까지 왜곡하고 의심하여 싸움으로 번졌다.

"아내 오미치 씨의 말까지 의심했어요. 마사고로의 마음속은 황폐해져 있었겠지요."

자기도 모르게 화재에 대해 중얼거려서 사 년 전의 방화를 자백한 것은 목숨을 재촉한 결과가 되었다. 인형 제작자의 작업장은 시중에 있었기 때문에 목소리가 컸다면 몇 사람이 듣기도 했으리라. 그 싸움이 원인이 되어 소문이 난 것이다.

무엇보다 에도행을 앞두고 인형 제작자의 집에 와 있던 인형 놀음꾼 이치스케가 비밀을 엿들었다.

이치스케는 형의 복수를 했다.

"그 후…… 이치스케는 그대로 극단과 함께 에도로 달아났고, 죄의 증거인 인형은 함께 에도로 운반되었습니다."

그곳에서 쓰키쿠사가 인형을 발견했고 사 년 전의 악행이 드러난 것이다.

"과연 그랬군."

이야기가 겨우 아사쿠사에서 일어난 일에 이르자, 야마코시가 크게 고개를 끄덕인다. 인형 머리에 쓰인 증거를 본 이치스케는 이미 써 둔 편지를 쓰키쿠사에게 맡기더니 그대로 극단에서 모습을 감췄다.

"그 편지와 증거품인 귀중한 인형은 조루리 극단 단장에게 맡겼습니다. 사정을 안 단장은 에도에서 공연하는 것을 중단하고 일단 사이고쿠로 돌아가겠다고 약속했습니다."

극단 사람이 살인에 관련되었다. 마사고로 건은 자신이 빈틈없이 매듭짓겠다고 단장은 약속했다. 더욱이 일이 마무리되면 야마코시가 조금 더 좋은 대우로 료고쿠에서 공연을 하게 해주겠노라고 영감을 통해 전했기 때문에, 단장은 절대로 무책임하게 굴지 않겠다고 다짐했다.

"극단이 에도로 돌아오면 오미치 씨의 그 후 상황도 알 수 있겠지요. 행수님, 고맙습니다."

쓰키쿠사가 야마코시에게 깊숙이 머리를 숙인다. 자리에 있던 영감과 오나쓰에게까지 감사 인사를 해서, 오나쓰는 저도 모르게 괜한 것을 묻고 말았다.

"쓰키쿠사, 직접 사이고쿠에 인형을 가지고 가지 않아도 돼?"

오미치를 구하면 다시 스승님에게 돌아갈 수 있을지도 모르잖아. 오나쓰가 그렇게 말하자, 야마코시는 말없이 미소를 지었고 쓰키쿠사는 고개를 저었다.

"사이고쿠는 사 년 전까지의 쓰키쿠사가 있던 곳입니다. 지금 제 삶은 이 에도에 있지요."

예인도 인기를 파는 직업이기 때문에 작은 인형을 만드는 등 별도의 수입이 생기는 일을 할 수 있으면 든든하기는 할 것이다. 그러나 사 년 전의 과거를 되찾으러 사이고쿠에 돌아갈 마음은 없다. 쓰키쿠사는 아직 예전만큼 손에 힘이 들어가지는 않은 데다가,

"필사적으로 살아온 지난 사 년이 거짓이 되어 버린다면 기분이 이상할 것 같아요."

한번 모든 것을 잃었다. 그때 쓰키쿠사를 걱정해 준 이들은 이에도 사람들이다.

"그러니 떠나지 않을 겁니다. 앞으로도 잘 부탁드립니다."

새삼스러운 말에 야마코시가 씩 웃는다.

"아아, 부지런히 벌어다 달라고. 뭐, 너에게 진력날지는 몰라도 다들 오하나에게 질리지는 않을 테니."

"어머, 행수님, 멋진 말씀이에요."

오하나가 끼어들어서 야마코시가 으핫핫 웃는다. 오하나가, 오늘은 저번에 사 준 유리 비녀를 꽂겠다느니 새 후리소데가 갖고 싶다느니 하는 동안 쓰키쿠사가 말이 없었다. 오나쓰가 고개를 갸웃했다.

"쓰키쿠사, 오하나와 동시에 이야기하는 예능은 불가능할까?

재미있을 텐데."

"아가씨, 그건 무리예요."

쓰키쿠사의 우는 소리에 아침식사 자리에서 웃음이 터진다. 오늘도 반짇고리를 안고 공연장에 가겠다고 오나쓰가 말하니, 이제 슬슬 바느질 솜씨도 좀 나아졌으면 좋겠다고 야마코시가 투덜거렸다.

다시 웃음소리가 울려 퍼졌다.

終(終)

まことの華姫

畠中恵

아버지, 있잖아요.

나, 아버지가 들어 줬으면 하는 이야기가 있어요.

지금 해도 돼요?

아, 잘됐다.

나, 아버지랑 여러 가지를 이야기할 수 있게 됐어요.

정말…… 잘됐죠.

아버지, 많은 일이 있었지만 오하나와 쓰키쿠사는 에도에 남

겠다고 했어요.

무척 기뻤어요.

하지만…… 그걸로 괜찮을까 하는 생각이 들기도 해요.

쓰키쿠사는 사실은 사이고쿠로 돌아가고 싶은 게 아닐까 걱정

이 됐어요.

큰 화상을 입은 팔이 아직 다 낫지 않은 것 같고, 그러니 사이고쿠에서 먹고살 수 있을지 잘 모르니까 돌아간다는 말을 못한 게 아닐까.

본심은…… 고향이 그립지 않을까.

그런 생각이 들었지 뭐예요.

어, 아버지, 그 얼굴은 뭐죠? 곤란해하는 거예요? 웃는 건가요?

그래서 열심히 오하나랑 이야기해 봤어요.

사실은 서쪽으로 가는 배를 타고 싶지 않느냐고 물어봤지요.

오하나는 '진실의 하나히메'잖아요.

진실을 이야기하는 하나히메인걸요.

아버지, 그랬더니 말이죠, 오하나가 생글생글 웃는 것처럼 보였어요.

그리고, 오낫짱은 걱정하지 않아도 돼, 라고 말해 줬어요.

오하나가 말하기를 에도는 '괜찮은 동네'래요.

타지에서 살아갈 수 없게 되어서 정말로 어디에도 갈 데가 없어졌을 때 흘러 들어와도 괜찮은, 몇 안 되는 장소래요.

다른 곳에서 오는 사람이 많으니까 공동주택에 사는 사람들도 낯선 얼굴이 있어도 꼬치꼬치 과거를 캐묻지 않고 마음속 깊은 곳에 있는, 울고 싶은 그런 마음을 할퀴지도 않는대요.

게다가 료고쿠 같은 번화가에는 뭐든 일감이 굴러다니니까요.

그러니 어떻게든 되는 곳이라고 해요.

그러다가…… 떠나도 괜찮은 때가 오면 그 사람은 료고쿠에서 선뜻 떠나갈 수 있대요.

그럴 수 있는 점이 이 지역의 고마운 점이래요.

그걸 두고 차갑다고 하는 사람도 있겠지, 라며 오하나는 말을 이어 갔어요.

하지만 정이 두터운 곳이라면 고향이라는 이름으로, 온 나라에 산더미처럼 있으니까.

거기서 살아갈 수 없게 된 사람이 다다를 수 있는 장소가 하나쯤 있어도 좋다고 오하나가 그랬어요.

그리고 쓰키쿠사는 자기 입으로 아직 료고쿠에 있겠다고 했으니까요.

쓰키쿠사에게는 이곳이 지금도 필요한 거라고 오하나는 생각하고 있었어요.

아버지.

그리고 보니 쓰키쿠사가 평소처럼 오하나 옆에서 함께 고개를 끄덕였어요.

종(終) ＊ 333

아버지, 오하나의 이야기를 듣고 마음이 좀 놓였어요.

그래요, 에도의 번화가 같은 건 뿌리 없는 잡초의 모임이라는 말을 전에 들은 적이 있어요.

하지만 이 동네에도 좋은 점이 있으니까요.

오하나도 쓰키쿠사도 앞으로도 계속 이 번화가에서 살아가겠지요.

어, 아버지, 웃고 있네.

아버지, 오하나는 이런 이야기도 했어요.

이 료고쿠는 오하나의 고향이야, 라고요.

오하나가 태어난 곳은 사이고쿠지만, 말하기 시작하고 하나히메라고 불리게 된 곳은 이 료고쿠니까, 랬어요.

마음이 있는 장소가 고향이래요.

그래서 이 료고쿠는 정말 많은 이의 고향이래요.

여기는 괜찮은 동네니까.

어머니를 닮은 동네라는 말을 듣고 나도 모르게 오하나를 껴안았어요.

이상하죠.

나, 오하나와 쓰키쿠사를 걱정하고 있었는데

오하나의 이야기를 듣고 어느새 마음이 놓였어요.

있잖아요, 오늘은 아버지와 함께 쓰키쿠사의 예능을 보러 가고 싶어요.

괜찮아요? 아, 잘됐다.

쓰키쿠사와 오하나가 오늘은 무슨 이야기를 할까요?

분명 오늘도 많은 손님이 오하나를 기다리겠죠.

기다리고 있을 거예요.

인형은 거짓말을 하지 않아!

초판 1쇄 발행 2018년 4월 20일

지은이   하타케나카 메구미
옮긴이   남궁가윤

발행편집인   김홍민 · 최내현
책임편집   안현아
표지디자인   형태와내용사이
용지   한승
출력(CTP)   블루엔
인쇄 제본   현문

펴낸곳   도서출판 북스피어
출판등록   2005년 6월 18일 제105-90-91700호
주소   (03961) 서울특별시 마포구 망원동 513 상암마젤란21 101-902
전화   02) 518-0427
팩스   02) 701-0428
홈페이지   www.booksfear.com
전자우편   editor@booksfear.com

ISBN 978-89-98791-75-9 (04830)
       978-89-98791-25-4 (세트)